从声音到文字，分享人类故事

三十不设限

30

范海涛 著

方向
对了

路
不会远

天地出版社 | TIANDI PRESS

序一 | Preface

三十不设限

范海涛

"天命所归",这是一个最近阅读时遇到的让我眼前一亮的词。这个词的本义是天命一定会回到它应该去的地方,而这个地方就是你的身上。

回望我这十年所做的事情,从《世界因你不同》到《就要一场绚丽突围》再到《颠覆者》,再到2020年8月11日刚刚出版的小米史《一往无前》,通过2011年到2013年的这场人生突围,我最终确认并延续了自己的"天命",那就是——记录。用口述历史去定格这个时代的质感和故事。

由此看来,30岁之后去留学,这个当时很有争议的选择,对我的人生起到了承上启下的作用。我把在哥伦比亚大学所学习的口述历史的访谈方法,运用到后来的所有作品当中。30岁时这场看似对人生秩序的归零和重建,让我找到了自己的原始动力,它已经呈现出应有的价值。

静静回望过往,从2014年7月,我拖着3个大行李箱从华盛顿达拉斯机场回到中国,到今年的9月,已经过去整整六年。在这六年当中,我的人生发生了翻天覆地的变化。首先,记录我留学生活的《就要一场绚丽突围》于2016年出版,两本基于口述历史的传记作品《颠覆者》和小米史《一往无前》出版;其次,我的女儿在2017年出生了,这让我最终进入了一个丰富多彩而又责任重大的父母星球,对生命有了全新的认识;还有,我患有严重慢性病的妈妈,在忍受了漫长的15年的痛苦之后,于2017年6月23日长眠离世,让我第一次体验了失去至亲的难以名状的悲痛。

另外,最让人不可思议的是,曾经出现在本书里的,我在纽约最好的朋友之一蓝蓝,在今年3月的一个早上遭遇车祸突然身亡。我震惊之余沉浸在一种迟迟不敢相信的情绪里,也在很长时间里思考着生命的无常。

这是我回国之后经历的几件大事,但是这些事并不是线性发生的。很多时候,它们是两三件事情一起并行降临到我的生活当中。比如,我是在怀孕的后半程完成了《颠覆者》的。再比如,2017年,我在照顾一个嗷嗷待哺的新生命的同时,目睹着母亲度过充满磨难的生命的最后5个月。还有,我在女儿只有两岁的时候,启动了小米史这个非常繁复的公司发展案例研究项目,在访谈小米公司高管、投资人和普通员工的日子,在写作的390天里,我不但在充满未知的职场里闯荡,同时也肩负着养育新生命的重任。

或许,这就是人生本来的样子。

它充满了压力、悲痛和无常,也汇集了喜悦、进步和希望。我们就是在这个过程中,不断拓展自己的边界、学会迎接挑战和接受现实。在这个复杂的人生阶段,我非常庆幸我有过出国留学的人生突围,这不但让我在30的年龄段弥补了自己的缺憾,也让我在面对真实而汹涌的生活时,因为和自己的使命站在一起,而感觉到无比笃定。

这所有的过程,让我更加深刻地认识"生命的意义"这几个字。在经历了生老病死、目睹了新生和病痛之后,我很长一段时间都在思索

"人生的价值感"这几个字的真正含义，并且迷恋上了欧文·D.亚隆。我在《妈妈及生命的意义》《当尼采哭泣》中了解什么是死亡焦虑和生命的觉醒。我也读陆晓娅老师的《影像中的生死课》，了解了死亡是一场关于自由永不熄灭的启蒙。

在这种更深层面的探索中，我知道，生命没有现成的意义等在那里让人们发现，人必须为自己的生命创造意义、构建意义。

非常幸运的是，我把自己人生中这段为期三年的留学经历记录了下来，并且形成一本图书。这本书出版以后，读者的反馈远远超过了我的预期。很多读者告诉我，因为这本书，他们得到了人生的启示，由此开始了真正的、一场属于自己的冒险。而这些冒险最终帮助他们打开了一个新世界，从而让他们和自己的梦想相逢。在这些读者中，有的人真的放下了舒适区，出国留学了，这个举动帮助他们打开了认知世界的一扇窗。而有些人最终离开了自己不喜欢的工作，或者不喜欢的生活，进入了另一个自己真正热爱并且擅长的领域，并在这个新的领域里触摸到了意义感。

有很多人在阅读这本书之后和我说，这本书改变了他们的人生，他们也找到了自己的使命。

这些反馈让我感受到了文字的力量。当你写下的文字触达了一些人的内心，并且和这些生命进行了对话时，它已经完成了文字的最高使命。当一个人终于可以打破思维的框架，开始敢于冒险，他就会品尝到突破自己边界的快乐。

就如同毛姆的《月亮与六便士》里的那句话："我明白循规蹈矩未必不是幸福。但血气方刚的我想踏上更为狂野不羁的旅途。我认为我应该提防这些安逸的欢乐。我心里渴望过上更危险的生活。我随时愿意奔赴陡峭险峻的山岭和暗流汹涌的海滩，只要我能拥有改变。"

在这本书再次出版之际，我想对所有曾经读过这本书的读者表示感谢，也想对未来的读者说声——你好！虽然这本书在再次出版时被编辑们命名为《三十不设限》，但是在我看来，其实无论到了哪个年纪，世界都是我们应该探索的无垠天地。

勇气将引领你和自己的使命相拥。

序二 Preface

当出国留学与事业发展冲突时

新东方创始人、真格基金创始人　徐小平

一

2012年春天,《世界因你不同:李开复自传》一书正风靡全国,我和开复、雷军、蔡文胜、曾李青、杨向阳等一帮天使投资界大佬相约敦煌,借中国天使会开会之名,行与这些互相仰慕的老哥们旅游聚会之实。

记得我们当时正在参观莫高窟,在通往王道士藏经洞的路上,我和开复的助手王肇辉谈起了《世界因你不同:李开复自传》的合作者、彼时正在哥大读书的范海涛。海涛在哥大攻读的硕士学位专业,是一个国内绝对没有而且我感觉国内尚未有人读过的专业——口述历史。

当时我们"口述"的事情,简直也可以成为"口述历史"了。

我说:"海涛将来回国,会成为这方面泰斗的。"

肇辉听了我的评语,心里有点不服。但辈分低的他,对我的任何谬论,都只是敢怒不敢言。于是,等到开复走过来时,他就让开复来驳斥我。

"小平，你的评价，我觉得有点夸张……海涛还那么年轻。"开复一如既往那样温柔文雅地说。

我说："你知道一个中科院院士的标准是什么吗——学科开创者。海涛学的这门专业，因为是中国高校当下没有开设的，她如果回国并积极从事这方面的工作，不就成了学科开创者了吗？

"同时，请开复同学、肇辉同学注意正方同学的语法。我用的是'将来'时。'将来'还没有来。只要海涛回来并踏实地在这个领域耕耘，她就有机会在中国开创'口述历史'的历史。她的未来，岂止成为学科创始人、专业'泰斗'，她的面前，摆着的是整个中国商业社会呼之欲出的对高质量文字记载历史的需求，涌来的是因智能手机普及而极度放大了的用户对品质内容饥渴的狂风。"

写下这段回忆，是在2015年北京最后的一轮阳光下。三年前的敦煌在我心中，是那么亲近，又是那么久远。亲近，是因为我似乎能够看见我们站在藏经洞外面，被西域夕阳投射在黄土地上，真情讨论并期待着海涛未来事业的剪影；久远，是因为从那时以来发生了太多太多，似乎过了一辈子的事情，这些事情包括：开复生病、雷军崛起、真格成名、肇辉婚育，以及……以及我不太愿意提起的海涛毕业。

二

我不太愿意提起范海涛毕业的事情，是因为这个家伙从哥大毕业后，居然没有立即回国，而是选择了在美国工作。在美国工作就罢了，她居然是在新浪美国工作，做一个驻美记者，风风火火今天曼哈顿，明天波士顿，后天华盛顿。

海涛的这个职业选择，使得作为她的朋友并且又好为人师的我很不开心：因为她晚回来一天，不就离我对她的预言远了一截吗？我想她早日回来，努力奋斗成为她的领域里的"泰斗"。至少，迅速启动她为开复写书所开辟的那份前景美妙的写作事业。

有一天她给我打电话说："徐老师，我又要去华盛顿了，烦死了。"我说："你不就在华盛顿吗？飞什么飞！"她说："我此刻是在美国首都华盛顿特区，但我要去的是微软老家华盛顿州，得飞七八个小时呢。啊哟，累死了……"

放下电话，我心里有点变态的快感。累死你，烦死你，谁让你不赶快回国做你该做的事情，摘取非你莫属的成功果实呢！

范海涛记者出身，机缘巧合配合开复写了这本十年来少见的畅销书，赢得了一个文字工作者非常难以获得的名声与品牌，然后一鼓作气，到"口述历史"的发源地哥伦比亚大学研究如何记录活着的历史，完成了人生腾飞所需的学识与资源上的准备。

千万人可望而不可即的梦，成功之梦，离她就隔一层窗户纸。或者说，离她就差十个小时飞行——好吧，纽约离北京十三个小时飞行——但为什么这么短短的空间路程，对海涛来说就这么难以飞越？

三

我是因为开复的原因，跟海涛成为挺好的朋友的，我当然欣赏她年纪轻轻就如此成功的事实啦。2011年大年初二，海涛还没有去美国读书，她和她先生段钢在我家喝茶聊天，消耗了一个下午，当时谈的主题，是想请她跟我合作写一本我做投资的书。开复的书那么畅销，让我有点羡慕嫉妒爱，我想我也要整一本畅销书，向开复致敬！而要达到这个目的，还有比这本书的合作者范海涛更好的人选吗？

那天下午，我们实际上开始了采访，开始了"口述"，一段"历史"差点就诞生了。但后来——随着海涛去哥大读书——就没有后来了。

范海涛在事业一触即发之际突然选择去哥大读书并且在毕业后迟迟不回来这件事，真的让我挺失望的。我前面说过，我有一个毛病就是好为人师。我本能地想替别人"规划人生"，并因此而发展出了一套敝帚自珍的"歪理邪说"。而海涛不按照我的想法走她自己的路，真的让我有点失望到了恼怒的地步。

其实……其实我着急毫无道理。海涛的先生段钢看上去一直挺支持她留学并留在国外工作的。皇帝不急，太监急什么！

但我就是急！

我到底急什么呢？

（此处应该有笑声）

四

海涛终于回来了。时间是2014年的7月，在她出国学习工作三年之后。

2015年12月的一天，我在非常繁忙的年终日程中，挤出了一个晚上和海涛以及她先生段钢喝茶。那次喝茶，在窗外寒风的背景衬托下，我们热乎乎地喝了三四个小时，聊到了午夜两点。这次深聊，让我对海涛、段钢的人生思想和选择，有了更深的知晓和理解。

海涛的人生之路是一个矛盾体。它蕴含着当代青年许多人生的自觉和无意识。自觉，是一种有价值的主动追求；而无意识，则是当一种追求没有价值甚至有反作用之后，依然在惯性思维的轨道上奋力坚持的做法。

这种矛盾，可以说是每个奋斗者都会陷入的困境，有时候更是他们自己心甘情愿的坚持，比如海涛这样。我也许不该说三道四。但反过来想想，我自己走过的奋斗之路，以及我看过无数人做出的决定他们命运的选择，确实还是有很多值得总结的经验教训，确实也导致了甘苦不同的人生果实。所以，我觉得我的指手画脚、说三道四，还是有重大意义的。（此处请不要喝倒彩）

海涛人生的"自觉"，是学习英语的自觉、留学深造的自觉、游历世界的自觉以及获取全球竞争力的自觉。这种自觉，在中国改革开放三十多年来，是一代青年的奋斗主流和人生推力，这几乎成为他们的本能。改革开放，世界来到了中国，中国走向了世界，没有千万能够与世界交流及竞争的人才，中国梦是无法实现的。在这个意义上而言，海涛的追求是正当、积极与深邃的。

但海涛人生的"无意识"，则来自她从小形成的人生追求与时代变迁之间的一点时间差。"出国"，是20世纪八九十年代青年人的核心追求。而到了21世纪第二个10年，"回国""来中国"，已经成了最酷的时代潮流，成为全球范围内人才流动的厄尔尼诺现象，改变着世界的创业创新与社会发展生态。

海涛需要留学吗？需要。海涛需要游历吗？需要。但她更需要出书，需要创造更大价值，更需要出版众多印数百万的畅销书给千万读者带来心灵启迪。读书游历的终极目标，还是为事业梦想服务。她在已经可以轻松摘取成功之星的时候华丽"退"身去美国三年，实际上就是为了一个我多年前批判过的"留学无意识"而远离了属于她的历史性机会……这个机会叫：中国机会。

物质的质量越大，则惯性越大。人生梦想植根越久远，要想改变它就越难。海涛这份植根于当代中国历史的留学梦、出国梦，到了《世界因你不同：李开复自传》出版之时，已经在"中国梦"的光辉下失去了往昔的耀眼。留学再也不是人生成功的必经之路。在这个时代背景下，抛弃自己唾手可得的人生机会而执意追求往日的留学梦想，就成了人生奋斗的无意识，成了海涛的无意识，也成了我对她过去几年的人生选择

"爱恨交加"的有意识。

夜深人静，水汽升腾，谁也听不到我们在屋内热烈的讨论。但我想我们算是把几年来想说没有说的话、想发没有发的"火"，终于说了出来、发了出来。段钢和我热烈拥抱，祝贺我说出了他作为先生"敢怒不敢言"的话；海涛也和我深情握手，表示了她对我想说而没有说够的感谢。

五

好吧。海涛把她过去几年在美国读书、工作、游历、思考的过程，用她美丽流畅的文字呈现了出来，成为现在绽放在你手中的一本文字的花束。

好吧。海涛放弃了过去几年在国内从事采访、写作、出版、创业的机会，但失之东隅收之桑榆，海涛在美国学习工作生活的经历，毫无疑问也是一份宝贵的人生财富。这种财富，更多体现在修身与储备，而不是扩张与释放。有道是广种薄收、厚积薄发，也许，一旦找到自己"真正热爱"事业方向的范海涛，会以宇宙加速度的推力，站立在她的师长、朋友和亲人面前，播种并收获自己不负众望、不负梦笔生花的才华。

好吧。海涛，你也不要认为我是专门在为你写这篇序言。实际上我是写给我自己看的，因为，作为被一部分年龄比我小的人视为年龄比他们大的人，我常常会反问自己：面对海涛这样信任我的年轻人，我这个"好为人师"的老家伙所说的那些话到底对人家有没有好处？到底会不会误了人家？

要言不烦，让我把我跟海涛四五年来交流的思想主线在这里再表达一遍吧。这是我的个人观点，但假如人生可以重来，我会把这些观点重头践行一遍，我相信它们是人生的精华以及"宇宙的真理"。

历史的车轮旋转到了21世纪第二个10年，出国留学对于范海涛他们，其实已经不再是一个稍纵即逝的机会，而是一个随时可得的储备。留学，还是事业？答案是事业！因为，留学的大门，对今日中国青年甚至中年壮年N年，可以说永远在那里敞开，你看看刘强东、王石他们的留学日程就知道我的意思；而事业窗口，对任何个人来说，却是一个千载难逢的机遇，一道错过就永远难以逾越的金线，一个醒来就再难成真的美梦。

五年前，范海涛同学如果留在国内做她的写作工作室，她应该已经成为当代中国商业写作第一品牌。她应该已经亲自采写了四五本精彩畅销的书（包括我的那本！），她的助手，应该已经相继推出了二三十本企业和企业家传记。这些书，应该已经成为当代中国经济奇迹和中国人民梦想成真的史册、丰碑。与此同时，她应该已经不知不觉地成了文化创意产业的一颗上升的明星，应该已经成为一个意外的亿万富婆……但是，人各有志，海涛选择了出国。

请注意我用了好几个"应该已经"，这是英语里的"虚拟语态"，即应该发生但没有发生的事情。

当然，我相信，任何经历都是人生的耕耘与财富。且看海涛这本书，这本她放弃上述那些丰功伟绩而熔铸了她多年心血的青春之书，这本世界因为她的努力奋斗而变得有所"不同"的梦想之书，看看她披露在书中这几年来的学习与工作、行踪与梦迹以及她的智慧与思考。

每一本书的作用，关闭的是过去，开启的是未来。在2015年最后一天我给海涛写序，同样也是期待着已经兑现了留学梦、经历了美国梦的她，在这送旧迎新之际，扎根于中国梦的土地，迎来她人生最美丽事业的夏天。

序三 | Preface

浸入口述历史的大河

前凤凰卫视《口述历史》主持人　曹景行

打开范海涛的书稿时，有点羡慕；每次翻看青年一代海外求学记叙时，都会有这样的感觉。何况她去的是纽约哥伦比亚大学，那儿可以说是名副其实的地球村；上的课又是口述历史，马上就令人想起唐德刚先生写下的李宗仁、张学良的回忆录。

但看了她书稿中的那些内容，却有了另一种感觉。美国的口述历史已经是成熟的专业，除了要人、名流，他们把更多注意力放在普通人身上，用他们的记忆来佐证历史、丰富历史，为后人留下尽可能完整的历史记录。口述历史就像一条大河。

2008年美国大选前夕，我同上海外国语大学的学生前往采访，第一站到了俄亥俄州的肯特大学，听到这个名字，我立刻就想起1970年5月美国枪杀四名反战学生的事件。那年的5月20日，北京天安门广场举行百万人集会，毛泽东同刚被推翻的柬埔寨西哈努克亲王并肩出现，还发表了声明《全世界人民团结起来，打败美国侵略者及其一切走狗！》。

第二天清早，我就在校园里找到了枪杀事件发生地点，附近还有一座连带着广场的纪念碑。但最打动我的是学校所在小镇的电台办公处里满满一柜子的录音和录像，留下了所有相关人物的口述历史。一时间，我在柜子前动弹不得，想到的是我们会给后人留下这样完整的历史记录吗，比如我们的某段历史、某个事件？

当然，国情不同，多想也只是增添无用的惆怅。从范海涛的书稿中，更能看得出美国人对历史记录的认真，口述历史已经成为专门学问。如何采访，尤其是如何让普通人掏心掏肺同你讲自己的过去，要比一般的新闻记者的工作难得多。这需要的不只是提问的技巧，而是相互间的心灵沟通。课堂上讲再多也没用，就看实际采访中双方心理的距离。

范海涛说——最成功的口述历史采访应该是这样的，采访完毕，被采访者既像是完成了一次记忆旅行，又像是完成了一次认识自我的过程。他会说，"我从来没有这样认识过自己"；或者，他会说，"我从来没有这样总结过自己的人生"；或者是，"如果你不问我，这些事情我可能永远永远都忘了，它们永远不会再见天日"。

她说——将人最感性的那一面和隐藏最深的那一部分记忆挖掘出来，挖掘人性，这是采访者本身浑然天成的深厚功力。

她说——你要有能力释放别人，首先应该有能力释放自己。你要有能力打开别人的心扉，首先要知道如何打开自己的心扉。只有感受到自己如何被释放的过程，你才能知道，采访对象在被采访时候的切实感受。只有自己被采访过，你才知道，人们愿意分享哪一部分的生活，而哪一部分，你需要努把力人们才愿意和你分享。

也说说我自己的体会吧。十年前我从香港移居北京，到清华大学新闻与传播学院教课，也继续为凤凰卫视工作。期间，我接下了《口述历史》这个周播栏目。我大学读的是复旦历史系，做这个节目可以说是期盼已久，甚至是对当年辛苦读书的回报。

那两年多时间里，我采访了近百位人物，也改变了我自己认识历史的框架。采访对象大多为饱经沧桑的老人，一旦他们打开了记忆之门，你更多的是倾听，跟着他们的思绪，进入他们的世界。适当的时候问一两个小问题，常常是关于细节的，却有可能牵出他们遥远的记忆，或者心底里的一句话，让你惊心动魄。

就像范海涛所说："如果口述历史的采访是一条河流，那么采访者其实应该是一个舵手，在这条河流上，舵手只是微微地调整方向，让采访顺着时间流动的方向前进。"尊重和耐心，是这个"舵手"必须具备的素质。

采访时间会很长，最短的也要三四个小时，也常有一整天都没谈完一个话题的。长时间坐着，只有当编导示意要换带子时才能停顿片刻。身体尽可能保持前倾而不是后靠，眼睛看着对方，脑子里不断在思考哪些事情要问下去。有时会很累，但往往就在这样的时刻，对方突然讲起了一件刚想起的事情，让你顿时兴奋不已。

做口述历史会有成就感，特别是当你发掘出一段重要的历史，记录下来。比如2006年1月，我对担任过中共中央党校副校长的龚育之先生的采访。中共党史学者韩钢说过，龚老对我谈《二月提纲》的那些内容，有许多是与他交往多年的人也没有听到过的。一年多后，龚老去世了，全部采访记录由韩教授与龚夫人整理成五万字文稿，收入《龚育之访谈录》一书，并注明"有较高的研究价值"。五十年前的"文化大革命"，就是从批判《二月提纲》开始的。

做口述历史很难，但值得。得知范海涛是第一个获得哥伦比亚大学口述历史硕士学位的中国学生，这也是目前口述历史专业的最高学历，我很高兴。这意味着在口述历史学术研究方面，她有可能把国外成熟的理论和经验，同我们中国的实践融合起来。

目录 | Contents

导言　不勇敢无以致青春 /001

第一章　在青春的末尾 /009

　　1. 梦想在什么时候复苏 /010
　　2. 世界那么大，我想去看看 /015
　　3. 倾听内心的声音，让自己全力以赴 /021
　　4. 放弃努力，就是老了 /026

第二章　踏上一颗孤独的星球 /033

　　1. 跌入另一颗星球 /034
　　2. 单打独斗，战胜日常俗务的小怪兽 /040
　　3. 水深火热的合租生活 /051
　　4. 年轻人的困境 /065
　　5. 跨越语言带来的疏离感 /071

6.街头小报 am New York 里的世界 /077

7.和自己的胃和平共处 /085

第三章　狭路相逢，没有人能够幸免 /095

1.在不经意间，窥探到了自己的紧张 /096

2.被紧紧包裹的自我在对比中愈发清晰 /103

3.慢慢爬出洞口，见到隐约光芒 /107

4.把隐藏的自己大胆地暴露在阳光之下 /114

5.文化风暴让我被多彩的生活彻底包围了 /120

6.未知世界的一角在困惑与理解中渐次展开 /128

第四章　对潜能的无限挤压 /135

1.并未落空的害怕 /136

2.同性恋题材的启蒙 /142

3.以为逃过一劫 /150

4.接受这个悲惨的现实 /157

5.与老毒贩一起穿越时光隧道 /163

6.我的世界开了一扇窗 /169

第五章　张望窗外的世界 /177

1."9·11"事件：从旧壳子里走出来的第一步 /178

2.记者的灵魂再次横空出世 /201

3. 在团队中反思自己的性格 /208
4. 突破了那个内心充满恐惧的自我 /219

第六章　与世界深度交往 /227

1. 对世界的认知逐渐清晰 /228
2. 铲除根植在身体里的偏见 /235
3. 与世界更接近一点 /241
4. 走近认知的蛮荒之地 /250
5. 每个人都是你看世界的一扇窗 /257
6. 透过窗口，我的生活充满了阳光 /264

第七章　世界邀你同行 /285

1. 战胜那个感觉不好的自己 /286
2. 成为闯荡爱好者 /295
3. 我知道，我又溺水了 /304
4. 没有什么比拥有一颗饱满的灵魂更重要 /310
5. 再也无惧时光的流逝 /316

跋一　Hearing History /321
　　　聆听历史 /328
跋二　怀着敬畏之心继续上路 /333

导言 | Preface

不勇敢无以致青春

24岁那年我买了车，朋友们可以坐在副驾驶的位置上和我聊天。那个时候我是一名财经记者，开着车乱跑是我的常态。我常常载着记者朋友从一个新闻发布会跑到下一个新闻发布会。我们听着音乐，聊着商业精英的八卦，点评着上市公司的报表，享受着北京的阳光。青春就这么晃晃悠悠地过下去。

我不知道自己是不是一个典型的北京妞儿，反正我大大咧咧地生活，开心的时候就会咯咯大笑。有一大群闺蜜，用优惠券请朋友吃哈根达斯冰激凌，在团购网站买便宜货，把电影卡塞给正在谈恋爱的闺蜜。当闺蜜的男朋友看到我使用各种优惠券帮助他们谈恋爱时，惊讶地瞪大了眼睛，他望了望身旁的闺蜜说："那咱们去餐馆吃饭，有没有免费券呢？"正因为我奔放地给予周围人爱，朋友给了我一个亲昵的外号——"券商"。

我做事认真，但有时也会小奇葩。朋友晶晶生了宝贝，给我指定了一款宝宝车作为送她的礼物。我在西单买了，往回运时却发现外包装过大。当我好不容易把这个正方形的扁平大纸盒装进了我的灰色伊兰特时，却发现我根本没有时间去拜访这位住在天通苑的闺蜜。就这样，我拉着这个几乎要完全挡住我后视镜的大纸箱在北京城跑了一个月。一些地方的门岗保安给我停车卡时，都禁不住用奇怪的眼神打量我，然后嗫嚅着问一句："你是送货的吗？"很多时候如果我的身边有另一个"我"，那她也许会觉得正在看一部"轻喜剧"。因为这个原因，朋友们也叫我"大仙"。

后来我有了一个爱得死去活来的男朋友（幸亏不是骗子）。他在北京西单附近长大，特别爱在西四的一家叫作"延吉冷面"的国营饭馆吃饭。据他说，那种橘红色的辣肉是他的最爱。他小时候没有那么多钱，经常吃不起，于是，他总想有一天只吃这种肉，一直吃到饱为止。后来，我成了那个陪着他吃这种肉吃到饱的人。其实也只是看着他吃。这个小饭馆里烟雾缭绕，基本上连坐的地方都找不到。那种橘红色的肉一端上来，他第一个动作就是往橘红色的肉上咕咚咕咚浇上白醋，味道实在让人不敢恭维。

我从来不是学霸，也不知道把事情轻轻松松搞定是什么滋味。很多时候，我都觉得自己是在和自己的智商作斗争。挑灯夜战考大学、屏息凝神等发榜，诸如此类的事情都可以让我夜不能寐。做每一件有点难度的事情，我都会如临大敌，会和内心里面的另一个神经质的我嚷嚷——"冷静！"在人群里，我小心翼翼地掩饰着我的紧张，以防那个有点神经兮兮的我曝光。我习惯了普通，也觉得这辈子所有美好的事情都离自己太远。

这也是生活稳定之后，我死死抱住"稳定"不撒手的原因。记得在22岁时，我第一次拿到自己红底名片时的欣喜若狂。当时我所在的媒体可以说是彼时中国最好的媒体之一，录取率只有千分之几，比参加高考，被好大学录取的概率还要低很多。我大学毕业之后经过了10个月的实习，才终于成为它的正式一员。很多时候，那红底名片一拿出来，对方的眼神就马上不一样了。虽然那个时候我还没有车，但是我不在乎被分配到离家最远的海淀体育馆去报道大学生运动会。采访完毕，我从灯火通明的体育馆出来打车回单位写稿，爸爸再用摩托车半夜把我从三元桥运回位于首都机场附近的家，每次回到家已经是凌晨。照照镜子，夜风里被尘土弄脏的头发让自己看上去有如正在洞穴里练习九阴白骨爪的梅超风。

后来生活逐渐稳定，人的神经也逐渐放松。我在北京城里见各种各样的精英，谈各种各样的话。青春的流逝和这样的生活状态交织着。时间越来越快，我开始习惯各种流光溢彩的发布会，我载着闺蜜们去拜访各公司总裁，讨论百度和谷歌的竞争、谷歌的新技术有多酷……我开车到清华科技园去参加搜狐财报发布会，习惯性地把车停到地下二层，然后像走进自己的公司那样走进电梯，走进搜狐公司的茶水间，自己倒一杯咖啡。我和女记者们一起围追堵截刚刚进军中国市场的团购网站职业经理人，把那位刚刚上任的跨国公司总裁逼问得节节败退。那时候网易公司的COO是董瑞豹，每次见到他我都会"醉氧"。我和女记者私下里给他起名"豹豹"，每次谈到他的帅我们都哄堂大笑。有一次，在网易的电梯间，我们正在高声谈笑豹豹如何，一回眸，发现他穿着西服，背着运动包，踩着球鞋，就在电梯门口微笑。

IT公司一度把发布会的场面做得越来越炫。冰里倒红酒显示数字，按个水晶球瞬间彩带横飞，场面越来越华丽奢侈。我记得微软公司IE发布会的最后环节和苹果在硅谷的发布会那么相似，一块绚丽的大屏幕横跨798会场，屏幕亮起的一瞬间整个会场如同一个环幕电影院。那一刻，我有一种幻觉，觉得自己真的在世界中心。

不知不觉飞过了一片时间海。出国这样的事情我在之前也想过，甚至去参加了两次新东方的雅思培训，羞愧地错过了好几次花钱报名的雅思考试。到后来，我都不再羞愧了，默默地接受了自己注定平庸的结局。我甚至习惯了生活里的细碎和肤浅。看看美剧，深夜如饥似渴地读一读林达的《近距离看美国》，我以为这就是和梦想最接近的方式。

29岁时我的人生出现了一次巨大的变化。现在想来，那种震荡对我来说难以想象。在写作《世界因你不同：李开复自传》时，面对着一个在美国有30年生活经验的科技精英，一种深刻的感觉告诉我，美国，你必须去。身边的朋友也忽然变成名校毕业的同龄人，他们从康奈尔、布朗等常青藤学校毕业，嘻嘻哈哈地谈他们觉得藤校多么"名不副实"。但是一谈起正事，他们又站在了我的理解力到达不了的高度。他们在我的家里相聚，用一种不同以往的魔力把空间占满。他们有他们的共同语言，有我不能进入的美好话题。

两年之后我在纽约狭小的公寓里醒来。睁开眼，整个世界仿佛静音了。以往响个不停的电话像个骤停的心脏，再也激不起半点热血；以往源源不断接收各种发布会邀请的电子邮箱好像忽然坏掉了，只有零零星星无关紧要的群发信和广告；以往我痛恨各种应酬饭局痛恨到以为自己有反社交情结，现在想到饭局上那些饭菜，竟然有种深深的想念和痴痴的向往，好像自己变成了卖火柴的小女孩。由于不知道怎么适应冰冷的沙拉和冰凉的菜卷，我被饥饿感折磨着。30岁后去美国。落地美国之后，我有了所有初至外国的人们的所有感受，世界是那么寂静，整个空间只有自我。那些触手可及、一个电话能办的事，全都不复存在。那大包大揽、奔放给予爱的场面也正式结束了。

我一个人都不认识，慌张得不知道从哪里入手。

2013年5月22日，我从哥伦比亚大学正式毕业了。毕业典礼那天，我起晚了，慌慌张张地穿上买大了的天蓝色毕业礼服，一路跑到了学校。从位于阿姆斯特丹大街上的学校侧门进去，蓝色的海洋一瞬间便包围了我。我知道，此时此刻我不可能再找到本系的同学了。混乱中，我坐在了国际关系学院同学的位置上。每个系的同学都拿着不同的标志物欢呼着，也许是报纸，也许是水果，也许是橘色充气棒。大家击打着充

我一个人都不认识，慌张得不知道从哪里入手

气棒，蓝色和粉色的气球飘扬在整个巴特勒图书馆和希腊神庙般的行政楼（Low Memorial Library）之间，欢呼声震耳欲聋。

哥大校长李·C.博林杰（Lee C. Bollinger）教授作毕业致辞。他用笑话开场："好多情侣其实就是在毕业典礼上认识的。因此好几次我都有一种幻觉，我不是在搞毕业典礼，而是在搞相亲大会！"广场上哄堂大笑。

医学院的毕业生全体起立集体背诵起希波克拉底誓言，声音整齐而优美：

我郑重地保证奉献我的生命为人类服务。
我要给我的师长应有的尊重和感激。
要以良心和尊严来实践我的职业。
我的病人的健康将是我首先考虑的。
我将尊重所寄托给我的秘密，即使病人去世之后。
我将继续尽我的力量来维护医学职业的荣誉和高尚的传统。
我的同事会是我的兄弟姐妹。
我将不容许有任何年龄、疾病，或者残疾、信仰、种族、性别、民族、政治背景、性取向、社会地位，或者其他因素横介于我的职责和我的病人之间。
我会尽可能地维护人的生命。
即使在胁迫之下，我不会用知识违反人道。
我郑重地，自主地，并且以我的人格做出这些承诺。

在人群中，我的眼眶湿润了。眼泪不自觉地无声地流下来，为了这30岁后出国留学革命性的两年，为了从里到外经历的和自己的灵魂紧紧相拥、被最终释放的两年，为了那些不理解我的人和我永远无法理解

2013年5月22日，我从哥伦比亚大学正式毕业了

的事，为了那个我刚刚开始似懂非懂的人生。

　　30岁后去留学，一时间让我语塞，但这就是我的人生让我选择的。这里面有太多的失去和获得。

第一章

在青春的末尾

越是在青春的末尾,实现自己"愿望清单"的想法就越强烈。

1. 梦想在什么时候复苏

因为我的人生有了很多羁绊，
胸无大志和责任抵身可以作为我人生不前进的两种借口。
我想，就让我在日常俗务里沉沦下去吧。

前往美国之前，我有很长时间不知道孤独为何物。俗世的快乐和痛苦，遮蔽了深度追求的可能。周围有人爱的时候，往往能在俗事中感到触手可及的快乐。

男朋友这个时候变成了先生，喜欢带我到各种犄角旮旯的餐馆去吃饭。当时《新京报》的美食记者小宽送给我们他写的一本小书——《100元吃遍北京》，文字温暖筋道，不但写出了食物的质感，也记录了丰富的北京饮食文化。潘家园的清真肉饼、小胡同里的云南菜、前门外的国营新川面馆都榜上有名。我拿着这本小书，觉得原来不起眼的小饭馆也有很多值得探究的故事，北京炸酱面也可以很诗意。

我和先生决定按着这本书的顺序把书里提到的餐馆吃一遍。每个周末去一家小餐馆，花几十元吃个马村鱼头，或者直奔潘家园吃厚实多汁的肉饼。最好玩的是，先生后来决定每一次结账之后，都让厨师在书里介绍他家餐馆的那一页签个字或者盖个发票章，以示"我们已经吃过这家"。后来翻看这本彩印书时，我习惯哗啦啦地从左到右翻一遍，一些不同颜色的章和厨师潦草的签字会依次露出来，特有成就感。

当然，他最喜欢去的还是西四北大街那家有着绿色招牌的"延吉冷面"。那橘红色的辣肉是需要去柜台自己端的，每次把那肉端上桌之后，他会熟练地用筷子顺时针搅动一次，然后挑上一绺往嘴里一塞，习惯性地说："真好吃！"他经常重复同样的话："那个戴眼镜的服务员，我小时候她就在这儿工作了，现在已经30多年。"我看了看站在柜台后面的穿蓝色制服的阿姨，典型的北京大妈，眼神里有一种高高在上的不屑。就连结账时也是那种"你爱来不来"的经典表情。不怎么和你说话，就是横横地直接给你找钱。我们在餐馆吃完饭之后走到大街上，而那儿还有现在北京城不多见的公共电话亭。

有一次，刚刚吃完饭，我们牵着手去对面停车场取车。忽然，他撒开我的手快步向脏了吧唧的电话亭走去，一时间我不知道发生了什么。只见他走到电话亭边上，摘下电话听筒，青春少女般娇嗔地说："干吗不接我电话啊，臭猪，死猪，你是口蹄疫的猪，藏病毒的猪！"我刚开始被这一幕弄得瞠目结舌，反应过来之后，立刻蹲在地上哈哈大笑起来。这是我们共同喜欢的一首歌——《勇气》的MTV结尾，我记得当天笑到站不起来，最后被拖起来之后走路跌跌撞撞，路人以为遇到了两个疯子。

再后来，这个场景成了我们的保留曲目。每次去西四，从烟雾缭绕的餐馆里走出来，他必然要演一遍这个节目。而我，每次都是还没有等他走到电话亭，就开始哈哈大笑，每次都笑到眼泪流出来。

结婚之前，我在北京东三环买了一个一居室。房子的朝向不太好，上午的时候没有阳光，但是我很喜欢那里。我买了宜家的橘色花布沙发和很贵的靠垫，希望那个颜色就像太阳光一样温暖。我经常接待朋友，失恋的闺蜜也时常披头散发地跑来。有一次我对朋友说："中午没事来找我吃饭吧，我给你做咖喱牛肉。"

朋友满心欢喜地来了，看见我正在用一个浅浅的不锈钢锅煮水，水欲开未开的样子。

"咖喱牛肉呢？"朋友高高兴兴地问。

"这儿。"我转身从厨房台子上漫不经心地拿出一个铝制的小包装袋，袋上写着四个大字——咖喱牛肉。朋友脸上的笑容瞬间僵住，原来这是速冻方便食品，真空包装咖喱系列。我面容坚定地将铝袋子里的咖喱牛肉扔进锅里。

那个时候，闺蜜失恋，我也偶尔与男朋友冷战。我们故意把生活过成连续剧。我们穿着睡衣，为赋新词强说愁地在床上一起骂男人。偶尔买薄荷味道的女士香烟，在痛苦到极限的时候就点上一根，吞云吐雾。最疯狂的时候，我穿越五环去看望失恋的闺蜜，把一条全新的、缀满红心的小内裤送给她，说这就是我们战胜苦难的信物。

我在轻喜剧中自娱自乐，像个小女生一样成为朋友圈里的谈资。当然，我也把生活中的忧郁深深地掩藏在心中。母亲早在2002年就被确诊出一种严重的慢性疾病，无论外在表现得如何快乐，我的青春期早在2002年就已经结束了。可能没有人真正理解那种感受，它在生命里过于沉重，过于黑暗，就像你生活中的一个隐秘的黑洞，吸走了生活里所有的光辉。在那个角落里，似乎进行着自己生老病死的种种预演。

这些命题对于一个年轻人，实在是太艰深了，但我接受了它成为我青春年少的一部分。人在没有长大成人的时候，往往不知道怎么面对痛苦，面对这种惊恐事件的唯一方式，就是哭泣。黑夜里，我的泪水突然袭来，无助和痛苦会像洪水一般肆意蔓延，我经常抱着被子，哭声响彻房间。后来，我慢慢变得成熟和适应了，每个月都会带着妈妈到位于东单的北京协和医院看病，整整九年。

这并不是一件伟大的事情，而是你的命数。妈妈的诊断证明出来的

出国前的我

时候，我瞬间变得比周围所有的同龄人都成熟。从那一天开始，我的内心开始变得苍老，这几乎不可安慰。

20出头时，我已经成为协和医院的常客，对协和医院的各个部门了如指掌，对各个科室的检查轻车熟路，对复杂的医疗流程烂熟于胸。在协和医院信息电子化还不发达的时候，整个看病的过程中需要和老旧的医疗系统斗智斗勇。那个时候协和医院还没有电子分诊系统，人们在医院排号都是人肉相拼，谁能先看到病取决于谁更早在大厅等待。只要时间一到，护士出现，人们就如同看到热门商品一样向护士台蜂拥过去。护士在拥挤的人群当中接过病历本，用红色的马克笔在上面标注上一个个阿拉伯数字，还要在数字外面画上一个圆圈。这个过程叫作分诊，其情景堪比人们在熙熙攘攘的菜市场中疯狂采购。人们拿着病历本，凭借着这个数字去诊室门口排队看病。但是，这根本不足以解决看病的秩序问题，想要加号的病人比比皆是。没号的人们往往在医生办公室门口死死苦等。一有病人出来，其他病人就像蝗虫一般向医生办公室拥了上去。

因为我的人生有了很多羁绊，胸无大志和责任抵身可以作为我人生不前进的两种借口。这也是我在工作的最初几年把留学梦想搁置的原因。我一不聪明、二有责任、目前的工作又光鲜稳定，真的没有什么理由让我打破目前的状态了。我想，就让我在日常俗务里沉沦下去吧。

后来我知道，人的命运不同，去做什么，梦想在什么时候复苏，也许时机并不一样。《世界因你不同：李开复自传》的写作，就是我的那个机会。我的梦想，从此莺飞草长。

2. 世界那么大，我想去看看

我一会儿觉得人生无望，梦想不可能实现了，

一会儿又觉得，无论怎么样，也要尝试最后一次，

至少，让我自己不在未来的日子里后悔。

2009年是我人生的分水岭。长达一年多的传记写作结束了，2009年9月份《世界因你不同：李开复自传》出版的时候，我的生活如同晃动的纪录片镜头一样。手机不断地疯狂响起，纸媒约我写稿，视频网站邀请我去做访谈节目。MSN上不断闪烁着蓝色小人，电脑因此清脆地发着声，我的人生从风平浪静到高潮迭起，这其中有繁华，有热闹，有亲朋好友的欢呼与围观，有一种突如其来的成就感。人生第一次，我像是吸食了大麻，忙碌遮蔽了很多喜怒哀乐，浮华推动着很多过眼云烟。我感受到了想象中的那种很high的感觉，感到了人生得意须尽欢。

在一切繁华结束之后，我陷入了一种莫名的虚无。我经历了打仗一般做一个项目的痛苦、煎熬和投入后，又经历了项目出炉的幸福、迷幻和跌宕起伏。当一切暂时告一段落，我的世界安静了。一场大戏刚刚落幕，太阳照常升起，我的手边竟然没有一件能召唤我起床的事情。原来

所谓"成功是一种习惯",说的是当人们经历了一次成功之后,就会永远怀念那种制高点,怀念那种身处云端般的激动。与其说是渴望成功,不如说是人们对于自我实现的迷恋。

2009年12月底,我终于坐在了新东方水清校区的GRE辅导班上,混迹于年轻人的队伍当中。那个时候我还不知道GRE为何物,也还在半信半疑它和我之间即将发生的联系。我本以为这种考试和自己八竿子都打不到一起。更不相信,一个数学白痴在十年没有用过数学之后,能够重拾那些令人生畏的数学概念,质数、素数、公约数……还有概率分析和简单的统计。可怕的是,这些数学概念全部是用英文写成的,单词不会连题目都读不懂。但一了解我才知道,数学部分是GRE考试中最简单的部分,对于中国学生来说不值一提,所以GRE辅导班根本不辅导数学。写作和语文,才是GRE考试的极致炼狱。

那个时候我还在全职工作。虽然记者这个职业不用坐班,来去自由,但是自由也意味着随时待命。新闻永远不会提前通知你什么时候发生,这意味着你也许不需要早起,但是你可能会晚睡,这意味着随时接到了一个什么选题,你就要全神贯注地打一圈电话,联系自己手中掌握的资源,或者跑到某个采访对象的所在地,和他进行一场深度对话。无论是哪种情况,你都要在极其短的时间内,组织出一篇逻辑严密的文章。这是一个晨昏颠倒、消耗元气的工作,没有朝九晚五的概念,但是工作时需要全情投入。但是为了GRE的课程,我必须圈出固定的时间。很少早起的我,因此像是变了一个人。我每天早上7点就起,当冬日的寒冷达到顶峰时,我在一片黑暗中醒来,经常发现自己上课要迟到了,于是我飞奔到地库,发动车,一脚油冲出去,像疯狂老鼠一般在北京四环飙行几十公里。

我记得那一年的冬天特别的冷,而水清校区该死的教室竟然没有暖气。工作中的光鲜亮丽根本就别想了,我脱下了高跟皮鞋和羊绒大衣,

还未辞职的时光

丢掉了皮质手袋，穿上了两层粗线针织毛衣，外面又罩上了很久不穿的白色羽绒服，出门前谨慎地戴上了一顶毛线帽子。为了在寒冷的教室里能坐得住，我把自己包成了一个白色大豆包。

　　我为自己准备了很多重型武器。首先，出门之前，我一定会带好自己的乐扣蓝色水杯，因为水清教学楼一层有一个简陋的装热水的铁桶，很多学生都在那里排队打水。我上课之前把蓝色的杯子装满沸水，上课的时候把水杯握在手中，心里就会保有一丝热气。另外，每次下车时，我会特意带上车上的毛绒坐垫，上课时铺在冰冷的塑料椅上，也可以让自己保持一点温度。

　　那个能容纳几百人的教室当时只坐了不到一半人，因此寒冷很不容易驱散。每天上课我几乎都会迟到，虽然我没有镜子，但是我可以想象自己当时的狼狈，头戴白色的毛线帽，手捧蓝色的长水杯，腋下夹着一个车用毛绒坐垫，弯着腰偷偷潜伏进教室，在快走中坐下来长呼一口气，眼前升腾起一团团白雾。

　　课堂上总是段子和单词交相辉映，我和很多学生一样，还没有看过一遍"红宝书"，就稀里糊涂地走进了课堂。老师讲课的内容对于当时的我如同天书。其实无论是词汇课还是填空课，没有背过单词就去听课，基本上只能沉浸在云山雾罩的音节里面。新东方的老师们往往用幽默和段子，把大家对GRE的恐惧消化于无形。教阅读的陈虎平老师，当时在中国政法大学教哲学，每次上课的时候几乎都要翩翩起舞。他在黑板上画下飞舞的公式，根据留学生的平均收入，告诉我们记住一个单词大约等同于挣到了多少美元，把学生逗得哈哈大笑。

　　教填空的杨子江永远留着一头金城武般的长发，讲课的时候眼睛透过眼镜，露出憨厚的笑意。课间，他在投影上播放了帕瓦罗蒂和布莱恩·亚当斯合唱的《我的太阳》，两个人的表情太可爱了。布莱恩·亚当斯确实声嘶力竭，而旁边的帕瓦罗蒂一直想笑。听到这首歌我感到很亲切，看到帕瓦罗蒂，想起斯人已逝，不禁有些伤感。

从课堂里走出来，我飞奔到家，摇身一变我又变成了全职的财经记者。上课的那段日子，正赶上了谷歌从中国市场退出的重要新闻。我脱下臃肿的羽绒服，踢掉鞋，戴上耳机，像个战士一般开始工作。我和我能联系的一切消息源进行联系，然后写下一篇篇独家报道。

上课的昏天黑地和工作的手忙脚乱，让我无数次怀疑自己同时正在进行的两件事情。我白天上午上课，下午和晚上采访，然后写稿，胡乱地吃饭。在邮件里按下发送键，又打开"红宝书"开始背密密麻麻的单词。"红宝书"如同砖头般的厚度让人生畏，而记住上面所有单词的要求，似乎已经超越了人类记忆的极限。我感觉我的人生陷入了一种巨大的未知当中，这也让我的情绪经常处于惊涛骇浪中。我一会儿觉得人生无望，梦想不可能实现了，一会儿又觉得，无论怎么样，也要尝试最后一次，至少，让自己不在未来的日子里后悔。每一天，我都在情绪的列车里奔跑疾驰。通过考试对我来说如同登顶珠峰，但情绪的困扰又夹杂着另外一个复杂的问题：你到底是不是在做一个符合你年龄的决定？考试的险峻把人置于一个孤独的星球，而理想与传统价值的冲突更为突出。无数次，我在深夜里惊醒，一个声音好像从外太空传来："你就是要做这样一个自私的人，是吗？"

我的思考，夺路而逃。

备考的日子，对于我来说是一场接一场的昏天黑地。我最终还是没有能力背完"红宝书"，转而依托于当时一种叫作"猴哥"的软件来加深记忆。当时的GRE考试中还有单词类比和反义词的选择，而"猴哥"对这些题目做了很好的分类。除了电子版，我想把配套的书打印出来可能方便在床上看。但等我真的拿到这本书的打印版时，被吓坏了。那真的是比新买的一摞A4打印纸还要厚得多，每一页上布满了需要背诵的单词。

我整个人进入了一种癫狂的状态。我会经常在床上猛然起身，揪起熟睡的先生："你说，传统和现代是否能够做到融合呢？卢浮宫之前的玻璃金字塔是否就是这种融合的完美案例？"

"你说，无论是政治、学术或其他领域的丑闻都是有意义的吗？"

"你说，孩子社会化程度的加深是否能决定社会的命运？"

白天积累的素材和GRE作文的例子在黑夜如同幻灯片一样闪过，而晚上，先生被迫和我用中文进行着一场一场有关GRE写作的头脑风暴。

GRE我考了三次，原因是第二次ETS（美国教育考试服务中心）用过往的题目出题，导致中国学生抱怨此场考试不公平，ETS因此历史性地取消了全部考生的考试成绩，那是我整个备考过程中最黑暗的时刻。当时已经是2010年的10月了。我为这件事已经花费了整整10个月的时间，我放弃了旅游，放弃了电影，放弃了一切我能够享受的浮光掠影。而命运怎么能这样捉弄我呢？我气若游丝，所有的希望命悬一线。我当时差点就完全放弃了坚持，放弃了所有的事。

幸亏，我的先生坚持开车把我送到了第三次考试的现场——北京语言大学。而那场考试最终给我了一个满意答案。

2011年3月，拿到了有生以来的第一个offer（录取通知书）之后，我记得我和徐小平老师有一场真诚的对话。对徐老师的观点，我从刚开始的不理解，到今天已经无比认同。在这个欣欣向荣的社会，人们真的已经不需要一张虚妄的文凭来证明自己了。

而我当时的想法确实有点极端，我想起了，世界上有一种鸟——荆棘鸟，为了生命中想要得到的东西，它宁愿用死亡去换取。那一刻，那歌声竟然使云雀和夜莺都黯然失色。

我的想法也许只是——世界那么大，我想去看看。

3.倾听内心的声音，让自己全力以赴

人生在世，
不要被信条所惑，
不要让别人的意见淹没了自己的声音，
你的直觉多少已经知道你真正想成为什么样的人。

在我辛苦地准备两项考试时，我身边的朋友基本上已经不约而同地分立成了几大阵营。

第一阵营是无条件力挺和支持的一派。这些朋友知道我一旦萌生某种想法，就会想方设法地去执行、去推进。无论有什么困难，都会七手八脚地把事情做成。超高的执行力让我在困难面前保持着非凡的韧性。最支持我的朋友是李开复博士和张亚勤博士，他们两个人都为我写了推荐信，也是我生命中不可多得的导师。开复本身的经历是一本鲜活生动的教科书，我通过写作了解到了哥大的教育与卡内基·梅隆大学的教育在他的生命中留下的印记。哥大奉行的"通识教育"理念与他的博士生导师卡内基·梅隆教授传递的"我不同意你，但我支持你"的观念，以及教授同意让开复用迥异的方法来完成博士论文的故事，都让我对美

国社会的开放性和包容性有了了解。我能感觉到美国社会对一个人的改变，也见证了一个融合中美文化的人的生活乐趣：他在谈话中，时常和老美一样使用双关语，让谈话立刻充满了欢乐的氛围。

在《微博：改变一切》的新书发布会上，我向开复索要了一本新书并要求他给我题一句词。他想了想，在扉页上给我写了一句英文——Conquer America.（征服美国。）

第二阵营中，我不可避免地迎来了生命里的反对派。毫无疑问，这些反对派都是真心实意地对我好。他们真诚地反对我这个决定，并且认为我已经错过了最好的留学时机。今天我回想起来，更深刻地理解了他们当初这么做的理由。

兰亭集势CEO郭去疾是我的邻居兼好朋友。当时我喜欢呼朋唤友地把大家弄到家里来吃饭，因为工作太忙，无论我和朋友们怎么召唤，他常常最后一个到来。等他坐下来，桌子上就只有一盘盘残羹冷炙了，我就会起身给他另炒一个醋熘白菜。郭去疾本人在美国待过7年，毕业于伊利诺伊大学和斯坦福大学，还在美国很多有名的高科技公司工作过。可以说，有关留学的故事，他有一大车。但是时过境迁，你不问，他自己很少提及。

郭去疾是我有生以来见过的最聪明的胖子。他思维敏捷，言语清晰。在他身边，可以感受到高质量的思维如过山车一般在你附近的空间呼啸而过。听到我准备出国的决定，他条件反射般地不以为然，随后抛出一句我至今仍印象极深的问话："互联网时代，谁还出国啊？"这句话，对我来说是当头棒喝，但也让我第一次深刻地思考我决策的逻辑。

我一直认为郭去疾是一个可以预见未来的人，对他百分百地信任。2009年，移动互联网的风潮正欲兴起，无数的机会潜伏在这个行业当中。选择此时去留学，无疑是在浪费在中国发展的大好机会。当时作为财经记者的我，报道重点是中国互联网，已经和几乎所有的互联网公司都建立了极好的业缘关系。朋友们此时正纷纷选择跳槽，互联网公司也特别欢迎前去投奔的记者。这是一个进入中国互联网行业的最好机会。这种机会近在咫尺，机不可失，也许失不再来。毫无疑问，郭去疾的这种中肯而真诚的劝告有着极强的说服力和清晰的逻辑。事实证明，几年之后我回来，很多在圈内的朋友都有幸成了站在风口里的那只猪。

我还和对我影响至深的徐小平老师进行了一次深度对话。徐老师一如既往地幽默风趣，每次坐在他身边交谈，我都基本上是合不拢嘴。有一次我到他位于国贸附近的办公室去做客。面对着长安街璀璨的车流，他真诚地对我说："出国的事，可以过几年再说，那时你可以抱着孩子，领着女保姆，打着飞机去留学。现在你可以把你最喜欢的事情做到极致。比如说，写书，写传记。"小平的劝说其实和我当时的状态很有关系。第一个写作项目的成功，给我带来了源源不断的写作邀约，但我为了准备考试全部婉拒了。不但如此，我还狠心取消了所有出国旅行，也拒绝了朋友特别为我安排的一次西藏之旅。我把自己完全封闭了起来。小平认为，对于很多人来说，我是在放弃我的大好前程，出国留学时间成本巨大，这毫无疑问会打断我事业发展的节奏。

除了支持派和反对派，我生命中还有另一派，他们是既不支持我留学，也不反对我出国的中间派。这类人往往是我生命中比较亲近的人，他们一方面希望我随心所欲，能实现自己的梦想，淋漓尽致地体验人生；另一方面，又暗暗地希望我能够留在他们身边，保持一个稳定的工作，过着毫无波澜的安心日子。他们本能地希望我像所有"正常"的孩子一样，不要在不该折腾的时候折腾，不要玩不该玩的心跳。随着我备考时间的拉长，他们对我的这种矛盾心理，与日俱增。

爸妈喜欢处于稳定状态的我，那种稳定带给他们一种安心的感觉。我经历了报业最辉煌的年代，工作还不用坐班，因此我时常可以白天去家里看望他们，带父母去医院的事情，因为时间自由，我都自告奋勇地完成。这一切在我做了新的选择之后会怎么样，我们当时不得而知。我唯一知道的是，这种稳定的生活一定会土崩瓦解，他们的心里一定会和我一样动荡。

备考期间，我没有和他们做直接的沟通，因为我比较懦弱。而且我一想到这个话题，就备感煎熬。我那多病的老妈，则经常用凝聚了全世界的母爱的眼光看着我，然后看似漫不经心地说："你看，你现在的工作，多舒服呀。"她的眼神，我常常不敢直视。如果强悍的镇压会让人揭竿起义，这种温柔的恳求反而让人不敢面对。

我的先生作为我生命中最重要的人，对于我想出国这件事情，表现出了中间偏左的支持态度。他像往常一样，白天出门上班，对我准备考试的事情不压迫也不过问，晚上面对灯火通明的书房，他只是微微一笑。

2010年10月，GRE考试结束一周，留学圈里传出了惊天消息，由于ETS把机经出成了考题，所有中国学生的考试成绩都被取消了。邮件里说：每一个参加10月GRE考试的学生，目前有两种选择：一种是接收退款，另一种是参加11月重新安排的考试。这个时间点发生这样的事情，对我来说是个重大的打击。经过了10个月炼狱般的生活，我真的感觉自己已经耗尽韶光，我第一次产生了放弃的想法，感觉自己在一个十字路口徘徊。今天我想算了，明天又觉得这么放弃，实在是心有不甘。我的矛盾达到了极致。

在徘徊的那几天，我把堆成小山一样的GRE和托福参考书都摞起来，放在了屋子里的一个角落里。我打开久未打开的电视，开始没日没夜地看娱乐节目。我想通过拖延的方法，让自己自然而然逃脱掉这场选择。而我先生发现了我的变化，终于有一天对我说："就这么放弃，你将来肯定会后悔，我们还是再最后努力一次吧。"

因为这句话，我又挺过了艰难的一个月，终于拿到了我想要的成绩。

人做每一个选择时,心态其实是在不断变化的。当初参加新东方培训时,只是觉得留学是自己的一个梦想,去试试无妨。最后能不能成,听天由命。但是随着自己时间投入的增加,能力的逐渐提高,等折腾到整整一年时,我觉得整个事情都似乎有了若隐若现的希望。我的心态,从去不去都可以发展成说什么都一定要去。首先,这关乎我一辈子的梦想,不去我可能不甘心。其次,我不忍心看见我付出的时间成了沉没成本。最后,我相信未来。

当我最终决定要去的时候,所有的反对派、支持派和中间派都变成了一派——支持派。所有的怀疑烟消云散,他们最终相信这是一件好事,我会终有所得。而我相信,人不能两次跨越同样的河流。而我想要的,终究还是我想要的。我最终是我上一次写作过程中获得的真知灼见——追随我心——的实践者。我相信,人生在世,不要被信条所惑,不要让别人的意见淹没了自己的声音,你的直觉多少已经知道你真正想成为什么样的人。

其他任何事物都是次要的。

4.放弃努力，就是老了

朱天心说，

在她眼中，

衰老就是放弃所有的努力。

2011年的春天，也许是我度过的最手足无措的一个春天了。虽然3月的阳光渐渐温暖起来，但是我的内心似乎还有一条冰封的河没有解冻。我刚刚从长达一年的留学备考和申请的过程中闲下来，眼前总是明晃晃的。那种感觉就好像是一个长跑刚刚结束的人，喉咙里有血丝，肺部还有压迫，呼吸还很急促，还来不及看清周围的景物。

奇怪的是，我感觉不到季节更迭。时间变得极其缓慢。大概是在一场旷世的等待当中，人才会觉得时间犹如静止了。

我的全职工作还在继续。互联网江湖里一如既往的热闹喧嚣，好像谁和谁都可以随时打起来，我必须像一个职业见证者那样热血沸腾。

那一年的3月，团购网站开始激烈地在中国本土竞争，泡沫之大超乎了人们的想象。美国的团购网站鼻祖高朋（Groupon）入华了，以三倍的薪水去挖本地团购网站——拉手网的墙脚。听说高朋以业绩考核员工，几个月业绩达不到就会把人炒掉，这让拉手网的员工望而却步。而hao123这类网址导航类的广告价格上涨了30%，据说就是因为这些正在疯狂烧钱的团购网站集体哄抬了物价。

我和小伙伴们采访了高朋网的年轻CEO欧阳云，我和闺蜜——当时还在《北京晨报》工作的张黎明——一起连番对这个年轻的跨国公司高管进行了轰炸。我记得黎明很犀利地对他提问："你的竞争对手满座网，都把'高朋尽在满座'这种进攻性的广告打到你家楼下了，你准备怎么应战？"

对方儒雅地回答："我们不应对。我们不是应对的关系，而是一起发展这个市场的关系。"

我们都被这种外企式的回答给震惊了。

那天，我和小伙伴们集体"调戏"了欧阳云，用一个一个刀锋般的问题和这个履新的高管频频过招，他的脸上出现了孩子般的尴尬。从高朋的办公室出来之后，我和小伙伴既同情又开心地大笑了一番。心想，跨国互联网公司怎么可能打得过这些本土的"怪兽"呢。这片土地的这个行业随时都在攻城略地，商业竞争的手段是野蛮生长。

尽管我一如既往地保持了工作状态中的顽皮，但事实是，只要从采访对象那里回到自己的车里，我就不得不去面对一个残酷的现实——我处在一种让人煎熬和备感窒息的等待当中。我在等我的美国大学录取通知书，我在等待这一年漫长无望的马拉松的最后成绩。再极端点说，我好像是在等待一个对于人生的判决。

那一段时间，从来不上BBS的我，第一次注册了一个叫太傻的留学论坛的账号，每天只要有工夫，我就不停地机械刷屏。我给自己起了一个化名，每天隐匿在论坛的一个角落里，悄悄地看大家拿到录取信的狂喜和收到拒信的低落。每一天都有很多悲欢、笑泪。在这里，你更能够感觉到什么叫作人生如戏。

那时候，只要有任何被录取的消息贴到论坛里，马上就会溅起一大片涟漪。一般来说，没有申请同样专业的同学，就会打出一大片一大片的"cong"字，这是英文congratulations（祝贺）的缩写。只要有人拿到了offer，你就会看到帖子底下像盖楼一般"cong"满天飞。而申请了和楼主同样大学同样专业的同学们，会瞬间紧张起来，因为别人已经接到了通知，而自己却什么都没有等到，这是一个前途未卜的信号，大部分人此时会陷入慌乱不安的猜想当中。当然也有很多帖子是写接到拒信之后的痛苦和伤感的。往往经过了一年的凄风苦雨，大家写出来的语言，都由衷地坦诚感人。而其他小伙伴们这时候就会纷纷冒出来安慰。按照惯例，一般跟帖的人都会打出"pat pat"这几个字母，表示"拍拍"的意思。在论坛里，因为被拒而求安慰的人比比皆是。

隐藏在这个到处是年轻人的论坛当中，我忘记了自己的年龄，忘记了自己的职业，也忘记了那些刚刚采访过的中国精英和企业管理者。在论坛里，你是一个求offer的等待者，你更关心自己的命运。在这个虚拟的世界里，我们这些整天趴在帖子里的人有相互抱团取暖的需要，也了解彼此需要什么样的精神慰藉。我们没有年龄差，只有"cong"和"pat pat"，这是留学申请体验中特别温暖有趣的一幕。

我的春天，是由几封冰冷客套的拒信开始的。这让我2011年的开局，显得特别不顺。

那段时间是我两年以来比较脆弱的一个阶段，我想打起精神，可是我输给了抑郁，输给了无望的现实。我的内心和这个温暖的春天，格格不入。我用宫崎骏的电影和村上春树的小说来转移注意力，但是这些作品于细微处弥漫着的伤感，让我觉得悲伤无处可逃。

我人生第一次感受到了音乐的治疗作用。此前我也听古典音乐，但不是那么经常，即便听也只是怀着一种欣赏的心情。在人生低落的时刻，我感受到了音乐是可以疗伤的，你可以把情绪沉浸其中，获得慰藉。那些旋律，像是一种对悲伤的拥抱。那段时间，我常常在车里反复播放着古典音乐CD，声音开得奇大无比。我清楚地知道那张CD的10首曲子里的第三首是小约翰·施特劳斯的《蓝色多瑙河》，这还是唯一有歌词的一首，中文版本的童声合唱，歌词非常符合当时的天气，童声也非常的圣洁。

> 春天来了，大地在欢笑，蜜蜂嗡嗡叫，风吹动树梢。
> 多美好，春天多美好，鲜花在开放，美丽的紫罗兰，散发着芳香。
> 美丽的春天阳光，金色的阳光多温暖。
> 那露水在绿色的草地上像珍珠发光，小鸟歌唱在树梢。
> 白云像面纱在蓝天飘扬，美丽芬芳的花朵遍地争艳开放。
> 春来了，春来了，这一切多美好。
> 春来了，春来了，大地一片春光，鸟语花香，多么美好。

那段时间，开车时我会反复把CD直接调到第三首。让"春来了，春来了"这婉转圣洁的童声充斥在我的车厢里，淹没掉我的思考。我行驶在路上，伴随着超级大声的音乐，在司机位上一只手驾驶，一只手打着节拍，犹如一个泪如雨下的疯子。

经过了心情的剧烈起伏，接收了几封拒信和鸡肋一样的offer之后，决定我命运的那个清晨来了。当时我最中意的学校依然是杳无音讯，而回复去不去另一所排名30左右的大学的日期就要到了。我决定给哥大的小秘发一封邮件问问最终的录取结果。这次询问让我陷入了极度的紧张。因为你写了邮件，对方就会回复，而答案马上就要揭晓。你可能喜极而泣，也可能瞬间跌入失望的谷底。

第二天凌晨5点50分，我醒了。打开床头柜的灯，我本能地去抓旁边的电脑，我强烈的第六感告诉我，答案已经在我的申请邮箱里了，我的心脏狂跳起来，我清楚地记得我打开过几百次的邮箱，在那个昏暗的清晨，却因为我太紧张，手哆哆嗦嗦地颤抖，总是输错密码而打不开。我深呼吸了几次，才勉强把Gmail邮箱打开。果然，对方的邮件已经到了。

一般来说，到了这个时候，邮件的标题基本上就会告诉你被录取了没有。如果标题说，你的录取决定已经做出了，那是标准的拒信标题。而如果标题里有congratulations的字样，那么说明你被录取了。

而我的这封信，标题只是对我的回复，没有丝毫的线索。

我点击开这封邮件，被里面密密麻麻的文字给轰到了。邮件太长了，这不是一封普通的拒信或者录取信。因此，一眼看不出乾坤。我必须好好地研读。但是因为太紧张，且心情紊乱，始终没有搞懂这些英文是什么意思，好几次读到一半又回到信的开头重读。最后终于搞明白了。信中说："哥大对你的录取早就决定了，但是由于上传offer的系统这两个星期出了一点小故障，因此他们就没有上传，我们现在在等待系统恢复。但是既然你来问了，那么我们就高兴地通知你，你已经被录取了……"

我如同一个把一场马拉松跑到终点的人，放下电脑，瘫在了床上……

之后的几个月我过得忙碌又轻松。生活的节奏一下子欢快了起来。好像电影的镜头，从一个阴郁的片段里淡出，黑屏，然后一个新的篇章开始了。

我在北京五道营胡同举办赴美告别派对。那是一个地中海风格的酒吧，矮矮的房屋涂成天蓝色，窗户是纯白色带着横杆的，乍一看像是海滨小旅馆。酒吧的主人养着几只褐色的小猫，时而上蹿下跳，时而懒洋洋地横在地板上。我第一次去就爱上了这个地方，并在心里悄悄地记住了它的名字——海妖。

后来到了美国还有朋友在微信群里打趣。一个闺蜜问："涛涛举办告别party的地方叫什么名字？"

另一个闺蜜答："涛涛找到的地方，名字自然和她的气质极为相符——海妖！"好几个人发出了"嘿嘿""嘿嘿"偷笑的表情。

我人生第一次做了一个煽情的PPT回顾亲情友情，也期待他们做出一样煽情的总结陈词。但是，我邀请发言的三个人不约而同地采取了打压加嘲笑的方式。开复说："当年海涛给我写的英文邮件，我读了很是发愁，不知道是不是该鼓励她继续把托福考下去。到了今天，我才松了一口气，她写的终于像个美国人了。"

新东方的杜昶旭老师说："海涛刚开始拿到了几封offer，问我到底那些学校该不该去，其实我心里想，那些村里的学校真不值得去，可是我哪敢告诉她呀！"

多年的好友胖煦作为我的闺蜜代表发言，她忧心忡忡地说："涛涛最终被哥伦比亚走读技工大学录取了。"大家浅浅地微笑着，心照不宣。

我在一团朋友当中被簇拥着，内心回想着这一年以来炼狱般的生活，以及最后生活回馈给我的最终结果。我微笑着，想起了朱天心的话。朱天心说，在她眼中，衰老就是放弃所有的努力。人过中年，她看到过往的好朋友很多放弃了前半辈子坚持的价值，变成了普通人。该买房就买房，该换车就换车，每次她都会感到，啊，他是老了。在她心中，放弃努力，就是老了。

第二章

踏上一颗孤独的星球

我忽然明白,选择来美国的那一刻,我已经选择让自己归零了。我重新进入了一个系统,每走一步,都和自己原来的系统相互冲撞着。在这种情况下,我唯一的求生办法,就是学会新的游戏规则,找到新的出路,努力地去认识新朋友,哪怕冲撞得头破血流。

1. 跌入另一颗星球

我带着无知者无畏的心态来到这片土地，

遭遇重创，体验绝望，

然后带着一颗婴儿般的心重新上路。

来纽约之后，我才发现自己之前从未真正独处过。

上大学时，我住在八个女生挤在一起的宿舍里。那是我第一次离家。现在想来，宿舍的场景被电影《致我们终将逝去的青春》还原得很逼真。我的床在进门处下铺，因此成了来串门的人坐下来的首选。我在红格子床单上放了一块布以防外人坐脏了我的床。另外由于去学校报到的时间太晚了，衣柜只剩下最后一个，内嵌在高高的墙上。因此我每一次拿衣服都必须先搬个方凳来，然后踩在方凳上取衣服。这种情景一直持续到大四毕业。

那个时候，我几乎没有自己独处的时间。我们每四个人共用一张桌子，每个人只有一个小抽屉。很多东西没有地方放，因此无法避免，房间里被各种物件塞得满满当当的，我也习惯了上铺的书忽然之间"哐当"一下，从天上掉到我的床下。我躺在床上伸手就把书捡起来，递回给她。我的上铺是个广东妹子,每次书掉了她都用她的广东普通话说一句:"不好意西(思)啊!"

我在自己坐下的位置的正前方,放了一块围着蓝色塑料框的圆形小镜子。每次坐在自己位置上背单词时我都忍不住要对着圆形的小镜子瞪着自己,仿佛灵魂已经被镜子里的人吸走。这时坐在我对面的宿舍老大,一个体形胖胖圆圆、经常被我们嘲笑穿着的东北女孩,会猛地从桌子的那一边一下抽走我的镜子,随即怒目圆睁:"看什么看,赶紧背单词,你这百分之八十的时间都对着镜子,我老觉得你在看我。"

我对面上铺是个婀娜多姿却嗓门巨大的海南女子阿媚,别看她瘦瘦小小,身材却特别好。夏天,每次她一进门就脱下连衣长裙,往上铺一扔,然后长长的头发一甩,用夹带着浓重海南味的普通话沙哑地喊出:"太热了!"宿舍里总是一阵狂笑。

阿媚个性豪放,我经常听到她在楼道里用粗哑的嗓子说着什么、嚷着什么。总是未见其人先闻其声。她对学习没有什么兴趣,床上放着大量的言情小说。只要爬上床,她就歪在床上看那些有着花花绿绿封皮的书,看着看着就经常做出同一个决定——今天不去上课了。而我们经常在奚落她、怪罪她的谈话声中走出宿舍。

阿媚有一个绝技,就是用海南话请笔仙。每次玩这个游戏时,寝室灯一闭,她的海南话就叽里呱啦地喊了出来,声响巨大。那些粗糙的音节里泛着一些说不清道不明的乡土的味道。这个时刻,我经常被眼前的情景震到了:一个哇啦哇啦讲着我听不懂的方言的女孩,长发披肩,眉头紧锁,然后双手托着一张纸,然后那笔在桌子上诡异地走来走去。

大学期间,我显然不知道孤独为何物。大学毕业之后,我又进入了一个热闹非凡的职场。财经记者这份工作,让我穿梭在各种灿烂的场合,让我沉浸在一种浮夸的热闹里,不知道孤独到底是什么滋味。

那时候我有一大堆记者朋友，很多人成了我的死党。记得有一次，我和一些记者朋友在上海采访完戴尔公司的首席执行官迈克·戴尔，已经处在截稿之前的生死线上，我必须分秒必争地赶在去机场之前交稿。在酒店等电梯的时候，我让男闺蜜张京科弯下了腰当了一会儿"桌子"，我竟然在这个"桌子"之上眉头紧锁，目不转睛地写了一会儿稿子。

那场景，想起来就觉得很夸张。

这种生活如同过山车一样，我一会儿忙碌得四脚朝天，手机不停地响，一会儿像文艺青年一样感慨一下生命。在朋友的调侃中，在大呼小叫的聚会里，我不知不觉地成了多愁善感又呼风唤雨的"大姐大"。我沉浸在别人的江湖里，却太晚思考自己的人生。

来到纽约，一切忽然戛然而止。

到达美国的第一个月，一切的一切，好像一部无声的黑白电影。告别party上温暖的团聚，仿佛是火柴划亮后的一束璀璨的光，只持续了片刻，马上就熄灭了。在纽约狭小阴冷的房间，我被置于无边的黑暗当中。那些过去生活中的欢乐，在空中如同电影一幕一幕地闪现。我像《蓝色茉莉》里的凯特一样，感受到无法医治的低落。我想，凯特失去的只是物质层面的奢华，而我失去的是精神上的宠爱和陪伴。我好像跌入了另一个我从来不认识的星球，那是一颗孤独的星球。

我提前一个月来到美国，临时租的地方是阿姆斯特丹大街122号哥伦比亚大学教师学院的宿舍。阴冷狭小的房间里没有电视，但是一层的大厅里有个破旧的沙发，有一台特别老旧的电视。不是等离子不是液晶，而是一个大大的金属黑方块。这是一个公共空间，人们可以在这里学习或者娱乐。

这是我第一次接连不断地看美国的电视节目。电视里播放的Jerry

呼风唤雨的"大姐大"

Springer[①]主持的节目，堪称美国版的《七日》，但是比中国的节目要开放得多，采访对象全在撕扯和谩骂，而且没有戴面具。这种真人秀节目疯狂得让人发指。那个时候我的英文还不是特别好，对于他们说的是什么，我不是很懂，只是看他们无比夸张的表情和肢体动作。

换一个台，是个访谈节目。一个电视台给了在卡特里娜飓风中失去一切的一对母女一大笔钱，在5年中，她们努力生活重建一切。5年之后，电视台再次访问了已经恢复正常生活的她们。这个节目很温暖，也很传统。

来到美国的第一个月，看内容各异的电视节目成为我生活的主要内容。那个时候我没有任何朋友，只有这些嘈杂的、听不太懂的音节在耳边漫无目的地飘着。在一个月难熬到难以复加的日子里，我终于隐隐约约地明白了，从在中国工作到在美国学习，这种感觉如同用惯了Windows的人忽然有一天切换到了苹果系统当中，生活中的所有按键，似乎都失灵了，常常有一种不能自理的错觉包裹着我，无处可逃。

后来，一个金发碧眼的男孩抢占了我的沙发，他在固定的某个时间来看美国的拼字电视节目。他一边叫一边笑，有时候还跟着电视里的人抢答。他大声嚷嚷着，仿佛是答题给自己听，又仿佛是说给旁边的我听。这种美国人天生热衷的拼写游戏，对于一个中国人来说，完全是天外来客。

我坐在沙发上，那个大厅渐渐地变得阴冷。有一堆年轻人来了，聚拢在旁边的一个圆桌上，哗啦啦地倒出一些纸牌和一些塑料块，他们在玩美国的一种游戏。安静的空间立刻被年轻人的大呼小叫占据了。他们

---

① 杰拉尔德·诺曼·施普林格（Gerald Norman Springer），出生于1944年2月13日，美国知名主持人，因主持脱口秀节目 Tabloid Talk Show（《泰伯洛瑞脱口秀》）而走红。Jerry Springer 的脱口秀常常结合叫喊、扔椅子、拳脚相对、脱衣服，形成一种狂欢的氛围。

叽里呱啦地兴奋地说着如同外太空一般的语言，兴奋地相互望着、交流着、高声叫嚷着，精力充沛，又肆意妄为。相对于我来说，这简直是一场欢乐盛宴。而我一个人，呆呆地坐在沙发上看着他们，仿佛与他们不在一个时空里。我被他们吵得头脑发涨，好多天没有好好吃过一顿中餐的我，此刻是如此的饥饿。

我忽然明白，选择来美国的那一刻，我已经选择让自己归零了。我重新进入了一个系统，每走一步，都和自己原来的系统相互冲撞着。在这种情况下，我唯一的求生办法，就是学会新的游戏规则，找到新的出路，努力地去认识新朋友，哪怕冲撞得头破血流。

我之前听说过人们初到美国的痛苦，但是身处其中，才知道，这不是电视剧，这是生活。我倔强地在本子上写下了这样的文字：

我辞去带着光环的工作，经历了一个起伏的自我摧残的过程，带着无知者无畏的心态来到这片土地。遭遇重创，体验绝望，然后带着一颗婴儿般的心重新上路。我回归了自己，也懂得了谦卑。除了看望这个世界，我相信，这是我人生的第二次青春期。

2. 单打独斗，战胜日常俗务的小怪兽

所有生活里的机关，
都要自己一点一滴地去破解。

住在哥伦比亚大学教师学院的日子很快就到头了。没有想到，落地美国之后的第一个惊天震撼，这么快就来临了。

我终于明白，拿到录取通知，只是求学路上万里长征的第一步。到了纽约之后，现实的问题一个个扑面而来。衣食住行，事无巨细。原来，在你以前熟悉的生态系统里，你根本无从检验一个人是否是一个独立的人；原来，以前生活中的你可以兵来将挡水来土掩都只是假象，那是因为生活还没有到达为柴米油盐都要发愁的地步。到了美国，一切生活中最简单的需求被放大了。一切的孤独和庞杂的冲击，你必须独自去面对，这所有超越语言的一切，只有一个英文单词可以形容：overwhelming（排山倒海）。

哥伦比亚大学地处纽约市曼哈顿上城，校园很小，寸土寸金。在美国东海岸上学的朋友通常会面临一个严峻的问题，就是学校的房源比较紧张。在纽约，这个问题尤为突出。哥大房子不仅少，而且贵，拉升

了在纽约的留学成本。但是和中下城里那些在纽约大学读书的朋友们相比，哥大的学生们又是幸运的，因为和中城相比，上城的房子已经算是很便宜的了。一般来说，美国大学会尽量给本科生安排住房，但是研究生就不一定有这种好运了，尤其是在纽约这种繁华大都市，学校会不会给你分房，多半看运气。

在学校发出的在线录取通知书里，还是给了每个国际学生一个申请房子的机会，通过一个链接，可以跳转到学校网站上填写申请表格——那是一张大学公寓的申请表格，但是学校从一开始就说得很清楚，由于房源极其紧张，所以不一定每一份申请都能获批。言下之意，你得有买彩票的心态。

我提交了住房申请，发现这简直是另一个轮回的等待。等待这个分房通知，丝毫不比等待学校的录取通知轻松。每一天，我都满怀期待地去登录学校的网站，去查看分房的状态，但是在长达一个月的时间里，每一次登录，我看到的在线状态显示的都是——正在评估，以至于我在很长时间里都怀疑这个系统是不是已经坏掉了。这种等待的遥遥无期，饱含着一种甜蜜的望眼欲穿，让我在是否需要在校外租房这件事情上，陷入了暂时的僵局。

后来一个朋友告诉了我真相，除非学生主动联系学校，学校的房屋部门一般不会主动联系学生，即便学生上了候补名单也一样。我听了这话简直是大跌眼镜，原来只知道学校录取结果里有一项叫候补名单，没有想到学校分个房竟然也弄个候补名单，可见大家对房源的争夺真是激烈无比。他后来的一句话让我更为震惊，"其实吧，申请大学公寓比申请哥大本身，竞争还激烈，通过率极低。"

那是我第一次隐隐约约地感觉到，在美国求学，不能凡事都像在中国上学时那样去习惯性地依靠一个庞大的系统，让那个系统帮你解决事情。在美国，什么都要自立为王，靠组织的想法没有出路。

纽约地铁

后来我果然被加入候补名单了。一个月的等待眼看就要无疾而终，就在我已经开始研究谷歌地图，准备自己在校外找房时，事情又出现了一个小小转机。学校突然给我发了一封邮件，说给我分配了一间Arbor的公寓，如果有意要住，就赶紧交1000美元的定金。这几年，哥伦比亚大学为了缓解主校区附近大学公寓的住宿压力，在布朗克斯区修建了名为Arbor的公寓社区。这里的好处是房子都是新建的，质量非常好，设施非常齐全，安全也有保障。楼内有健身房和洗衣房，生活十分便利。我看着Arbor房屋的平面图，舒展宽敞，大喜过望，于是拿着电话，四处向校友打听Arbor如何，是否要接受这个来之不易的房子。没有想到，所有人的回答竟然出奇一致——"算了吧。"

原来，Arbor虽然住房条件好，但是它不在曼哈顿，而是位于布朗克斯区，因此远离哥大主校区。虽然学校每天有班车往返，但是发车时间是固定的。一旦错过，出发去学校，从学校回到住处，都非常不方便。尤其是一旦过了凌晨两点，就没有班车接送了。所有这些限制，对于一个一心想去探索大纽约的我，显然非常不便。而住在哪个城市，哪个城市就应该是你的老师，在我心中，你应该享有来去自由的权利。对于我来说，来纽约不是来追求物质享受的，而是来追求完全的精神自由。我对任何束缚，都极其反感。

于是，一波三折，我最终还是决定自己在校外租房。还记得当时在北京认识了一个计算机专业在读的校友范若愚，他为了让我搞清楚哥大的地理位置，以及最佳的租房地区，三下五除二用电脑画出了一张漂亮的图。然后告诉我，黄色区域是学校位置，在这周围租房都还是挺不错的。我看着这张图，感觉心旷神怡，被校友的友爱和天赋融化了，好像人还没有去纽约，就已经可以感受到一种和校友相处的愉快氛围。

但是对于租房这么大的决定，我还是不敢轻易下决心。我提前一个月来到纽约，就是为了亲自去了解一下学校周边的环境，然后挑选一个合适的地方居住。而这一个月，正如前文所述，我住在位于阿姆斯特丹大街122号哥伦比亚大学教师学院的宿舍里。这个临时居住地点，是通过哥大学联网站引申出的谷歌小组找的。

对于就要去一个陌生城市的人来说，哥大学联论坛还是厥功至伟。所有哥大的中国学生都集中在那个论坛里交换各种信息，从短期出租暑假房屋，到二手家具大甩卖、一起拼车出行，各种信息无奇不有。从学生们各种各样的生动语言里，你可以对未来的留学生活做一个窥探。假期里学生们都在转租自己的房屋，即将毕业的都在含泪大甩卖，卖旧物的发送着可爱的帖子，一个说："我这属于半卖半送，不买也赠。"另一个帖子会豪放地说："甩卖空调，随便给点，自己抱走。"我看见过"高压锅，煮10分钟，排骨都是酥的，脆骨也不在话下"这样的句子，而最让我咋舌的帖子是："我这里绝对是超级大甩卖，另外免费送游戏碟——《猎天使魔女》《忍者龙剑传》《神鬼寓言》，另外我还有一个饭桌，可以打麻将。"

我忍不住笑出声来。心想，这都过的什么日子啊。

这个论坛是中国学生的福音。

我从谷歌小组寻找临时住所的房源。那个产品做得非常人性化。每天都有信息推送到我的Gmail邮箱里，我再也不用在网上东奔西走。而且看到感兴趣的信息直接点击"回复"就可以联系上对方。很快，我就租到了一个在读女生的暑期转租房，这个地方从地图上看，离学校走路只有10分钟，还是教师学院学生宿舍。

我在这里度过了初来纽约的第一个月。因为是临时住的地方，所以没有买任何厨具，因此也谈不上使用厨房。这一个月的饮食我基本上都是在外面解决的，正对面的Applebee's（美国连锁餐厅）里的冰凉沙拉、5美元一小碗的热汤，基本上就是我得以果腹的方式。虽然房间超乎想象的小，但是我逐渐发现了住在宿舍里的诸多好处。比如，这毕竟是学校的设施，网络的设置你不用操心，整个大楼都有稳定的 Wi-Fi。房间定期有人来打扫。我在公众区域看电视时，还可以和来打扫卫生的墨西哥裔大叔聊一小会儿天，他甚至送了我一包垃圾袋。再有，楼层之间贴满了各种各样的小海报。我去住的时候，莎士比亚的夏季露天小剧场就在中央公园里举办，小海报上会通知大家去参加这种活动。

女孩的房间还是很有生活气息的。衣柜里挂满了衣服，但是她特意把衣服推到一边，给我留出一点位置。书柜的小桌子上摆满了各种书。墙上是一幅自制的大海报，贴的是女主人在纽约参加各种各样活动的票根。其中有来自现代艺术博物馆的展览票，也有百老汇经典剧目的演出票，颜色繁复，五花八门。我喜欢站在海报墙前静静地看着这些票根，因为这预示了我将来可能的生活状态。最可爱的是，在这张自制大海报里，还有房东对自己的一句警告："每天读新闻一个小时，拒绝拖延症。"这两句都是用英文写成的。

刚刚适应了房间的大小和光线、床垫的软硬程度，一个消息便传来了。房东女孩告诉我，学校要她搬到另一个房间去，但是不需要我动手，会有搬运工来搬家。我白天的时候只要出去一下，下午回来，学校的搬运工就会自动把所有的家具和物品搬到同层的另一个房间去了。于是白天我高兴地出去了。

但是，下午我回来的时候，看到的是一幅惊人的景象。所有的家具虽然都搬到了新的房间，但是女孩所有的衣服、细软、鞋子，都被随便地扔在了光秃秃的床上。那张大大的海报，被搬运工扔在了地上，上面还有几个脚印。我的行李箱半开着，竖在墙边。所有的东西半裸露着，狼狈不堪。眼前仿佛是一个海啸后的现场，我被这个场景惊呆了。

这已经不是一个可以住人的地方了。

抬头环顾，这是一间更加没有阳光的屋子，本来窗户就和上一间一样小,但是这间房子朝北,光线更幽暗。我呆呆地站立在这个如同地震废墟一般的现场,不知道该怎么形容自己的心情。我弯下身,一件件开始收拾女孩的衣服。在做这些事的时候,我的头脑是蒙的,有一点恍惚和不知所措,我在内心深处质问自己:"你千辛万苦来到这里,究竟是为了什么?"

我想起了,就在那一年,我刚刚领取了蓝狮子财经出版中心和新浪网给我颁发的中国本土最佳商业作者奖,我站在灯光璀璨的讲台上领奖,手里捧着一个水晶的奖杯,无比开心荣耀;我想起了,一次采访报道之后,我悄悄地搜索了整个网络,只有我采写到了全国的独家新闻;我想起了,在最终的五道营闺蜜告别聚会上,大家的欢声笑语。她们说,无论我处在什么样的地方,我终生最高的荣誉头衔只允许有一个,那就是这个闺蜜会的会长。

而现在呢?

我处在一个狭小黑暗的房间里,不停地在想,未来会是怎样的时光呢?我在想,这是不是我人生中的一部《奥德赛》,幕布在徐徐地打开,奥德修斯正要前往战场,然后,一场引人入胜的故事就这样开始了……

通过Craigslist(美国最大的分类广告网站)找到房子的过程,如果仔细写出来,会变成一部长篇小说。通过找房子,我发现我被扔进了茫茫的陌生人海里,而自己第一不是学霸,第二不是土豪。人过三十,学过二十年的英语,看过七八年的美剧,考了三四次的托福,第一次要在一个真刀真枪的非母语环境中使用英语,我还是因为心情紧张而止不住地结巴。一切的尴尬在所难免。

所有的惊慌失措,都掩藏在故作镇静的外表下,那些因为不明就里而造成的尴尬,都要自己在没人的时候慢慢化解。只有在这个时候,我才有所感悟,原来所谓的美国梦,也许是一个被过分美化的概念。所有的新移民,都是带着恐慌和困惑的情绪开始在这片土地上生活的。所有这个生活里的机关，都要自己一点一滴地去破解。

刚开始在纽约生活的一个月，我发现以前的语言体系几乎已经全部瓦解了。从要一杯咖啡开始，我已经被各种各样不同的牛奶类型搞晕了，连要不要加糖的表达，也和以前在课本上学习到的完全不一样。由于不知道点一杯咖啡的具体规矩，我总是点不到自己满意的咖啡。然后经常傻傻站在那里，满脸疑惑。而唯一解决这件事情的方法，就是站在柜台旁边观察——观察美国人怎么点咖啡。从这一点小事来看，我原来世界的秩序已经瓦解，而新的秩序正在缓慢建立。

如同在海洋里海水无处不在一样，初到纽约，孤独无处不在。即使你的心在沉没，你的思维也必须前行。你是你自己的总务大臣，在新的环境里，租房、购置新的物品、规划你的饮食、想方设法在未来的学业里稳步求生，这是一场战役，一环套一环，你要学着自己统筹规划，中间哪一个环节失误了，都会导致整体秩序的坍塌。

每天晚上，我打开电脑，登录美国的信息交换网站Craigslist，学着寻找合适的房源。像所有初到美国的学生一样，我通过这些租房网站学习着一切新鲜的词汇，furnished（有家具的）、unfurnished（没家具的）、full-size（单人大床）、king-size（双人豪华床）、queen-size（普通双人床）、pet free（宠物免入）。我通过普通人留下的只言片语，来了解这个完全不同的社会文化。就算一个小小的语言符号的使用，也让我感觉新奇不已。我把这种艰难当成了一种学习机会。我忽然感觉到，原来多年记者生涯造成的职业病还停留在我的身体里，我已经变成了一个随时随地观察思考的人，这正是大龄留学给我留下的一种与众不同的财富。我更愿意把这段时光，看成一段痛并快乐着的学习旅程。

在Craigslist的论坛里，大家都会写出自己租房和寻求室友的意愿和要求，很多帖子写得幽默风趣，对于我这个刚刚到达的留学生来说，这些帖子里全部都是美国社会取之不尽的文化剪影。

有的人写："我是一个上班族。我很安静。我想找一个好玩的人和我合住，我绝对不是种族歧视主义者，欢迎各种种族的人来和我合租。"

有的人写："我是一个在读学生，我非常忙碌，白天基本都在上课，我要寻找一个同样爱干净的人做室友。我对宠物过敏，所以我不能忍受带着宠物的人和我一起生活。但是我绝对支持宠物的权益。动物万岁！"

这些五花八门的租房帖成了我学习美国社会的工具，它们充满了人们对于种族主义、动物权利的看法。而这些言语的细节，开启了我一个一个的认知窗口。我开始通过帖子和所有可能联系的人联系，一是近距离和这些活生生的美国人接触，二是体验在真实的美国社会中使用语言的乐趣。

但是好景不长，当我白天出去和这些潜在的房东联系时，真实的麻烦汹涌而至。在美国，如果你是一个外地人，很快就能感受到作为一个外地人的种种不便。拿租房子来讲，如果你还没有社会保障号，就需要提供担保人。而担保人的年收入需要是该房屋年租金的80倍。另外，很多出租的房子还需要你提供推荐人，至少要2～3个！而房东对租客的背景也经常严格审查，需要提供一大堆的资料。对于举目无亲的我来说，找人给我做担保是很困难的，而各种表格、文书又让人觉得无比烦心。而最让人不快乐的是，如果你是通过中介租房的，那么你至少要多付一个半月甚至两个月的房租。

从这个时候开始，我已经隐隐感觉到了这个契约社会是依靠规则来运转的。各种五花八门的规则让人应接不暇。适应规则，是每一个新来者的必修课。我感觉到了程序的烦琐，伴随而来的是真实的煎熬。每天，我在酷热的骄阳下东奔西走，感觉不到被人们称作"大苹果"的这个城市——纽约，有一丝一毫的美感。我仅有的感觉，就是被这个世界的繁文缛节给吓到了。一种焦虑感侵占了身心。我知道，在我北京舒适的家里，每周都会有鲜花盛开。

后来阿姆斯特丹大街106街157号的房子，也是通过Craigslist找到的，而发帖子的人，正是这个大楼的楼管。一家美国的管理公司包下了整栋157号大楼，而楼管正是负责把这个大楼里的所有房子租出去的人。我和楼管通了电话，发现此时用英文打电话成了我的噩梦，本来面对面交流不成问题，而这个楼管浓重的意大利口音让我云山雾绕。我完全不觉得他在电话里讲的是英文。我不断地、缓慢地、略带尴尬地在电话里重复着，"你说慢点，你说慢点。请你语速慢一点"。而电话那头，只是传来火星文一般的语言。

纽约很多建筑都是拥有上百年历史的老楼，哥大附近的高楼大厦并不多，以6到10层的楼房为主。我去的这座白色楼房外表看上去普普通通，楼道的墙壁也颇为陈旧。但是，让我颇感意外的是，和很多老楼房屋的破旧斑驳相比，这座楼里面所有房间的装修都是新的，有一些房屋还正在装修中，路过时一股油漆味道扑面而至。第二点让我意外的是，这座楼的每一个公寓里，竟然都配备了带烘干功能的洗衣机。这在纽约，实属少见。洗衣机对于一个住所实在是至关重要的设施，如果没有洗衣机，人们就要驮着厚重的衣物去公共洗衣房洗衣服，又要换钢镚又要自带洗衣液，光行头就得一大堆，麻烦至极。而有了洗衣机，洗衣服就不再是一个体力活。让我内心暗暗惊喜的是，这座公寓里每一个房间都是分开出租的，而且接受月付房租。这在所有我看到的房子里面，是租住程序和条件最简单的一个。

这所房子，离学校走路大约12分钟，早应该被哥大的学生一抢而光。我在最后关头匆匆忙忙抢到了其中六层公寓的一间卧室。鞋盒子大小的房间，租金却要950美元一个月。而这样的价格对于一个纽约客来说，真的是正常得不能再正常了。学生们对房子的争抢，早已经让这里变成了"学区房"。能有一个落脚之地，就应该去念阿弥陀佛了。而我的室友，又会是谁呢？

热情的楼管操着浓重的意大利口音说着英语："室友是谁，就看后续谁来租你公寓的别的房间了。祝你好运！"

天啊！我浮想联翩，我未来的室友会是种族主义者吗？会注重动物权利吗？这个时候，我还无从知晓。而我的眼前却浮现出美剧《老友记》的一幕一幕。我的纽约后续生活，会像是喜剧频出的《老友记》吗？

我不知道。

3.水深火热的合租生活

有时候，
我们只有在另一种文化中，
才会看清真实的自己。

阿姆斯特丹大街106街157号，是一座住满各样新移民的楼房，以年轻人为主，很多是来求学的学生，你来我往，流动性非常大。搬家的人，拖着各种各样的家具上上下下。每当看到大楼门口放着一个床垫，我就知道，今天又有人要搬进来了。这样一座楼房，混杂在阿姆斯特丹大街上，几乎没有什么显眼之处，这也反映了纽约城市的一种常态：大家都是移民，在某种程度上都是过客。因此，搬家是一种常态，来去匆匆是一种常态，相聚只是一种偶然。

在美国上学，我一直暗暗地希望能有一个美国人当室友。这样好歹可以在下课以后也说说英文。另外，通过和美国人的交往，可以真正了解美国年轻人的思维，也可以通过一个真实的人来了解美国的文化。一个来自佛罗里达的美国年轻人杰西，恰巧也租住了我所在公寓的一间卧室。可以说，在这一点上我是如愿以偿了。而我的生活，似乎真的如同

《老友记》一样，在水深火热当中上演了。

一天晚上，我正躺在大厅的沙发上看书，有人敲门了。我打开门，一个个子很高、褐发碧眼的大男孩站在我的面前，他拖着一个破旧的行李箱，脸上略带着一点点玩世不恭的顽皮。看见我，他说："你好，我住在里面那一间，我今天只是来送行李的，不住这里。但是过几天会搬过来。"我说："好的。"他把行李箱放到自己的房间后，简单地整理了一下，然后来到客厅的黑色沙发坐了一会儿。他一边擦汗一边看着我，我当时正在用iPad看美剧《绯闻女孩》，手里抓着一个本子，上面记着所有我不认识的英语单词。他凑过来说："你干吗要在本上写这些字呀？让我看看，你在写什么？"说着伸手就要过来抓我的本子。对这位我面前忽然冒出的母语人士，我的不知从何而来的虚荣心泛滥了出来，我不想让他知道我不认识那些英语单词，好像这样他就立刻知道了我的英语水平，会很丢脸。我本能地将本子撤了回来，"不行！不行！"他耸耸肩，就这样走掉了。

这就是我和杰西的第一次见面。

8月底，他就正式地住了进来。我们如同美剧一样的、略带夸张的纽约生活就这样开始了。

和有梦想所以选择到北京来生活的北漂一样，杰西在佛罗里达长大，毕业于西北大学新闻系，后来还在本校读了研究生，现在选择到纽约来生活，完全是为了圆自己的一个"纽约梦"。虽然纽约对年轻人意味着狭小的房子、超高的房租、超级激烈的竞争环境，但是，对于杰西来说，纽约有他想要的一切。别的地方再好，他也宁愿当一个"纽漂"。

刚刚住进公寓的时候，杰西是一个白领，在中城的一家公关公司工作。不管周末他穿成什么破烂的样子，一到周一早上，他会换上一套笔挺的西装，然后从我们破旧的公寓里走出去。我会心里一惊，然后笑笑，觉得有种格格不入之感。我相信大街上的人看见杰西这副神采奕奕的样子，会以为是哪里来的高级白领，一定不相信他会住在我们这样的

我的室友之一，来自美国佛罗里达州的杰西

小公寓里。

但是，杰西这样正常地走出公寓门的时候其实不是特别多，他经常是在惊慌失措当中跑出门的。因为晚上他常常跑出去和狐朋狗友玩到很晚，两三点回来是常事。有时候还会喝很多酒，这个时候他通常不在意室友的感受，开门的时候钥匙哗啦啦地直响，然后脚步很重地回到自己的房间，我会因为被吵醒而非常愤怒。

即使杰西晚上没有跑出去，他也会被另一项嗜好——玩电子游戏——统治着。而这个嗜好，让我更加难以忍受。

杰西自己的卧室没有桌子，他似乎也不打算买一张桌子。因此每一次用手提电脑玩电子游戏，他都会占用客厅里的桌子。那张方桌不大，他人又很高，因此他只要一坐在桌子旁边，仿佛就把整张桌子给占满了。他自认为非常照顾公共秩序，玩游戏的时候从来都使用耳机，因此我不会听到电子游戏里那些打打杀杀的刺激声音。然而，杰西沉浸在游戏中的时候通常会无比投入，他经常会拼命地点击鼠标，手快速点击鼠标的声音在深夜里非常大。有时候玩兴奋了，他的身体会不停地向后仰，椅子也会随之向后倾斜。不一会儿，椅子的两个前腿落地的声音就会传来。

我对杰西晚上玩游戏的行为极其不满。如果我在屋子里熬夜写作业，通常不会理睬他在客厅里张牙舞爪的行为。但是如果我已经决定睡了，客厅里大力点击鼠标的声音和椅子频频在地上拖动的声音会让我忍无可忍。我经常在凌晨三点愤怒地打开自己的房门，然后冲着客厅嚷嚷一句："杰西，你知道现在几点了吗？你就不能回到你自己的屋子去玩？"

而杰西通常会回我："我没有弄出声音啊。"

这时我会更加不高兴地说："拜托，你拼命弄鼠标的声音，我听得清清楚楚。还有你的椅子，拖来拖去，那么大声，已经吵到了别人。"

杰西这个时候通常会收拾起自己的电脑，默默地回到房间里去。而我打仗似的一整天，终于得以平息。

我和杰西之间，常常处于战事即将爆发的边缘状态。我们经常会因为各种室友之间的事情争吵不休。在我眼里，他代表了霸权主义的那种横行霸道。比如，他会对我说："哎呀，你冰箱里的卷心菜已经坏掉了。"

我说："没有没有，我还准备吃呢！"

杰西却说："算了吧，我看真的已经不能吃了，扔掉。"话音刚落，他已经把我的东西扔进了垃圾桶。

这让我很愤怒，我高声说："即便要扔，把这个东西扔掉的人，也应该是我吧。谁让你动我的东西啊。这是我的私有财产。"杰西此刻往往不说话了。

有一次，我和杰西之间爆发了一场最激烈的战争。原因是我洗衣服的时候，习惯放几滴滴露消毒水。杰西第二天起来的时候，在空气里闻到了滴露的味道，他说："海涛，你用的什么东西啊，为什么房间里全都是一种医院的味道？"

我说："滴露啊，你们洗衣服的时候不用吗？"

他皱着眉头，说："那是什么东西呀，是不是擦伤口的东西？你现在把满屋子弄得都是这种味道，很难闻。"

我说："胡说什么，这是一种很好的味道，很好闻。"

"不行，不行，我对这个东西过敏！"杰西这次又表现出了霸权主义作风，他走进了卫生间，拿起我的滴露瓶子，直接扔进了垃圾桶里。

我当然是暴跳如雷，用连珠炮一样的语言对他咆哮。这个时候他也不会示弱，也开始对我咆哮。我们之间会来一场暴风骤雨似的争吵。可能就是在这段时期，我用英文骂人的能力越来越强了。

杰西这个人不太记仇。往往前一天我们刚刚很不愉快地吵过一场，第二天愤怒就烟消云散了。杰西会像没事儿人一样和我打招呼："早啊！"有的时候为了缓和气氛，他还会叫我的外号"Fanny"。他嬉皮笑脸，然后站在客厅里，阴阳怪气地说："Fanny，你觉得这个称号怎么样啊？我给你起的。以后我就叫你Fanny了。"我一笑，狠狠地打他一拳，所有的不愉快也就这样过去了。他还会像往常一样，在谈话中纠正一下我的英文，甚至，偶尔会帮我修改一下我的作业。

随着时间的推移，我们的内战开始慢慢不那么激烈了。虽然磕磕绊绊还是接连不断，但我们最终都开始意识到，我们是来自两个国家、两种文化背景的人，各种行为习惯都不一样。我们除了努力适应对方，真的别无办法。或许，我们可以把这种弱势，变成一种优势，通过尽量多的沟通，去试图了解另一种文化。

杰西在帮我提高英文方面一直非常热心。我对学好英文有强烈的愿望和诉求，因此从成为室友的那一天开始，我就对他说："杰西，只要听到我说话说错了，请你立刻纠正我，好不好？"他真的做到了，这种及时的纠错，让我避免了很多在其他正式场合的尴尬。慢慢地，我的自信心也在提高。更重要的是，通过这种随意的交流，我对美国文化的很多疑惑，也得到了解答。

比如我会问他："杰西，为什么任何人打了喷嚏，美国人都会说'God bless you'（上帝保佑你）呀？"

杰西说："那是因为，我们认为你打喷嚏时魔鬼就会附身，所以我们就祝福你，这样魔鬼就不会跑到你的身上了。"

万圣节临近，大街上开始出现造型各异的南瓜，商场里到处都是各种万圣节的服装和饰品。我回到公寓，问杰西："杰西，万圣节你家也会为别人家的小朋友准备糖果吗？"

他想了想说："对呀，一般来说，家里都会准备一些糖果，等邻居小朋友敲门时送给他。如果家长外出了呢,就准备一个篮子,放在门口,把糖果放在里面,让小朋友自己去抓糖喽。一般小朋友都很自觉,只拿一块。"

"那你小时候是不是也去参加 trick or treat 呢?"

"会呀会呀,我妈妈特别在意我去别人家拿到的糖是不是包好的。如果没有包好,我妈就会觉得这块糖可能被污染了或者有毒,就不让我吃了。"

停顿了一会,杰西一笑,说:"海涛,你知道我们家拿什么让我去装糖果吗?别人家通常是让孩子提着一个篮子,我们家呢,给我的是一个枕套。"

在那段时间,我们之间进行了很多场这种随意的交流,以我问他答为主,而一个真实的美国家庭的生活图景,就这样在我面前慢慢展开了。

和很多美国年轻人一样,杰西是一个十分在意公共场合秩序和自己私人权利的人。也许这种界限在很小的时候就被植入在他的思维当中,因此他在生活中时时刻刻地通过各种行为表现出来,有时候在我看来,一些表现让人不可思议。

我们的电费、煤气费和供暖费,通常由一个人先用支票付掉,然后另一个人再把钱付给对方。因为我的课业负担比较重,因此写支票这种事情通常是由杰西完成,之后他会告诉我一个我应该付的金额,我有空时就付现金给他。每一次的费用都有零有整,这给付现金的我制造了一点小问题。因为在美国使用现金有一个巨大的麻烦,就是钢镚太多了。因此,每次我都不计零头,四舍五入多给杰西一点。比如54.38元,我就给杰西54.5元。每一次,我都会和杰西强调:"麻烦你不要找钱给我了,零钱不好收。"

但是执着的杰西,每一次都不听我的劝说,都把找好的一堆一分的钢镚,放在我的门口。对于他来说,谁的就应该是谁的,必须分好。我每次都苦笑着说:"Come on, Jesse.(别这样,杰西。)"而他会说:"下次给我正好的钱,也许会好一点。"

在这一点上,我感受到了中西文化的不同之处。我把这看作两种不同的成长背景和文化之间的碰触,很有意思。

与人合租,除抢占时空的各种资源外,冰箱也是一个重要的战略要地。杰西从一开始就扮演了规则制定者的角色,规定了哪一层是我用的,哪一层是他用的,分隔清楚。但是过了一段时间,他觉得我的东西太多,相互放乱了。他常常分不清哪个东西是他的,哪个东西是我的。有时,他会拿着一个西红柿问:"海涛,这个到底是我的,还是你的?"

我说:"糟糕,我真的想不起来了,随便吧。"这时他常常非常无奈。

后来,他做出了一个让我大跌眼镜的举动。有一天,他从街对面的99分店买来了一卷胶带和一盒随身贴,然后用马克笔在那些贴纸上写上几个大大的字母——"JESSE",然后贴到所有属于他的东西上去,无论是牛奶桶,还是装菜的塑料袋。

我被这个举动给笑坏了。我说:"天啊,杰西啊,你是不是怕我偷喝你的牛奶啊?"

杰西说:"不是啊,我只是觉得,这样标注一下,比较清楚而已。"

我无可奈何地笑了起来。

杰西对于私权如此捍卫,对于公共秩序的维护也不在话下,虽然他自己的私人空间往往乱得不成样子。比如,他的卧室在公寓的最里面,正对着我的卧室,因此他每一次开门,我都可以看到他房间里如同地震废墟一般的样子。他神奇到除了一张床,什么家具也不买。因此很多东西他都放在地上,房间的凌乱程度可想而知。杰西的房间朝南,只有他的房间打开门,我们的客厅才会阳光明媚,但是,我实在不想看到他屋里的样子，因此常常请他关上门。而他也特别在意自己的私人空间不受侵犯，每次也都会记得自己把门带上。

但是，一涉及公共空间，他似乎总是不自觉地开始扮演起"警察"的角色，变成了努力维持秩序的那个人。

杰西是第一个让我知道垃圾分类比天还重要的人。他在厨房里面放了一个垃圾桶，一个纸袋子。垃圾桶是放不可回收垃圾用的。罐头盒、纸质的牛奶利乐包、装橘子汁的塑料桶这些可回收的垃圾，是要放进纸袋子里单独扔的。和美国人的习惯相对应，街道上或者公寓里的大垃圾桶，也通常会把不可回收垃圾和可回收垃圾分开。

像杰西这种年轻人，垃圾分类的概念都是从小建立的，因此成了一种天然的、不可违抗的习惯。对于不遵守这种习惯的人，他就会在旁边指手画脚。

我一到美国就入乡随俗，开始学习严格的垃圾分类，但是偶尔会投错筐子。这下子可捅了马蜂窝了，我公寓里的这位"警察"马上就会站出来说："海涛，像这种材质的盒子是不能扔到生活垃圾里的，你必须扔到可回收垃圾里。"

一听到杰西的警告，我马上无可奈何地说："好吧，好吧，你盯我也盯得太紧了吧。"杰西站在我身边，一直到我重新把垃圾放到该放的地方，才心满意足地回到房间。

后来，他对我的要求进一步升级了。原来，美国人从小建立的习惯不仅仅是把垃圾按类放好。最妙的是，他们要对用完的纸盒或者罐头盒进行清洗，只有清洗得干干净净，才能放进可回收垃圾里。刚开始时，一盒橙汁喝完了，我就随手放进回收袋里。杰西马上站出来说："不是这样的，不是这样的，应该这样。"说着，他拿过我的方形纸盒，先从水龙头里接一点水，然后用手晃一晃，再把盒子倒过来放，残留的橙汁随着那些水流到了水槽里。之后，杰西把盒子在空中甩了甩，才算完事。我这时候才明白，原来每一个放进可回收垃圾箱的盒子，都要这样清洗。尤其是用完的罐头盒，甚至要用洗洁精洗好。

这就是真实发生在我和杰西之间的故事。这种差异，有时候确实会让我暗自羞愧。而我越来越感觉到，有时候，我们只有在另一种文化中，才会看清真实的自己。

杰西和我磕磕绊绊地进行着跨国文化交流。彼此从激烈的碰撞，达到了慢慢理解、彼此宽容的状态。一段不长的时间之后，我们的公寓又搬来了两个人，分别住进了另外两间独立的卧室。他们一人是在哥大读商学院的法国年轻人何维，另一人是来哥大进行访学的中国环境学女教授——李教授。

这让我们的公寓一时间变得像一个联合国了。出生于美洲大陆、欧洲大陆和亚洲大陆的几个人在此会合，会奏出一曲什么样的交响乐章呢？很显然，这并不会是什么和谐之音，中美两种文化的碰撞尚且让大家经历了艰难的磨合，现在又多出来了一种欧洲文化，文化差异带来的摩擦会不会让公寓里的生活充满不和谐的旋律？我转念一想，虽然生活上的不便可能略有增加，但是可以如此方便地和几种文化同时接近和交流，这一生除了此刻，还能有什么时刻有这种机会？这也是在纽约生活的独特魅力，你可以很便利地接触到全世界各个种族的人，近距离了解各种文化，而这种直接体验会带来强烈的感观，也会飞速地加快你对整个世界的理解。我后来才逐渐明白，这种多文化共存的日常生活中的一点一滴，对于日后都是一种无穷滋养。

我是一个重视体验的人，我相信，一切体验都能丰富我们的阅历，还有我们的内心。

何维是一个身材不高大的法国男孩，年龄和杰西差不多大。他的进驻，毫不夸张地说，给这间公寓带来了难以想象的法国风，一种欧洲风情。何维个头不高，不到1米7，头发是稻草色的，眼睛碧蓝碧蓝的。

一旦说起英语，他就会带有一种强烈的法国口音，所以有时候我很难听懂他说了什么。每一次和他说话，我都要死死地盯着他的嘴唇，然后结合情景来理解他要说的到底是什么。但奇怪的是，在我一头雾水的时候，杰西每次都能毫不费劲地听懂他的话，我想，这就是母语人士和非母语人士的差别吧。

和活跃的、调皮捣蛋的杰西相比，何维是一个动作幅度缓慢的年轻人，无论是说话还是做事，他总是慢条斯理的，略带着一种法国绅士般的骄傲与优雅。

何维给公寓带来了巨大改观，他犹如欧洲文明悄然无息地进驻了我们的公寓。首先是在卫生方面，他一住进来就买了一块海绵，把我们公寓的炉灶以及厨房的台面打扫得干干净净。他不太做饭，但是偶尔也会用炉台煮个意大利面。每次使用厨房之后，他都会优雅地拿起厨房纸巾，将遗留在灶台上、桌上和地上的所有污渍清理干净。每一次他做完饭，厨房和灶台就洁净如新。他的习惯是洗完餐具之后，用一块干净的布把所有的碗和叉子，一点一点地擦拭干净，而不是像大多数中国人一样，习惯晾干。

厨房的橱柜每个人各占一格。

我的格子里充满了各种从中国城买来的油盐酱醋和胡椒粉、花椒粉等中式调料，还有从学校附近的韩国超市买来囤积的多瓶老干妈，当然，也少不了中国学生大爱的各种各样的干面条。

杰西的格子里呢，有很多美国人爱吃的饼干，有五颜六色的糖果，还有各种各样的罐头食品。

何维的柜子从来不像我和杰西的那样满满当当，他只在格子里放了一些简单的金属勺子、叉子和几只玻璃高脚杯。没错，在这个屋子里，唯一拥有几只高脚杯的人，就是我的这位法国室友——何维。他是要喝红酒的。

何维在家里做饭的时候非常少，经常在外面的餐馆就餐，他曾经告诉我，离我们公寓两条街的Westside Market（西边市场）这个超市，一过晚上8点，自助沙拉就是半价了，这个时候去买特别划算。所以，我经常看到何维的晚餐就是一盒沙拉。刚开始的时候我不理解，心想这么重要的晚饭他怎么能这样凑合呢？后来我才逐渐地明白，一盒沙拉，在西方人眼里确实是可以当作一顿晚餐来吃的，后来我也经常那么吃。但是何维最绝的一点是，他竟然要自己调酒的，而且是酒吧里极其受欢迎的一种鸡尾酒——mojito。

何维买来薄荷叶、白糖、朗姆酒和汽水这些调酒的原料，然后他把薄荷叶加上白糖捣烂，再加上朗姆酒和汽水搅拌，淡淡的薄荷清香马上会弥散在空气里。何维会拿一个装满了冰块的玻璃杯，把调好的鸡尾酒倒进去。此时，整个玻璃杯晶莹剔透，冰块和薄荷叶在水面上漂浮着，透彻的液体里有一些碧绿的颜色在发着光，显得漂亮极了。我被这场景震惊的同时，忽然明白了一个道理，生活的意义，不是在豪华的房子里过得优雅，而是无论在什么样的条件和境遇下，都可以把优雅发扬光大。

这段时间，由于屋子里的人多了起来，杰西这位"警察"更加重视对公寓事务的协调工作。他安排大家轮流承担清扫值日和交纳水电费的工作。因为大家在家的时间不太一样，所以他经常通过邮件来通知大家。他的邮件也写得非常有意思，比如，他会给大家先发一个很好玩的YouTube的视频链接，说，大家看看这个视频吧，你肯定会喜欢的。然后他说，我现在有三件事情通知大家。第一，下一轮值日的起止日期。第二，大家各自负责扔垃圾的日期。第三，咱们又该交水电费了，总共是××元，每个人平均是××元。

因为有了杰西这位管家，我们公寓的生活还算井井有条。当杰西乐此不疲地充当"警察"、全权管理公寓的事情时，何维也显露了自己国家的文化特征，他通常是非常中立的一个人。在默默地、完美地做完了杰西指定的各种事情以后，他对其他各种事情很少表态。

这间公寓里有关中国教授的部分，就更加耐人寻味了。学环境的女教授大约45岁，是个彻头彻尾的环保主义者。她特别在意公寓的能耗情况，经常觉得我们比较费电。因此，她经常帮我们关灯，或者拔掉不工作电器的电源。这让我叫苦不迭，因为我有一个习惯，晚上累了，我就拿做饭调剂一下生活。往往晚上十一二点，我用电饭锅蒸上米饭，在蒸笼上铺好我切的蔬菜，第二天早上再从锅里把热好的饭菜直接装盒带走。而晚上教授一两点钟回到公寓时，经常以为我忘记了拔电源，就把我正在"保温"中的电饭锅的插头给拔掉了。

女教授有着中国人鲜明的好客的特点，在整个公寓里，只有她给我做过饭，还邀请我和她一起吃。有时候看见我刚刚下课，饥肠辘辘，教授会给我盛一碗她刚刚做好的红烧土豆牛肉。这种冒着热气的、香喷喷的、带有中国风的食物，对于我来说，简直是最大的身心补给，可以让我马上从抑郁的状态走出来，充满对生活的希望。

如同一个硬币有正反两面，女教授热爱开火做饭这件事儿引发了公寓里最大的一次文化冲突和危机。而我，面对着几种文化的激烈碰撞，却无力解决。

起因是这样的，女教授每做完饭之后，都要把大量的菜皮和垃圾留在水槽里，不清洗，或者没有清洗干净。这让整个水槽显得脏乱不堪，也给下一个使用厨房的人造成很大的困扰，谁不想在做饭的时候，使用一个洁净舒适的厨房呢？

本来杰西和何维每次都会勉强清理，但是时间一长，他们不干了，认为自己为别人不负责任的行为买单是极其不公平的，他们纷纷跑到我这里来抱怨："海涛，你必须得和Lee（李）说一下，她这样做给我们造成了极大的麻烦。做完饭，怎么就不能收拾一下厨房呢？你去和她说一下吧。她的英文不好，你们可以说中文，你去提醒她一下。"

此刻的我，陷入了困境，我怎么能去批评一个经常给我做饭的热心肠大姐呢？她有点像我的长辈，而且每天早上，她去上课之前都会把整个公寓厨房的垃圾收走扔掉。我本能地拒绝了两个西方人提出的请求，我想了想，说："嗯，杰西，何维，这事呢，我不能说。因为在中国文化里呢，一个晚辈指出一个长辈的错误，是很尴尬的事情。"

杰西和何维对我的回答表示了极大的不解："错了就是错了，你说一下不就可以了吗？为什么还要提年纪大不大这回事情呢？"

而我，抱着自己的头，感觉非常无奈。我感觉自己百口莫辩，成了几种文化里的夹心饼干。哎，你说，我怎么和两个西方人，用英语来解释孔孟之道呢？中国文化里那种含蓄委婉，甚至不愿意得罪人的那一面，似乎也一瞬间在我的身上显灵了。

4.年轻人的困境

他那么爱纽约，
就要承担纽约附加给他的一切痛苦。

因为缺乏控制力，杰西的早上通常是灾难式的。我常常在7点半左右被他打开橱柜门的声音惊醒。他会疯子一般地从冰箱里掏出牛奶和花生酱以及一根香蕉做早餐。他把花生酱和香蕉放在一只白碗里，然后倒入凉牛奶，最后用勺子将这些食材拼命搅动。我即使不被开橱柜门的声音惊醒，也会被勺子撞击碗沿的声音吵醒。很多时候，杰西通常不会给自己留吃早饭的时间，经常是还没有打好领带，就逃命一样奔出了屋门。

有时候，杰西睡过了头，实在不想上班，他就会打电话装病，和公司请病假。说自己今天不舒服，实在没有办法上班。隔着房间的门我都能听到他哼哼唧唧装病的声音。我耸耸肩，对这种不上进的人，唯一的感觉是——这人没救了。

就凭杰西这种不靠谱的工作态度，我预见到他失去工作只是时间早晚的事情。果不其然，有一天晚上，他对我说："我明天就不去公司上班了,今天是我上班的最后一天。"

我问他:"是你拒绝和公司续约了呢,还是发生了什么别的事情?"

他说:"我和公司的合同到期了,但是他们也不准备和我续约了,我呢,正好也不想干了。"

这是我第一次和杰西谈工作的话题,我对他说:"杰西,我可以问问,你喜欢这份工作吗?你在公司主要做什么呢?"

杰西说:"我真的不喜欢这个工作,我做的是公关公司的工作,主要是一有客户来公司开会,我就傻傻地坐在那里,拿个本子记笔记。然后呢,我必须整理好会上的内容发给老板。还有呢,我需要整理网上的一些报道,正面的,负面的,然后发给客户。我觉得,我的工作真的是好无聊啊!你知道,我是在西北大学学新闻的,我呢,将来还是想当一名记者。"

我笑了。这个男孩在我眼里简直是少不更事。我怀疑,就算有一天你做了记者,就以你这样爱玩的性格,能做得好吗?

第二天,我的室友杰西,成为失业的杰西。早上他终于不用上班了,他开始一觉睡到中午,然后从下午开始打游戏。

我无可奈何地看着他,心想:"哎呀,杰西,你的纽约梦呢?"

失业的杰西,打了一段时间的电子游戏,终于抬起头来,开始面对一个残酷的现实——他需要自己养活自己,挣足够的钱来负担纽约高昂的房租和其他不菲的生活成本。毕竟,他生活在"世界的中心"——曼哈顿,就连一盒草莓,都比隔着一条东河的布鲁克林区贵一两元。他那么爱纽约,就要承担纽约附加给他的一切痛苦。不仅是年轻人,很多漂泊在纽约的人,就是要追求那种痛并快乐着的感受。那种挣扎感,是纽约的一种标志。

在美国年轻人的概念当中,"自立"是非常重要的,而"拼爹"是可耻的。这是我后来在课堂上和同学们交往,或者与很多美国的华人家庭近距离接触时，鲜明感受到的。上课时，大家从来不提自己的家庭背景。生活中，大多数人会打一份零工挣学费。毕业之后，花几年时间来还学生贷款，没有父母插手帮忙。这些都是很正常的事情。美国时任总统奥巴马公开宣称，他花了好几年的时间才还完学生贷款，这是一种自立为王的价值观。在这片"美国梦"被广泛散播的土地之上，奋斗这个词，是一种标志，显得特别性感。

然而，2011年，对于美国年轻人来说并不是一个很好的年份，对于学习新闻的年轻人来说，尤为如此。美国经济整体还处在动荡的恢复期里，居高不下的失业率是街头巷尾人们谈论的话题，普通的美国人怨声载道。而寻找一份与新闻有关的工作，似乎特别艰难。不仅是杰西，很多哥大新闻系的学生，也是如此。那个时候大家都知道——"对于年轻人，这个年头并不太好。"

杰西在这个年头不好的年代，变成了一个找工作的年轻人。他终于停止玩电子游戏了。每天上午，他打开电脑，修改自己的简历，在各种招聘网站上寻找与新闻有关的工作，似乎成为一个记者，才能让他重新活过来。他不停地打着电话，和不同新闻机构的人事部门沟通，问对方是不是需要招人，每天客厅里都充斥着他忙忙碌碌打电话的声音。不过结果可想而知，那段时间新闻机构不裁人就不错了，哪里会招人？大多数人事经理只是客气地表示，可以把他放进人才库里，但是连实习的机会也不给，这让他有一点点受挫。

我曾经问过他："杰西，你要不要考虑一下外州啊，毕竟纽约的竞争实在太激烈了。"听到这话，杰西马上否定了这个想法，他说："我就是要留在纽约。这里有来自全世界的各种各样的人，各种各样的新鲜事，还有啊，我想吃哪里的美食，纽约都会有。美国别的地方没有这么精彩，我一定要留在这里。再说，别的地方哪有新闻可做。"

我点了点头，说："那你这段时间是不是可以去领取美国政府发的救济呢？我看新闻说，凡是失业的人，都可以去填写报告，政府可以在18个月内为每个失业的人每月发放1000多元的救济金，让人们度过危机。政府发的钱，完全可以维持你在纽约的一切费用了。这可以是个缓兵之计。"

杰西立刻摇了摇头："不行不行，我这么年轻的人，绝对不能去领政府救济。理论上说，我可以去，但我不能去。不管怎么说，领救济都会有记录的，等我去找下一份工作的时候，人家要是问我，你最近都在忙什么呀？我总不能说，我什么都没有忙，我在家领救济呢。这太糟糕了。我还是得找一个事儿，先活下去再说。"

年轻人去领救济十分丢脸，这是我从杰西这里得到的观念。以后在和其他美国人的交往中这也得到了证实。

杰西在失业期间，还是保持了一定的理性和乐观态度。比如，不管预算多紧张，他也要定期去看牙医，这是美国人的一种习惯。比如，他坚持在家健身，在客厅里狂做仰卧起坐，然后抓着门框做引体向上。我偶尔走过的时候，他甚至会扬起胳膊，得意地秀一秀他练出来的肱二头肌。那神情仿佛在说："怎么样怎么样，我练出来了吧。"一点看不出一个待业青年内心深深的忧虑。

在失业期间，杰西把他惯用的黑暗料理配方都用遍了。我也不知道，他是真的喜欢用这种方法去吃，还是为了省钱。早上，他还是把冰牛奶加上香蕉和花生酱搅拌成一种奶昔。我承认这辈子我从没有见过这种吃法。有一次，我按照他的配方自己做了一碗尝尝，竟然感觉不错。而中午或者晚上，他经常是以罐头食品加上一盘米饭果腹。他经常用的罐头是一种红豆铁皮罐头，做法是把红豆煮熟后，盖在一碗米饭上，杰西号称这是南美洲的美食，我却觉得，这种食品难以下咽。

就这样凑合了一段日子，杰西终于找到工作了。他白天给一家在线网站当自由撰稿人，发一篇稿拿一篇的钱。晚上呢，他找了一份临时工，在附近的牛排店当服务生端盘子，两份收入加起来将将够杰西在纽约的房租和生活成本。

生活的压迫，反而使这个爱玩的男孩斗志昂扬。晚上，他穿上餐馆的工作服——黑色的衬衫和黑色的裤子，精神抖擞地出门打工。白天，他拿着录音笔，去纽约的各种活动现场到处围观采访。回到家，他常常拿着录音笔听着采访对象的声音，默默地傻乐。

2011年10月13号，我上完课刚刚回到家，杰西兴奋地拿着录音笔，对我说："海涛，你听，你听，我采访到了谁？"

"谁？"

"纽约警察局局长，他叫雷·凯利。"

我本来是一个从业多年的记者，落魄到了纽约，成了苦逼无比的学生。听到有关采访的事情，浑身的记者职业情怀又默默升起来了，内心还是忍不住十分激动。我不自觉地高声说："太好了，太好了，现在正是'占领华尔街'发生的时间，这么大的事，你肯定得抓住他问，怎么解决大家在公园示威的事情啊？"

"那当然了，你听。"

杰西把录音笔打开，里面传来了嘈杂的环境中两个人对话的声音。对话中充满了另一种文化语境下的词汇和事件，让我熟悉又陌生，有一种穿越时光的奇异感。

杰西："你觉得，明天在祖科蒂公园发生的示威，会演变成布鲁克林大桥事件那样大规模的逮捕事件吗？"

雷·凯利："我希望不会。"

杰西："你上一次看到纽约发生这种运动是什么时候？"

雷·凯利："我记不起来我曾经看到过这样的运动。我觉得这次'占领华尔街'运动和以前发生的示威原因不一样。这次运动构成的原因很复杂，很多样。当然了，在20世纪六七十年代，曼哈顿的59街以南，每年至少要发生600起的示威活动，但那是很单纯的游行示威，就是反对越战。"

杰西："你觉得，这场'占领华尔街'运动会怎么发展呢，你觉得会有一个解决方案吗？"

雷·凯利："我不确定会不会有一个总体的解决方案。我相信，人们对现状都很沮丧，所以人们都希望能够集中起来，让他们的沮丧释放出来，表达出来。当然了，大家也希望自己的沮丧能够被外界听到，或者说感知到。我想，这种沮丧已经有一段时间了，人们已经通过其他形式表现出来了一些。"

录音还在播放，我看见杰西的眼睛因为这次稚嫩的采访而熠熠发光。非常有意思的是，在"占领华尔街"这个主要由美国中产或者中产以下的人们表达对失业率增高的不满、对美国政治权钱交易的愤怒、对两党政争以及贫富不均的反对的活动中，一个失业青年杰西，不仅因为采访到了谁而高兴。

他本人，也应该是站在游行队伍中的一分子。

5.跨越语言带来的疏离感

我成了一个泪点很低的脆弱神经质，
我的自尊雷达，
无意识地迅速在内心开启了。

我的纽约生活伴随着各种文化冲突和生活琐事，就这样启程了。

从一个热热闹闹的国度，忽然降落到一个人生地不熟的国家，那洪水猛兽般的孤独无助和文化摩擦，只有亲身经历过的人才能体会。语言的问题首当其冲，各种围绕语言产生的困难萦绕在心头，这让我的办事效率总是不如从前，也让各种尴尬层出不穷。原来围绕我旋转的世界仿佛突然之间缓慢下来了，我的自尊雷达也变得格外敏锐。每一天，要应付的生活琐事堆积如山，我摸着石头过河，心怀畏惧，有时候，我觉得像是陷入了一个令人害怕的混乱梦境。每天早上，我不知道我是醒在《盗梦空间》中梦境的第几层。

原来，孤独的人是可耻的。

从这个时候开始，一场学习英文的革命，就这样在静默中开始了。

我悲伤地发现，我连点一杯咖啡都困难重重，并不是不会说咖啡这个单词,而是我不懂在美国点咖啡的规则。满脸微笑的女服务员在夏日的纽约清晨问了我一句:"How do you like your coffee?(你想来杯什么咖啡?)"让我站在充满牛角面包香气的街角店一头雾水,莫名其妙。

我迟疑了几秒钟,说:"呃……我就要一杯咖啡!"

"呃……"她看着我,迟疑了几秒钟,"好吧,OK!"她说。依然笑靥如花。

当我到达柜台的另一头,拿到的却是一杯奇苦无比的黑咖啡。一种强烈的挫败感不可遏止地涌上了心头。我连一杯我想要的咖啡都点不对,好像这个世界都已经把我遗弃了。如同刚刚到达一个陌生的星球,我从一个成熟的记者变成了一个三岁的学童,我成了一个泪点很低的脆弱神经质,我的自尊雷达无意识地迅速在内心开启了。

我咬着嘴唇尴尬地站在柜台边上思考,又站在柜台边上静静地观察。几分钟之后,我才明白,原来美国人点咖啡的习惯是一口气把所有对于咖啡的要求都容纳在一个句子里。而对于"How do you like your coffee?"这种问话,很多纽约人的回答是:"One sugar, one cream!(一份糖,一份奶!)"

为什么用量化的语言去回答?没有什么,只是习俗。糖包是一小袋一小袋的,奶是一小盒一小盒的。因此很多人习惯用量化的概念去回答,而不是我们想象中的"a little"(一点点)。

学习英文的旅途,就这样寂寞地开始了。我默默地记下习俗,开始在真实的环境中奋勇求生。

有些语言的进步,是通过生活所迫得来的。如果不会这些词,我就过不了这个坎儿。因此如果有人说,语言的进步是被环境逼出来的,一点也不夸张。厕所堵了,我要房管来疏通一下,总要知道unclog(疏通)这个词怎么说吧;公寓的顶灯已经垂在房顶摇摇欲坠好几天了,我要说服室友站在凳子上把吊灯摘下来，我总要先知道"吊灯"这个单词怎么说吧；看见杰西在使用一个能卷起来的案板，想问问他是在哪里买的，总要知道cutting board是"案板"的意思吧。每一天，生活里的日常琐碎都和英语单词连接着。一方面，我要战胜日常俗务的小怪兽，另一方面，我要跨越语言带来的疏离感。因此从来到纽约的第一天开始，我就成了电子词典手机客户端的最忠实用户，在要表达一句话之前，我经常站在那里，滑稽地拿着iPhone查来查去。想好了，我就要去发表一个关于修马桶的伟大演说。

有些语言的进步，是通过尴尬得来的。有一天早上，我走出家门前，把厚厚的被罩放进了洗衣机里漂洗烘干，这大概需要两个小时。为了不让已经洗好烘干的被罩在洗衣机里窝太长时间，我出门时对室友说："杰西，麻烦你一件事，如果洗衣机停止转动了，请你帮我把里面的东西拿出来，放到沙发上就好。"正在噼里啪啦打电子游戏的杰西看都不看我一眼，满口答应："好，好，没有问题！"我满意地出门了。

当我疲惫地从课堂走回106街157号我的公寓时，发现已经洗好烘干的被罩竟然还在洗衣机里闷着，纹丝未动。一股不悦立即涌上心头。我敲开杰西的门，口气不是太好："杰西，你不是答应我，帮我把洗衣机里的东西拿出来的吗？为什么你一天都在家，却没有拿？"

杰西叹了一口气，说："海涛，我要说明一个事情，你早上走的时候明明说的是help me（帮我），而不是for me（为我），如果你说help me的话，我的理解是，你要我们两个一起动手做这件事。而你如果说的是for me，我才知道你是要我自己一个人'为'你做这件事。"

我站在门外，满脸惊诧。语言这种细微的差别，只有在真实的环境、真实的案例中才能体会出来。那些介词和这些用法微妙的含义，真是让我毫无办法。我对杰西笑了笑，心里想："好吧，服了你了。"

有些语言的进步，是通过和朋友的交谈得来的。在慢慢体会到语

这是我在纽约第一次长租的房子，在106街157号

言的学习将注定是一条终生修行的道路时，我变成了一个小卫星，把每一个和同学相处的时刻，都变成了我吸收语言精华、理解这个世界的机会。我想把苦难变成一次难忘的旅行。

在哥伦比亚大学的第一个学期，我和几个美国同学在地铁1号线等车，我们在谈论着刚刚看过的一个很棒的展览，我们系的萨拉和外系的安娜正在互留电话号码，萨拉问，你的姓是什么？安娜回答之后，萨拉的脸上充满了惊喜，"Are you in the tribe？"对方答："Yes！"随后，两个人激动得抱在了一起。而站在一边的我，却被这一幕弄糊涂了。tribe在英文里是部落的意思。她们到底在说什么呢？

我满脸疑惑地提出了问题。安娜满脸放光地告诉我，萨拉发现安娜的姓可能是犹太人的姓，所以问她，"你也是犹太人吗？"这是一种她们之间的特别用法。我站在纽约地铁里，恍然大悟。这种随意的谈话里包含了大量的背景知识。

后来，我和同学交往时，常常一方面体验语言的用法之美，另一方面又醉心于捕捉这里面的信息和文化。我又恢复到学习GRE时那个用力过猛的样子。我经常在同学的对话里迷路，但是我又执着地打断他们的谈话，让他们解释一下刚才他们所说的词句。因此，你常常会在我的iPhone备忘录里看到这样的内容：

今天没懂的话题：1）Weather Underground——一个反越战的民运组织；2）Passover犹太人4月逾越节；3）Fat Acceptance Movement——为胖人争取权利的运动。

因为每次匆忙地在iPhone里记下不懂的话题，同学经常觉得我喜感无限。

有些语言的进步，是通过闹笑话得来的。在读研期间，来自加利福尼亚的克里斯汀是我最好的朋友。我们经常找个咖啡馆一起小坐一下，闲聊几句。有一天，她对我说，她有些不舒服，可能某个地方肿了。我大惊失色，脱口而出说，好吧，也许你需要做个autopsy确诊一下。

她同样大惊失色，"Haitao, what？（海涛，你说什么？）"

我略微沉吟了一下，发现自己犯了一个该死的错误。autopsy是"尸检"的意思，而我要表达的是活体病理切片检查。我拍了一下脑门，说："抱歉抱歉，是biopsy，两者的差别大了点……"

克里斯汀哈哈大笑了起来。这可能是我近来犯的一个最不可饶恕的英文错误了。我这辈子也不会再把它们搞混了。

我就是这样一天一天经历着语言学习的革命，终于有一天，当我点咖啡的时候，能够愉快地分清whole milk（全脂奶）、skim milk（脱脂奶）、half & half（奶油和全脂奶各半）了，我也能听懂课堂上的美国笑话了。一种不可言表的愉悦涌上心头。

经历了这么多苦难，我内心暗暗庆幸："英语世界啊，遇见你，原来是一场最美丽的意外。"

6.街头小报 *am New York* 里的世界

人生如同一幕热闹欢乐的电影，
忽然转为一场完全的内心独白。
没有人听得到，没有人感知得到，没有人能帮得到。
这场冗长的独白戏里充满了委屈，也充满了张力。

从我到纽约的第一天开始，了解这个城市的愿望就一点一点地生发出来。但是，初到美国，由日常俗务滋生出来的焦虑，和对陌生文化产生的疏离，如同一张大大的天幕，笼罩着水土不服的身心。我的周围，似乎总是笼罩着一层玻璃金钟罩，我与外界的即时连接，似乎总是需要一段缓冲期。我对这个城市的反应速度很慢，天空中似乎飘浮着一个英文单词：buffer（隔离缓冲）。

一时间，不舒适感如影随形，偌大的一座城市，竟然成了我逃离不开的监狱。我满脑子都在想着一件事——什么时候才能刑满释放。

这个时候，和自己文化背景相同的人靠近，几乎是一种求生本能，就像在大海里寻找救生圈一样；这个时候，人们总是希望能够抓住一艘舢板，在溺水的恐慌里稍事休息，然后勇猛地将这段旅程完成。因此，中国学生喜欢扎堆，在美国文化的海洋里打造一个属于自己的舒适孤岛，这几乎是抵御孤独的唯一方式。然而，对于我来说，一个极致的挑战是，我是班里唯一的一名中国学生，没有一根救命稻草可抓。

就这样，我被美国文化淹没了，无处可逃。控制这场完美风暴的唯一方式，就是转过身去，张开双臂，和这种陌生恐惧的暴风骤雨热情相拥。如同电影 Life of Pi（《少年派的奇幻漂流》）中，飞鱼群如流星雨一般飞过少年派的船头，一场奇异的文化风暴向我呼啸而来，而我站在船头迎风呼喊，该来什么，你就来吧！

对纽约这个陌生城市的了解，是伴随着每天上学路上在报箱里领取的一份免费小报 am New York 渐渐加深的。纽约的街头还保留着传统的、在街道上放置的，今天看来十分守旧的铁皮报箱。这种小小的、红色或黄色报箱，星星点点，遍布街道，里面会放置各种各样不同的报纸，它们多数是免费的。人们只有在真正需要看这些报纸的时候，才会抽出一张，而不需要的人不会去拿，也没有人将这些免费纸张抢拿一空。

这是一张极其简单易读的小报，版小易翻，报纸的语言甚至比托福还要简单，让报纸很接地气。而越是简单的用词，越有一种原汁原味的用法之美。那种能用最简单的英文表达出最深厚意思的魔法，让我非常着迷。但是随着每天在路上的快速阅读成为一种习惯，我慢慢忘记了对里面语言使用技巧的体味，而是被文字中的文化所吸引。后来才明白，我爱的是这张都市小报描述的风格浅淡的迷人纽约。

有时候，这张报纸里只有一些非常实用的信息，给你生活上的实用指导，这些信息时常也被我挖掘出更深刻的含义。比如，报上会说，明天就是哥伦布日（每年10月的第二个星期一）假期了，你知道哥伦布日这一天纽约城都会有哪些变化吗？有下面这些：政府机构、法庭和公

地铁里免费分发的街头小报

立学校明天放假；曼哈顿47街到72街会实行限时封路，因为按照惯例那里要举行哥伦布日游行；明天将没有邮件递送服务，垃圾回收也停止一天；而alternate-side parking（一种路边停车规则）会暂停，但是计时器正常运转！

这只是压在报纸版面最底层的一个小小消息，可以看出纽约城对于哥伦布日这样一个纪念节日，都会有怎样的安排。这给对美国历史感兴趣的人提供了一个新的视角：美国人都这样过哥伦布日吗？这是一个联邦节日吗？我稍做研究发现，哥伦布本人并不受到所有美国人的欢迎，甚至哥伦布日成为假日这件事本身，还在历史上遭遇了长期的反对。一些人认为哥伦布登陆美洲大陆，直接造成了对土地和原住民的侵犯，它不是一项创举，反而侵蚀了人们原本的宁静和生存空间。因此，和这个多元社会的一贯风格相符，即便对这样一个具有历史意义的、发现美洲大陆的人，美国这个联邦制的国家，州与州之间的态度也有所不同。夏威夷州、阿拉斯加州、俄勒冈州和南达科他州并不承认哥伦布日，有些州在那天也不关闭政府机构。夏威夷在同一天，庆祝的是另一个节日——"发现者日"，它纪念的是发现夏威夷岛的詹姆斯·库克船长（Captain James Cook）。尽管被纪念的人都已经更换了，但是依然不能阻挡那些反对哥伦布的抗议示威者。

原来历史教科书上的权威，不必被主观界定。人们可以有不同的看法，也可以对此上街表示反对。

有时候，am New York角落里特别不起眼的一小则新闻，也许只是几句话，也会让我陷入沉思。比如，有一天，一个小小的角落写着：

NYPD（纽约警署）正在统计参与清理"9·11"废墟现场后雇员的健康状况，尤其是有多少人在这10年中患癌症。这项调查将被提交给联邦政府，用以决定是否将这些由于公务而罹患癌症的警员的医疗费纳入健康保险。

短短的几行字，却包含了大量的信息，这也使得我开始观察美国社会如何对待灾难亲历者。去美国之前，我和许多人一样，对"9·11"的记忆，是多家电视台不断重复播放的双子塔摩天大楼倒塌的惊人画面。我曾经参加过一个著名报社的招聘考试，考试的题目就是对"9·11"事件之于美国政治、经济、军事的影响写一篇几千字的长文论述。我因为读过不少报纸评论，在那场考试中力拔头筹。即便如此，这件事情对我来说只是一条稍纵即逝的新闻，印象更多地停留在一个肤浅的层面。

但是，当我在这张小报看到，10年来纽约警署对患癌症警员数字的持续追踪，以及为自己的雇员争取医疗保障，我才有了一点点初步的概念：双子塔倒塌之后，整个天幕都是灰的，钢筋水泥的燃烧产生了大量的毒物，纽约警察当时的作业环境是无法想象的恶劣。这种影响不是一时的，它会持续一生，很多本是健康人的工作人员在日后受到了慢性病的折磨。另外，这些罹患癌症的警员，在重大灾情发生10年之后，依然不懈地在国会体系内部为自己维权，而体制内也有解决这种事情的空间和程序。

这些在废墟上奋斗过的人们，并没有被人遗忘。

让我印象最深刻的一则新闻，也是从 am New York 上看到的。当时我按平时的习惯，在去学校的路上必经的街头小贩那里，买了一个甜甜圈和一杯咖啡，边走边看小报。头版的一条消息跃入眼帘："纽约正在考虑，是不是让街头小贩彻底消失。曼哈顿34街的一些街道代表，一度希望能够把流动商贩全部驱逐出去，因为这些小商小贩不仅不雅观，还经常违反规定，使街道不好管理。现在，一些有名的企业家正在和纽约市长布伦伯格接触洽谈，希望政府给这些中城的小贩一些颜色看看。"

在这篇文章里,为小商小贩主张权利的非政府组织——"街头商贩工程",已经开始发话了。这个组织的领导者说:"难道城市应该看起来是一个样子吗?这应该去问问纽约的居民们才对。这是关于人们想在什么样的城市里生活的问题。人们是想生活在大同小异的豪华大厦里,还是想生活在允许个人企业家以及街头商贩存在的、生机勃勃的街道上?"

当讨论进一步升级,一些大学教授出来发表了意见,"这是一个关于城市多样性的问题,我们甚至不应该去区分哪些是干净的餐车、哪些是脏乱的餐车,它们都是构成纽约城市风景的一员。任何企图给餐车分类的行为都违背了这个城市的精神,否认了都市文化的历史。自从有了纽约这个城市以来,街头小贩就在纽约食品消费里扮演了重要角色。"[1]

我从来没有见到过街头小贩的问题,以这样的姿态、这样的视角,在这样的公开出版物里讨论。这看似是一个微不足道的问题,但是文章触及的却是城市管理的大问题。我后来了解到,纽约街头小商小贩的问题归纽约市卫生局管理。他们的每一条规定都挂在卫生局的网站上,可以说,正是有了公开的管理原则和惩罚措施,流动摊贩才得以在纽约的街头井然有序地经营着,并为城市增添独有的韵味。大家都承认管理是有效的,同时管理也是透明的,这使得冲突发生的概率大大降低。而小商贩,在纽约,已经以这种形式生存了200多年。

当时的纽约市长还是富豪布伦伯格,理所当然,他的名字经常会出现在这份街头小报中,有时候,关于他的消息让人惊讶。比如,纽约市建立了一个帮助年轻黑人和拉丁美洲人的长期计划,但是市财政的预算不够,纽约市长布伦伯格决定从自己的基金里抽出一部分钱,

---

[1] 转引自《腾讯·大家》专栏《美国的街头小贩如何生存》一文。作者段钢。

加上他从乔治·索罗斯那里筹集来的一点钱，一共3000万美元，来弥补这个计划的缺口。我看了消息，呼出一口长气，心想，这可是市长自己掏腰包啊。

尽管市长的形象非常正面，还会做出令人惊讶的慷慨之举，但是每当一些有争议的政策被提出来时，他也会被小报用标题党的方式无情地嘲弄。他经常提出一些有益于人们健康的建议，例如，他提议限制商家出售16盎司以上的含糖饮料，以利于纽约市民控制体重，降低市民的肥胖率，遭受了很多市民的嘲弄。有时候，我会在小报上看到用"布伦伯格保姆市长"这种打趣的标题来揶揄他，说他管理市民就像管理孩子。

am New York这份普通的，甚至不起眼的小报，没有《纽约时报》《华尔街日报》知名，它讨论的事情也大都是有关纽约市的政策方向和纽约城的大城小事，但是它是我上学路上短暂15分钟的精神补给。

我从这份小报当中知道，纽约建立了餐馆的评级制度[①]，餐馆老板也有行业协会代表他们的利益；我知道纽约地铁的价格为什么又要上涨，每次价格上涨的听证会都在什么地方；我知道纽约为什么有"stop and frisk（拦下并搜查）"[②]制度，这个制度和种族问题有什么关系。地方新闻让我对城市有了深入的看法，也是我对美国文化认知的一个切入口。每天阅读养成习惯后，阅读的速度也在飞速增加。

后来，我发现一个奇怪的现象，我来纽约的几个月，不仅英文有了长足的进步，中文的思考也更丰满了。我想，可能是人在异地，内心变

[①] 纽约市自2010年7月开始执行餐馆评级制度，目的是帮助顾客选择安全并且卫生的用餐地点。从2010年7月28日开始，纽约的2.4万家餐馆必须在餐馆的醒目位置张贴卫生等级标识。三个等级字母标牌为A、B和C。
[②] 纽约警察在执行公务时，可以拦下行人并搜身检查，以确定行人身上是否携带武器和违禁品。警方声称该制度可以降低犯罪率。但因遭到搜查的行人有很多是非裔美国人，所以这项制度被人认为有种族歧视的嫌疑。

得安静，同时又对信息变得敏锐。在阅读中，我的所闻所见所思所痛，各种心情都在疯狂滋长，不仅英文水平大幅地提高了，母语的表达也被激发了出来。

初到纽约，我依然是孤独的。但是我已经努力迎接这个新的世界。我在本子上写下了报纸上的有趣新闻，也写了这样的文字：

自从来到纽约，远离了超女、工作指令、家人、闺蜜。人生如同一幕热闹欢乐的电影，忽然转为一场完全的内心独白。没有人听得到，没有人感知得到，没有人能帮得到。这场冗长的独白戏里充满了委屈，也充满了张力。Woke up in tears in the morning and tried to smile. It's a tough journey！（清晨含泪醒来，强颜欢笑。这真是一趟艰辛的旅程！）

7. 和自己的胃和平共处

随着时间的推移，

我自己琢磨出各种奇异的吃法，

把自己变成了一个中西混搭的简餐大师。

　　来美国之前，一些已经在美国读书的中国学生，和我吐槽得最多的一个问题，那就是——在美国怎么吃。

　　当时的我，每天的工作饭局不计其数，而我做的，正是想方设法地希望能够推掉一些应酬，好给复习备考挤压出一点可怜的时间。所以，关于怎么吃的问题，基本上不在我的思考范畴之内。一个每天被食物和零食包围着的人，是无法设身处地理解这个相隔一万千米的问题的。吃，这件事情对于一个梦想来说，太微不足道了。怎么吃？——随便吃呗！

　　有一天，我收到了一个在佛罗里达州读理工的男孩写来的一封长长的微博私信，他用这封私信发表了一个在美国如何吃午饭的长篇演说，里面充满了真诚的困惑。他对我说："美国同学都是自己带午饭的，我是不是也应该自己带午饭呢？在外面吃很不舒服，但是自己做又做不好。就算自己能做好，做饭又非常麻烦，还挤占了宝贵的学习时间。我该怎么办呢？"

这封来信，我只是瞟了一眼，实在难以感同身受。等人到美国，我才明白，隔着一个太平洋，这种感受是难以用文字来传递的。只有你和痛苦的人身处在同样一种环境，面临同样一种窘境，那种理解才会油然而生。当我一个人在纽约，忙完了备考、申请、租房、刷信用卡等一场场旷世马拉松，经历了一连串的情绪低谷，体会了各种山重水复、柳暗花明的情绪过山车后，坐在狭小的公寓中终于安静了下来，这个时候，一种身体的声音才鲜明地从某处升腾而起，让我敏锐又无力。我想了想，终于懂了，原来，这种感觉叫作饥饿。

纽约的生活，竟然是以饥肠辘辘的感觉为起点的，那种感觉，这辈子从来没有那么清晰过，它让你感受到身体的存在。在如同一部黑白默片的孤独当中，我的身体仿佛安装了两根隐形的天线，对身体信号的接收异常迅速。相对于语言的鸿沟、文化的差异，中美饮食习惯的不同更为感性直观，很多时候怎么和你的胃和平共处，成为首要的问题。对这个问题的管理一旦失控，饥饿感就毫无商量地抵达你的身体。

刚开始，我坚决不进厨房，我的时间过于宝贵。尤其是初到纽约，我还在忙乱地找房子，等待着一切安定下来，所以也没有购买任何厨具。于是，学校周边成为我味蕾的试验场，我开始了一场又一场欢乐的食物探险。教师学院对面的Applebee's连锁超市，是我最开始寻找食物的地方，燕麦片果仁加上浓浓的酸奶、用面皮包裹的鸡肉蔬菜卷、几元一小纸碗的浓浓的奶油汤，这些都是离我最近的食物，购买方便，唾手可得。我每天都被这些新鲜的食物吸引着。

另外，街道上小商小贩为了获得学生的喜爱，赢得商机，在学校附近开辟了很多街头战场，一种叫作"Gyro"的希腊肉卷成为很多学生的最爱。这种肉卷大多4元或者5元一个，由小商贩现场制作而成。他们会拿勺子舀出一大勺鸡肉或者牛肉，倒在餐车小小的铁板上加热，随着温度逐渐上升，被烧热的肉丁也冒出欢乐的嗞嗞声。最后，小贩娴熟地用厚厚的一张面皮把这些烧好的肉和蔬菜卷起来，用锡纸包裹好，使它成为一个手感十足的胖乎乎肉卷。这个食品是热食，分量很大，是我实在太饿时候的应急选择。

除了尝试我能接触到的各种主食，我还注重给自己补充纤维素。多吃水果，这也是在异乡照顾好自己的必要手段。学校附近的街头水果摊，成为我经常光顾的地方。买水果的同时，我和那些口音浓重的移民小贩们随便攀谈，简单了解他们的生存状态，闲暇时候开两句玩笑成了一种放松。他们有的告诉我："我以前是非法移民，现在千辛万苦得到了身份。你看我现在在街面卖水果的生活有多快乐啊。所以啊，你来到了美国，就千万不要走了。这里有自由，有你想要的一切。"有的告诉我："我的祖父是逃亡的犹太人，战争时从摩洛哥逃出来的，从此一代又一代，我们就在美国安定住下来了。"

他们有时不管三七二十一，上来先对我来一句幽默的奉承："You have beautiful eyes.（你有一双迷人的眼睛。）"我刚刚哈哈一乐，对方就接着说："Three dollars for five, only for you.（三元五个，特价只给你。）"典型的不是真夸我，只是在过度推销。不过，就算这样，我也会意思意思，买几个香蕉或者李子。

经历了一段食物的探险之后，我的中国胃终于开始发出了反抗的信息。这些冰冷或者油腻的食物让我感觉到，我和它们无法天人合一，胃部的不适感时不时地袭来，让我丝毫感觉不到食物对我的支持与关怀。我第一次感觉到，原来食物不仅仅是一种能量来源，还是一种精神慰藉，是一种从始至终造就你的原料。

当孤独与不适内外交错地在我的身体里奏响一首悲怆交响曲时，我对温暖的中国食物的渴望，一天比一天强烈。

我经常光顾的韩国小店

当时哥大附近的中国餐馆并不多。正经可以坐下吃饭的，只有哥大正对门的Olies和位于阿姆斯特丹大街的"哥大小馆"。这两家餐馆显然因为中国学生的增多，获得了火爆的人气。也正因为如此，市场的相对垄断使它们失去了进取心。Olies里面的装修十分简单，桌椅都是最不讲究的廉价材料，摆放得也十分密集。每到午餐时间，你除了要忍受被切得很大块很大块的丑陋食材，还要忍受熙熙攘攘的食客集体发出的噪声，让人头痛不已。因为食客特别多，服务员的态度自然减色了不少。

"哥大小馆"装修得算是比较讲究的，深色的家具让小馆多少显得有些品位。

和很多纽约的餐馆一样，"哥大小馆"在午餐时间会推出针对上班族和学生的减价午餐，这种方便的套餐需要8～9元，相对其他时间的价格，显得非常便宜。食物常常就是一个汤、一盘米饭配上一个中国菜。但是，不知道是不是为了照顾美国食客的口味，小馆的食材也被处理得非常大块，口味也会偏酸甜一些，和理想的正宗中餐味道失之毫厘，谬以千里。总之，这两个中餐馆提供的菜品都无法和正宗的中餐画上等号，它们只是中国学生们实在想念中国食品时的代替品。

从这个时候开始，我开始意识到，原来，"民以食为天"是一句天大的真理。吃是人生如此重要的一部分，因为它不但关系你怎么对待你自己的身体，更关系你和周围的环境怎么互动。由于选课的原因，很多时候跑去餐馆是根本来不及的，而校园咖啡厅又以沙拉、三明治等冷食为主。这个时候，对于中国学生来说，一个可加热的温暖便当才是真正提供给你体力补充的能量源泉。

不仅如此，便当甚至对你融入美国文化有着至关重要的作用。我发现，正如佛罗里达男孩给我写的那封午餐演说一样，我的很多美国同学，都是用便当盒自带午饭的。下了课，他们去国际关系大楼6层的小餐厅，用那里的公用微波炉把饭加热，然后大家围坐在一起，一边享用着午餐，一边谈论着今天世界发生的各类大事，也会聊聊对刚才超级魔幻的课堂的感受。这是同学们在校园里唯一可以在一起休闲聚会的时间，也是一个打破同学之间疏离感的机会，更是一个文化融入的突破口。

对于我来说，我在课堂上的朋友，就是我最好的老师。我的很多友情，都是从吃便当时的交流开始的。现在回想起来，那真是一段欢乐无比的时光。我最好的朋友，个子高高、金发碧眼的萨拉来自加拿大魁北克，她能说地道的法语、西班牙语和流利的英语。她活泼热情，有时候又带着一点风向星座的疯狂。下了课，我们经常会就着各自的便当盒吃饭聊天，谈论很多过去在自己国家的经历。而她的很多体验，通常让我目瞪口呆。

比如，她会一边搅拌着便当盒里的意大利面，一边对我说："我本科的时候去以色列待过一年，也曾经去过巴勒斯坦。海涛，你知道巴勒斯坦的现状有多么糟糕吗？尤其是医疗，巴勒斯坦的医疗条件非常恶劣，很多病人根本得不到及时医治。主要是巴勒斯坦人居住得太分散了，有时候病人得了病，救护车也很难及时赶到。不过，巴勒斯坦人特别注重家庭观念，他们的家庭关系是那么紧密，这也是巴勒斯坦人最富有的精神部分所在。"

有时候下了课，我们会被繁重的作业负担惊吓到，精神十分紧张。午餐时间，往往是我们给精神放一会儿假的时候。我和萨拉就会拿着便当盒去露台上，一边晒太阳，一边吃午餐。萨拉是我认识的第一个犹太人，她会趁着午餐的时间和我提起有关犹太人的宗教习俗。比如，她会说："海涛，下个礼拜呢，就是我们犹太人的节日了，我必须赶回加拿大去和家人聚会，我们会吃一顿大餐，还会用希伯来语唱歌！"

我好奇地问："那学校有课怎么办？你这一去一回，要好几天呢，这会不会耽误课啊？"

"不会不会，这可算是我们犹太人的法定假日。学校不可能阻止我们请宗教假。"

我第一次知道学校竟然有宗教假期这回事，而一个有宗教信仰的学生，把执行这个假期看得如此重要。一个来回的谈话，我感觉自己的收获特别丰硕，阳光把我们浑身照射得暖洋洋的。

有时候萨拉还会利用午餐时间，和她在加拿大魁北克的妈妈用法语聊天。我也会被萨拉拉到电脑屏幕前，和她的妈妈见上一面，用视频聊一会儿天。萨拉笑呵呵地看着我，然后自动把法语转换成英语："妈妈，这是我的同学、好朋友，就是我和你说过的海涛，她来自中国，是个大作家。"

她的妈妈也马上礼貌地将交谈的语言换成英文，并笑容满面地通过视频看着我，对我说："海涛，你好。我早就听说你了。萨拉就是一个小孩子，你可要好好照顾她啊。"

我连连点头，说："这没问题，包在我身上了！"然后，我们三个会在电脑屏幕的两端会心地微笑着。通过萨拉的介绍我知道，萨拉的妈妈是个大学教授，还是一个女权主义者，马上就要被法国政府授予荣誉勋章。

克里斯汀是我班上的另一个同学，我们也因为午餐而结识，继而成为好友。我和她也会利用午休的时光，交换各自做的简餐。我经常自制辣味十足的中国担担面解馋，每当我打开午餐盒，我会让我这个娇小的美国朋友先尝尝我的饭，我告诉她，这是中国四川美食，这种食品的特色是火辣劲爆。通常，克里斯汀会用叉子挑几根面条放到嘴里，然后被一种又麻又辣的滋味震慑到，她的脸上会出现一系列刚开始在品味，继而又被惊到的戏剧化表情。"好吃！"她通常满脸通红地这样说，"我的舌头已经没有感觉了！"过了一会，她会对我的厨艺赞许不已。克里斯汀经常做的食物是经典的美式食物——面包片涂上花生酱，中间夹上各类蔬菜和火腿片。面包被切成适合便当盒子的宽度。

克里斯汀来自美国的中产家庭，午餐时我时常就着她递过来的一片甜甜的面包，听她讲自己的故事。比如，她男朋友的父母如何因为2008年那场经济危机，导致房子被银行收走。而她和男朋友，又怎么一起度过人生中最困难的时光。她会告诉我，她曾经在美国南部的诊所做护送志愿者，最主要的工作，就是护送一些要做人工流产的女士走进诊所。而保守派人士就站在诊所的正门，向她护送的那些妇女喊出恶毒的口号，还向她们扔石头。

后来，我终于无愧于一个"新东方厨师学校"①毕业生的称号，自己走进了厨房，开始自力更生。随着时间的推移，我自己琢磨出各种奇异的吃法，把自己变成了一个中西混搭的简餐大师。在超大的学业压力之下，我必须成为一个使用时间的魔术师，把自己喂饱又不能太耽误时间。我做饭的原则是，尽量简单，尽量美味可口，但是过程不能耗时太长。我会做很多包含丰富蔬菜的担担面佐料，并把它们储存在冰箱里，煮面条时就放上一勺。我买了一个小型的电饭煲，每天睡觉之前，把正好一人份的米饭准备好放进锅里，然后用配套的小蒸笼放一些切好的蔬菜，再撒上一些盐，按下煮饭键。第二天早上，我就可以把热腾腾的食物直接装进便当盒了。

随着岁月的推移，我打造出了很多适用于留学生的一分钟食谱，这既造就了我偷工减料的神功，又显示了用极简主义方法做出美食的"才华"。我的自制菜单上有：一张中国城买来的葱油饼上卷几片培根、一张薄薄的面皮里面放好切碎的凉拌卷心菜、一盒切好的蘑菇不用掰碎洗

---

① 很多留学生戏称"新东方"为新东方厨师学校，因为新东方学子们到海外后，大都学会了自己做饭。

一洗直接入口、国内的火锅料加水烧开放进青菜直接煮熟、一盒拇指胡萝卜搭配酸奶油、牛奶里浇上巧克力糖浆。所有这些快速出锅的美食,都是我在纽约鸡飞狗跳生活的一部分。

和走进厨房相伴随的是,每个周末,你必须进行食物大采购。我常常独自一个人去学校附近的韩国超市进行超级大采购,然后拎着沉甸甸的几大包原材料,走七八个街区,爬上6层楼,回到自己的公寓。

这种生活,让我感到前所未有的贫穷、简单,却又前所未有的丰富、完整。我的人生似乎重新变成了一张白纸,充满了紧张和劳累,充满了不安全感和殚精竭虑。但是它又充满了梦想和未知。我渐渐地喜欢上了这种内心孤独又完整、挫败但坚强的感觉,这种内心日渐强大的感受,已经无法被任何东西所左右。我这样记录下自己一个人在纽约晃晃悠悠的日子:

在这个城市,我喜欢走路,我喜欢穿得破衣烂衫,我喜欢喝椰子味的维生素水;我喜欢无论在哪儿人们都习惯说"How are you doing?"或"Have a nice day!";我喜欢在地铁里一个大胖子把我挤在座位中间的尴尬;我喜欢自己坐在台阶上坐着吃一盒方形沙拉;我喜欢精神在空气里飞翔。我知道这个城市里没有爱我的人,所以我要爱自己。

第三章

狭路相逢，没有人能够幸免

你最终得依靠强大的内心，来战胜那种文化一边倒的环境。

1. 在不经意间，窥探到了自己的紧张

你是你这颗孤独星球的唯一管理者。
如果不适应这种单打独斗的方式，
那么，肯定就会有接二连三的波折发生。

随着一番鸡飞狗跳的折腾，我在纽约的校园生活，终于步履蹒跚地开始了。从我拿到录取信的第一天，校园文化就已经开始潜移默化地影响我了。

现实生活中的美国课堂生机勃勃，但求学过程中，一部分世界是虚拟的，在无声当中完成的。因为校园里所有的大事小情，都是通过学校网站或者学校邮箱来宣布的。看似随意的一封邮件，可能包含很多重要的截止日期和学业信息，而你需要做的，就是严格地将这些邮件过一遍，然后把重要的截止日期在日历上标注出来。在这里，凡事都要靠自己。

这是美国强大邮件文化的一部分。与在国内我所经历的，每天手机嘀嘀嗒嗒响个不停的状况是天壤之别，这是一个更愿意用文字表达和沟通的社会。毫不夸张地说，很多时候，打个电话甚至都需要预约，而邮

在哥伦比亚大学校园

箱的通达是时时刻刻都可以的。

如果你不幸对这一套体系不熟，或者以为像在国内时那样，凡事有一个组织者来帮你管理一切，时时通知你各种大事小情，那就大错特错了。在学校里，每个人选的课都不一样，因此每个人都自成一派。你是你这颗孤独星球的唯一管理者。如果不适应这种单打独斗的方式，那么，肯定就会有接二连三的波折发生。

后来，我发现我的很多美国同学，一边熟练地使用着谷歌的电子日历，一边手中总拿着一个效率手册。有的时候，传统的方式更可靠一些。

被学校录取之后，最重要的一件事情，就是去注册学校邮箱，这个邮箱前面是你名字的缩写和随机分配的四个数字，也叫UNI号码，而后缀就是学校的名字。比如，我的UNI号码是hf2246，而我的电子邮箱就是hf2246@columbia.edu。UNI号码几乎是通行校园的万能钥匙、学术查询的武林秘籍、进入网站邮箱的必杀武器。在学校干什么都需要你的UNI，也需要时时查看你的邮箱。可以说，邮箱就是你在学校的一张身份证，它和你的学业生活如影随形。当然，作为辛苦学习的一种奖励，这个邮箱号通常会在毕业之后保留下来，很多人把它当成是一种终生的荣誉。

刚一进校园，我就感受到各种邮件在空中如潮水般往来交互的强大。毫不例外，我也在这种邮件的交往中，体味着一种不同的校园文化。从开学时同学发送的几句短短的个人简介里我就能感知出来，在另一个文化里长大的人，有一种说不出来的放松和开阔。来自受传统东方文化教育的我，在不经意间，窥探到了自己的紧张。

同学们肆意地写着：

"我叫萨拉。我在来纽约之前，已经做过一个项目了——关于被战争、种族屠杀逼迫移居的蒙特利尔人，我非常高兴地期待在哥大获取更多的知识，以便未来更好地探索人类对苦难和恐惧记忆的历史，并用最合适的方式记录下来。"

"我叫索菲，来自亚拉巴马州的伯明翰，2009年毕业于耶鲁大学历史系。之后呢，我为了帮助本州第一个非裔女性竞选国会议员而进行了一年的游说工作。为此，我特意制作了两部有关社会公正的纪录片。我从本科开始关注社会公正问题，来到这里，是为了学习用纪录片的方式来表现口述历史。"

"我叫凯蒂，2011年毕业于史密斯学院，我的专业是妇女与性别，侧重于种族和文化。我来自怀俄明州，我对人类性历史感兴趣。在学习期间，我希望更多地进行这方面的研究。"

"我叫莎娜，我在美国东北大学完成了本科学业，后来又在纽约大学拿到了一个硕士学位。那我为什么又到哥伦比亚大学再读一个研究生呢？我的一个朋友的母亲，因为过去饮用哈德逊河被污染的河水，得了乳腺癌。现在，我关注水的质量，以及因为水污染而遭殃的社区。我希望能够做一个单独的项目，记录哈德逊河的污染以及治理状况。"

"Hello，我叫泰勒，我来自艾奥瓦州。我2002年来到纽约学习摄影，已经在这个领域工作了9年。我对于给各种族的人拍照格外有兴趣。现在我要宣布一个重大消息，我决定在这个秋天迎娶这个世界上最美丽的女人。然后呢，我的愿望就是很快能和她养一只英格兰牧羊犬。哈哈哈。"

看着这些自我介绍，我心里颇受触动。当学校的项目小秘邀请我写一个个人简介时，我严肃得像要写一份小报告，字斟句酌。看到大家的自我介绍，我大开眼界，原来简介可以这样自然活泼，不受拘束。不但可以把自己的未婚妻称为世界上最美的女人，也可以把想养牧羊犬的事情写进去，完全像是坐在你身边和你聊天。这就是一个文字的见面会。

除了同学之间的交流，邮箱还是见证校园民主的一种方式。比如，在美国，学校想颁布点什么规定都不容易。学校是否要全校禁烟，不是谁一句话就能决定的，这需要学校的议会来投票决定。学校的报纸早在几个月前就开始对学校的禁烟听证会进行大量宣传，学校的邮箱里，自然也会有邮件号召大家积极参与这个听证会。

"为了讨论学校是否应该实行全校禁烟，我们现在要召开一个全校听证会，任何老师和学生都可以参加。我们热忱地欢迎你来参加讨论哥伦比亚大学是否应该在全校范围内禁止吸烟。因为这关系到你的切身权益，所以我们需要知道你的真实意见。听证会讨论过后，我们将在今年的11月，专门为此进行投票。"

邮箱有时候还是学校用来表明校方立场的强大工具。比如说2013年2月，纽约市长和耶鲁大学校长有过一场激辩！而这件事情也引发了全美范围内各大学校的关注，哥伦比亚大学自然也不能置身事外。

这场激辩的起因是：纽约警察局监控了耶鲁大学等美国东北部至少15所大学的穆斯林学生，而这个举动被媒体曝光了。可想而知，这个行为引发了耶鲁大学穆斯林学生多么强烈的不满！气愤与抗议之声充斥了校园。耶鲁大学时任校长理查德·莱文（Richard Levin）教授很气愤地写了一封公开信，他在信中说："警方基于个人宗教、国籍和信仰而进行的监视，与耶鲁大学和整个学术界的价值观背道而驰！"

一石激起千层浪。这个事件逐渐成为全国性的新闻焦点。面对争议，纽约市长布伦伯格出来力挺纽约警察局的行为，他在公开场合表示："纽约警署此举是为了保护国家安全，这没有什么不对的。"他的言论让形势变得更加焦灼，人们对此争论不休。

学校表达自己观点的时候到了。尽管哥大学生没有被纽约警察局监控，但是学校还是为纽约警察局监控其他学校学生一事表达了自己的立场。2013年2月23日，我收到了来自哥伦比亚大学的群发邮件，邮件里非常清楚地表示：Law enforcement officials should not be conducting such surveillance of a particular group of students or citizens without any cause to suspect criminal conduct. (执法部门官员不应该对一部分特定学生或者公民在没有任何犯罪嫌疑的情况下实行监控。)。

在平日里，哥大校长也经常给大家发邮件，虽然这些邮件通常由校长办公室发出，但是邮件的发送栏上毕竟是写着Lee C. Bollinger的名字，他的名字会跳出在邮箱的标题里，每到此刻，你都会觉得，好像学校的校长离你其实很近，在和你近距离交流讨论。

邮件内容有时非常枯燥："我现在很高兴地宣布，为了评选出文理学院的常务副院长，我们特别成立了招聘特别委员会，这个委员会由15人组成，其中有8名是来自文理学院的政策与计划委员。我非常期待这个委员会能够担此重任，也特别谢谢鲍勃愿意担任委员长。现在，请你们把候选人的名单发过来吧。"

有时邮件内容会非常欢乐："今年，第11届哥大校长5英里趣味跑马上就要举行了。我们还是像以往那样，沿着滨河公园跑，由校长带头，所有师生可以自愿参加。大家来吧，来吧，都来吧。中途和终点站，我们都有水提供。"这个活动里，我们的校长一定要穿着运动裤和运动鞋，现场通常十分欢乐。后来有哥大女友悄悄告诉我："校长挺壮的，好像以前练过摔跤！"说完我们哈哈大笑。

当我们日复一日地通过这个强大的系统接收校园信息时，我还感受到，邮件里提及的各种截止日期的重要性，这里甚至透着一点冷漠无情。很多消息的发出悄然无声，你不小心错过了一个信息，你就会发现，完了，你犯错了。你将会损失真金白银，或者支付其他隐形的成本。

学校让你交学费的信息就是静悄悄地降临到你的邮箱的，通常这些邮件是由机器发送，它会告诉你，你的学费信息已经在学校的网站系统里，你可以去交纳了，交纳这些费用的截止日期是某年某月某日。如果此时，你忙着选课，或者忙着在纽约安定，忘记了按期交学费，不会感受到任何喧嚣的催促。因为另一封邮件，也会翩然而至，它会说，你没有按期交纳学费，由此产生的滞纳金是多少，交纳这些费用的截止日期又是某日。这些信息，往往会让你心惊肉跳。

学校通常会给你一个时间，让你决定你的成绩考核标注是否要从A/B/C/D改成P/F（过还是不过）。P/F的意义，是不用把这科成绩计入GPA（平均分数）。很多人会将比较难的科目改成P/F计算成绩，从而保证了自己的平均分在一个比较高的水平。而一旦你错过了截止日期，那么通常已经没有任何回旋的余地。可以说，整个邮件系统里，有着鲜明的"事前提醒，后果自负"的逻辑。每个人都明白，这里面责任重大。

有一年，我暑假回国了。返校时我照例拿着我的I-20表格[①]去过海关。这一次，海关官员没有像以往那样，什么都不说就放我走。他指着一处空白处说："这个地方，按理说，你要找学校的国际学生部签一个字的。"

我说："哎呀，这个规定我不知道。"

海关官员乐了，说："学校应该会通知你们的，这是惯例。下次记得签上就好了。"我莫名其妙，但是点了点头。

回到学校，我特意搜索了来自ISSO（国际学生部）的邮件，果然，它确实是提醒过我的。只不过，它被淹没在了一片邮件的海洋当中……

[①] I-20表格是每位去美国读书的留学生入学和签证面试时的必备文件，用于申请赴美签证，证明申请者的学生身份、入学资格等。

2.被紧紧包裹的自我在对比中愈发清晰

我那多年沉睡的神经，

即将被一场场惊涛骇浪唤醒。

  我所学习的专业，叫作口述历史（Oral History）。哥伦比亚大学是美国大学里第一个建立此专业的大学。按照网页上的介绍，口述历史是一个交叉学科，它训练学生通过采访、分析、撰写，去接近和研究需要被研究的历史或现代事物。

  口述历史支持移民、种族、性别、政治、政府等领域的研究。通过收集资料，建立历史档案，对个人、社区和机构的历史分析，以保存那些能够捕捉时代精神的第一人称的口述历史证词（testimony）。

  在学习当中，学生将学习数字录音、音频制作、编辑电子存档、设计口述历史项目以及采访、历史研究和社会研究的分析方法。每一个学生将会被全程指导着完成一个论文项目。

  学科介绍里的文字无疑有些专业，但是一进入课堂，我发现，口述历史是一个实践性比较强的专业，它最主要的宗旨，就是用口述历史的采访技巧和记录历史的方法，和普通人接近，将普通人的记忆挖掘出来，再将普通人的记忆，汇聚成时代记忆。这些宝贵的记忆，将留给下一代，成为他们了解过去、了解历史的工具。

为了让我们学习如何制作项目，课堂上经常出现口述历史学家、口述历史项目制作者甚至舞台剧表演者等嘉宾，他们被请到我们小小的课堂来做口述历史项目展示。可以说，学习口述历史的一个重要的过程，就是学校搭建平台，让我们尽可能多地接触世界上已知的各种各样的项目，来启发我们未来自己做项目的灵感。

由于我是在美国学习口述历史，而这个学科在美国的初始创建就在美国哥伦比亚大学，所以，基本上所有被邀请来的口述历史项目负责人和口述历史学家，他们所讲授的内容都和美国历史和美国文化有关，因此，实际上这个课对我而言并不多元化，而是以一种文化——美国文化为主导。因此，课上我所面对的内容和氛围，都是一场场扑面而来的美国文化飓风。

如果说初次登陆美国大陆，我只是觉得来到了一个完全不同的国家，那么我们的课堂，则充满了各种不可思议的解放和疯狂，这让我觉得，我好像来到了一个完全不同的另类星球。"surreal"（超现实）是我的教授在形容一个类似于"9·11"这样巨大历史事件时，常常使用的词汇，而课堂教学也给了我一种超现实的感受。

那种文化以及教育理念的差异已经在这个时候喷薄而出。而我身体里那个无形的、紧紧包裹的自我却在对比中愈发清晰。我常常觉得，自己远远不如美国同学的精神状态放松，就在我紧张学习的同时，各种流光溢彩的课程正在缓缓地渗透到我的精神世界当中。

简单来说，美国课堂外紧内松。说是外部紧张，其实指的是所有的一切都由核心的准则控制，让课程在大方向上在正确的方向上行走。比如美国课堂在课程设置、学术标准、教师是否提供了足够指导方面有严格的测评，学生的反馈是这个测评的重要部分。最终每一门课程结束以后，按照美国教育的惯例，学生都要给教授做名目繁多的反馈和评估，这种评估用打分的形式来体现。你可以在五个档次当中，依据自己的感受，给这门课的老师打出一个分数。最后，测评页留有很多空白，如果愿意，你可以在空白处写下对这门课程的主观建议。比如，你建议这门课还应该配合什么书来读，或者，你建议这门课还要添加哪方面的内容。实际上，这就让教授在开课之前就严格要求自己。

外部紧张，也体现在老师对学生也有严格的监测。比如学生是否能够按照截止日期提交作业，你的课堂出席率是多少，你是否能够积极地参加课堂讨论，你能否顺畅地在课堂上公开表达自己的观点。有了这些学生与老师的双向监测，课堂的整体学术氛围和基本的教师学生行为准则都会得到保证。

在这个外紧的框架之外，课堂的内部却非常放松。学习形式多种多样，学习的风格不拘一格，学生、老师可以在课堂上自由讨论，很多自由精神也被随之释放。

最先让我震惊的是美国课堂对所谓纪律的解放。学生和老师可以在课堂上自由地吃东西、喝水。学生可以自由自在地在课堂中间插话，教授偶尔会双手抱头，然后将身体往后仰着，对着同学们提出各种问题。我的文学写作课老师杰瑞·阿尔巴里，有时候还坐在窗边的高台上，"居高临下"地对我们说话提问。这对于从小就被教育要遵守纪律，坐得直不讲话就可以得一朵小红花的我，简直如同来到了外太空一般。早上上课之前，很多同学在路边买了甜甜圈当早饭，他们会带着一个棕色的纸袋子进入教室，边听课边吃甜甜圈，白色的糖粉有时候会掉在桌子上。而有的同学自带便当盒，坐下来，打开盒子，拿出自己烘焙的巧克力蛋糕。一股甜点的香甜立刻会散发到空气中，安慰着大家的味觉。有的课从中午1点开始，很多同学根本来不及吃午饭，他们从上一节课匆匆赶来，顺路会在学校的咖啡厅买一盒沙拉。坐下来时，他们打开透明的沙拉盒，一种蓝莓奶酪酸酸的味道飘散在空中。后来我发现，课堂上吃东西从来不会成为禁忌，反而是一种自然而然的约定俗成。不但教授不管，有时候，教授还会主动参与到吃喝中，他们和我们一起吃着小甜点，一起喝着咖啡，一起聊着学术问题。

　　分享食物，是美国课堂一道独特的风景。有些课程，每学期的最后一节课，往往是大家对项目的个人陈述。这个时候，教授经常会特意带食物到课堂上，各种奶酪、生蘑菇、小饼干、小胡萝卜和与之配套的酸奶油会摆满一桌。大家一边做总结陈述，一边就着食物总结这个学期的收获。我的文学写作老师杰瑞经常买一堆各式薯片，让同学们一边吃，一边分享自己最后的项目成果。也就是在那个时候开始，我养成了用薯片蘸各种调料吃的美式习惯。

　　有一次感恩节，教中国政治的吕晓波教授特意叫了两张大号比萨，等同学的个人陈述和政治分析做完了之后，比萨正好被外卖员送到。教授专门留出了半个小时的时间，让大家分享热乎乎的比萨，相当于师生一起过了一个感恩节。这时候教授都是自掏腰包来做这件事，一方面营造了一个欢乐的节日氛围，另一方面也拉近了老师和同学之间的距离。

　　记得有一次，在我们的专业课上，有同学从国外带回来了一袋超级好吃的巧克力，大家传递着一人拿一块吃，然后继续上课。下了课，萨拉对我说："海涛，有一块巧克力是不是你咬了一口又放回去了，我刚要吃，结果看见是半块儿，上面还有你的牙印儿呢！"我哈哈大笑，说："是呀，就是我干的。"

　　其实，那是我故意给萨拉使的坏。

3.慢慢爬出洞口，见到隐约光芒

我意识到，

原来，

自己从未如此生活。

课堂纪律的宽松，随之而来的是人们精神状态的放松。这两者的结合，造就了一个超现实主义的课堂。很多这样疯狂的氛围，是教授邀请来的课堂嘉宾带来的。

我第一次感受到这种疯狂，是在文学写作老师杰瑞·阿尔巴里的课堂上。他多年以来从事口述历史的采访，但是更关注的是不让口述历史的采访资料在档案室里沉睡千年，而是要让更多的人触摸得到、看得到、感知得到。可以说，我学习到的美国口述历史精髓之一就是口述资料（也就是记录被采访人采访内容的文字）的可展示性，让资料能够更多地在公众面前呈现。这个理念相当于想方设法让个人史生动地存活在当今社会当中，如同让过去的历史继续活着。因此，他多次强调口述历史应该主动用多媒体的方式呈现，而我从他那里学习到的更加新奇独特的一种方式是，让口述史用舞台独白剧的方式呈现。

当时，我并不理解如何用舞台独白剧的方式来呈现口述历史，对此完全没有心理准备。随着学业的推进我才理解，杰瑞推崇的舞台独白剧的展示方式是指请专业的演员来演绎人们真实的口述历史证词，让这种真实的个人陈述通过精练的编辑，再通过演员的诠释，呈现出一种梦幻般的效果。这种方式最大的好处就是，形式不枯燥，让人们轻松地了解了历史。

舞台演绎的主要方式是，几名演员站在一块电子大屏幕前，背后的大屏幕将随着口述的进行同步显示出与口述材料相结合的一些提示词、照片，抑或是纪录片资料。演员在话筒前深情演绎口述历史证词，而灯光渐明渐暗，背后的电子屏无声地配合烘托着口述历史证词。这样，整个现场口述会产生舞台剧一样的效果。这种虚与实的结合实在令人耳目一新。

我第一次接触到这个领域是在刚刚上课的第二个星期，杰瑞的口述历史与文学写作课邀请了一位矮个子棕色皮肤的胖女人来做讲座。她的半长金发随便在脑后梳着，显得有些凌乱，身穿一件低胸的连衣裙，两个巨乳几乎完全外露，让人不敢直视。杰瑞说她是一个表演艺术家，名字叫潘妮·阿卡德（Penny Arcade）。

潘妮经历了美国20世纪80年代艾滋病暴发初期身边的朋友一个一个死去的过程，那种感觉对她影响至深。那个时代的纽约，不明原因的疾病袭击了城市，哀鸿遍野的痛苦在纽约东村蔓延，她周围的艺术家朋友仿佛都在排队领取死亡的号码牌，死亡的阴影已经将纽约的艺术界包围了。就在这个时期，同为东村艺术家的潘妮经历了很多生离死别，她目睹了死亡的发生，也见证了艾滋病患者与体制抗争的过程。作为一个本来就身世不幸的人，体味这些，让她在年轻时就明白了悲悯。她认为自己的心和弱势群体捆绑在一起。她的舞台表演，也常常体现对弱势群体的关怀。

后来她写的一些文章也解释了她为什么对弱势群体如此关心。她说:"我可以感觉到那些在身体上、感情上、心理上和性上被侵犯的人的痛楚,他们感觉被人们鄙视,感觉到自己比其他人渺小,甚至比所有人类都渺小。我过去大部分的生活处于这样的角色中。实话实说,我整个生活都是那些痛楚的遗留品,这些经历,能让我向内心那个真实的自我靠近。"

潘妮的气质有些艺术家的疯狂,穿着的暴露也是我从来没有见过的尺度。她说话的声调和语气,也有着那种艺术家与生俱来的夸张和神经质。杰瑞慢慢地介绍着潘妮的经历,也和她有一些浅淡的交谈。就在那节课上,大家正在用正常音调讲话时,魔幻现实主义的部分突然跳出来了,潘妮在讲话的过程中忽然之间转换了角色,她从和他人谈话的交谈者突然转换成为舞台上的独白者。而这一切完全没有过渡。

你知道身边的人一个一个死去是什么滋味吗?你知道当你认识的朋友,突然在你身边消失,没有一声告别是什么感受吗?你知道没有明天,没有未来,不知道下一个会消失的是你爱的谁、谁会从你身边被夺走,是什么滋味吗?这就是20世纪80年代,一种完全来历不明的病,刚在同性恋者之间传播时候的情况。很多人认为,同性恋者是受到了上帝的诅咒,这简直是一种世界末日的感受。你身边的人们,一个一个地死掉。而你,被绝望的海洋淹没了。这一切,真该死。

你能想象吗?我有一些朋友,前几天还好好的,一个月之后,你就去参加他们的葬礼了。这事很常见,这事很普通。尤其是如果你生活在纽约的东村,而且你还恰巧是个艺术家的话。你就会知道这种感受。有好多艺术家得艾滋病,你难以置信有多少。你好像生活在大屠杀年代,你感觉好像是生活在集中营里。

一时间，激烈、愤恨的声调充斥着教室，整个空间似乎在一瞬间变成了一个空旷的舞台。在她大声背诵独白时，胸部上上下下地起伏着，一瞬间完全扰乱了我集中听内容的注意力。就在我屏住呼吸努力倾听时，她似乎要极力表现出真实的舞台效果，抓起眼前的一只塑料水杯，奋力地向对面砸去，那只杯子在空中迅速划出一道弧线，"哐当"一声重重地砸在对面的桌子上，然后弹跳起来，最后落到了地板上。一时间，空气里充满了被震慑过后的寂静，而我的同学只是静静地将水杯捡起来。

整个过程，她的演绎是如此自然。台词强大的穿透力，在我的耳边萦绕不绝。我后来在学习这个项目的过程中，几次目睹演员用这种方式诠释口述历史证词，深感其中的神奇魔力，台词演绎会让沉睡在纸面上的口述历史证词一下子鲜活起来，人们对台词的理解与感受，也会立刻加深很多。这种演绎采访口述历史证词的方式在中国一直没有出现。我一直梦想着，有一天，我能够有能力将这种表演方式引进到国内。

因为口述历史可以像艺术品一样被呈现展示，所以教授除了让我们感受口述历史的采访技巧，他们还会通过展示各种作品的表现方式让我们体会艺术形式的多种边界。口述历史最后的展示，可以说就是多种艺术形式的结合。为了使我们能够拓展思维，放飞想象，以后能用巧思设计自己的项目，教授会给我们介绍当今世界上的各种现代艺术。因此，口述历史的很多课程是为发散思维做准备的。

2012年3月，我们的口述历史实践课老师玛丽·姗卡蒂娜重点给我们讲述了现代艺术家弗朗西斯·艾丽斯（Francis Alys）的作品。当时我并不知道这位艺术家的背景，经过玛丽的介绍，我才知道，这位艺术家出生于比利时，他曾经在欧洲学习了工程与建筑，20世纪80年代去墨西哥工作，在90年代成为一名艺术家，作品在欧洲、美国和墨西哥展出。玛丽简单地介绍说："艺术家用纪实影片、照片、绘画和行为，做出了富有个人风格的反映社会和特殊经济环境的纪录。"

最初看弗朗西斯·艾丽斯的作品，感觉有几分无厘头，这些具有深刻隐喻意义的作品，只有经过深刻思考才能看得懂。我从刚开始对理解这些作品毫无头绪和深感疑惑，到后来不断探寻与思考，渐渐领会了艺术家的用意，这个过程深深启发了我的思维。

被展示的艺术家的第一个作品是一段浓缩的视频影像，一个人推着一个巨大的冰块在炎热的墨西哥城走了12个小时，虽然这12小时被剪辑成了几分钟，但是你在这被剪辑的漫长的12个小时里，可以看到那个冰块体积从大变到小，一直到最后化成水滴、消失于无形的过程。整个作品几乎是无声的，人们在静默的观察中，可以看到完整的大冰块从巨大得荒谬，一直到逐渐消融至无形的过程。这种消失，既符合现实预期，又让人无可奈何，让人们很容易联想到人类于日常生活中的某些境遇。这个作品有个极富哲学意味的题目叫作——《徒劳无功！》（Sometimes Making Something Leads to Nothing！）这个视频结合它的题目，触发了我内心很多感受，也引发了我相当多的思考，这和很多我们人生的过程相似，有时候我们费尽心思，用力过猛，最终却一无所得，徒劳无功。很多时候，事情的结果和我们的愿望背道而驰，而我们最终能学会的，只是接受与放下。

就在我们还沉浸在这种哲学式的表达时，艺术家的另一个作品，已经开始在课堂上展示了。这个作品，如果你不知道作品背后的历史背景和政治背景，是根本不可能看懂的，通常需要教授的反复解读才能获得一些感知，这对于我来说完全是一种知识的补充。在这个视频作品的画面中，美国和墨西哥边境的一个斜坡上，一辆老旧的甲壳虫汽车（原来墨西哥出租车的主要车型）缓慢而费力地上坡，汽车上坡的同时有音乐的声音响起。一旦音乐停止，车就从斜坡上滑了下来，回到了平地上。

当音乐再次响起，车又开始缓慢爬升，一直到音乐消失，车子再次滑落。如此循环反复，让人费解。

这个作品是由纽约现代艺术博物馆的多媒体策展人给我们做的讲解，她也是教授邀请来的课堂嘉宾。她指着视频告诉我们："在这个作品里，弗朗西斯用甲壳虫车的上下反复，暗喻美国和墨西哥冲突不断的边境问题，这个问题多年来一直顽固地存在，并且难以最终解决，造成了一种纠结的现实存在。"听了这个解释，我才感受到了作品中的奥妙所在。

后来，我写了一篇论文 Bizarre or not Bizarre（《怪异还是不怪异》）来论述我对这位艺术家作品的理解。"第一眼看上去怪异的作品，其实理解了之后，你才知道，从艺术的角度来讲，它并不怪异。艺术家用作品来诠释他眼中的世界问题，并用自己的方式向世界上的人们提醒这个问题的存在。这种怪异的表达，正是让冲突和问题，通过艺术性的展示被人们重视和理解的方式。所以，怪异和不怪异，其实是相对的。"

这个观点正如艺术家阐述自己的作品时所说的：通过怪诞的甚至有些冒昧莽撞的艺术表达，艺术唤起了一瞬间的暂停、一些荒谬的无意义感。

在课堂上，我体验着如同魔幻现实主义电影一样的一幕又一幕，回到家，我写着一篇又一篇的分析论文。来到纽约最初的无边黑暗心情，终于若隐若现地出现了一丝微光。我感觉到了那种慢慢爬出洞口，见到隐约光芒的感动。那种刚到纽约的异乡感，正在悄然无声中渐渐散去。而体验世界的一种又一种的小小幸福，慢慢地爬上了心头。那种感觉，仿佛我身体深处里某个暗藏的开关，在不知不觉之中，被一只无形的手按开了。

我写下了自己的心情转变：

来纽约的第一个月，睡眠很多，幸福很少。来到纽约的第二个月，睡眠很少，幸福很多。走在街上，空气清新寒冷，内心却常常涌动着一团火。我意识到，原来，自己从未如此生活。

4. 把隐藏的自己大胆地暴露在阳光之下

你最终得依靠强大的内心，
来战胜那种文化一边倒的环境。

  口述历史专业，在其理论的基础之上，有很多感性的实践穿插其中。这一部分的教学，非常微妙。采访者既要明白口述历史的采访技巧与新闻记者的采访技巧有天壤之别，又要知道怎么和别人进行交流。这取决于你能不能在旁边冷静地倾听口述历史证词的同时，和对方进行心灵接触，将采访对象内心最深处的故事和最底层的记忆挖掘出来。
  最成功的口述历史采访应该是这样的，采访完毕，被采访者既像是完成了一次记忆旅行，又像是完成了一次认识自我的过程。他会说，"我从来没有这样认识过自己。"或者，他会说，"我从来没有这样总结过自己的人生。"或者是，"如果你不问我，这些事情我可能永远永远都忘了，它们永远不会再见天日。"
  你能不能将人最感性的那一面和隐藏最深的那一部分记忆驱赶出来，你能不能最大限度地挖掘人性，这就要靠采访者本身的功力了。
  在哥大学习的过程中，我发现，你要有能力释放别人，首先应该有能力释放自己；你要有能力打开别人的心扉，首先要知道如何打开自己的心扉。只有感受到自己被释放的过程，你才能知道，采访对象在被采访时候的切身感受；只有自己被采访过，你才知道，采访对象愿意分享哪一部分的生活，哪些生活，你需要努把力采访对象才愿意和你分享。因此，在课堂内外，我们有很多种类似于解放天性的练习。我们要知道怎么才能触动到采访对象内心最深处的回忆，只有知道了这些，才有可能在未来，自如地面对我们要采访的人。

在这方面让我们最疯狂的，还是我们的文学写作老师杰瑞，他经常留一些需要"极度走心"的写作作业。这些作业，毫无疑问都是和自我审视、自我解读有关的，或者是要挖掘自己内心深处的感性记忆。这些有关自我解放的部分，最终都要在文学写作课上呈现并且大声朗读，仿佛把一个隐藏的自己大胆地暴露在日光之下。我必须承认，这样直面自我、面对纷繁复杂的个人回忆，并不是一个特别舒服的过程，但是通过这种逆向练习，我能感受到一种能量的释放，感受到我慢慢地接受内心的真正自我。

杰瑞的作业最开始还比较简单，只是让我们用500字写出一个让自己觉得有意思的朋友。他对文章的写法做了严格的界定，比如文章里不能用任何一个形容词，不能用过于装饰的语言，不能用花里胡哨的描写，只能用最平淡的叙述方式来完成这次写作，但是作品最终呈现的效果，要让这个人物的形象和性格跃然纸上，做不到这些，作业就算不合格。

就这样，试图挖掘自我记忆的旅程开始了。这意味着，你要选择一个让你感受很深的人来写，而你和他之间要有深刻的记忆与互动，你要对这个人了如指掌才能完成这个作业。我后来总结，杰瑞给我们的作业，总是和深度认知自己有关。

后来杰瑞作业的难度增加了，他让班上的人每人都写一份自己的传记。根据年份，逐年写出自己的成长经历，以及每一年对自己影响最大的事以及自己对这件事情的反应。最开始，我以为这是一个太简单的作业了，不就是一部自己的编年史吗？一个普普通通的中国女孩，按照正常的轨迹成长，没有太多激动人心的故事，没有太多耀人眼目的亮点，没有激流勇进，只有细水长流，我的人生如此平淡无奇。但是没有想到，当我写到2002年母亲最终被确诊免疫性疾病的那一天，想到那一天对我的人生的转折性意义，我还是难以自持地哭了。那一天过早地结束了我的青春期。从此往后，母亲每一天都生活在病痛的深渊当中，而我也在不知所措的生活里徘徊。我看到了另一个自己，每天深夜都不敢关手机，生怕漏过什么通报情况的电话。我又害怕它会突然响起，传来什么不好的消息。我变成了一个紧张和惴惴不安的人。我在写作这一段人生的时候才忽然明白，为什么我的内心偶然泛起幸福时，会伴随一种深深的负疚感。

我在这份小传记里回忆：2009年，我经过了一年的努力，出版了自己的第一本书，只有我知道那一年我经历了多少潜水般的沉默和一个人在路上的艰辛。我知道很多伟大都是熬出来的，没有人能随随便便见到彩虹，每一个光环背后都是无边的黑暗。2011年，我飞越太平洋，以大龄之姿选择在另外一个国家从零开始，各种孤独苦闷都像是一场场心灵的拷问。我还写到，生活每向前一步，都有走出舒适区的那种苦和痛，随之而来的又有突破极限的笑和泪。

真是完全没有想到，写一个关于自己的小传记，竟然挑动了如此多内心深处的记忆。那是一种完全面对自我的感受，很神奇，也很感性。我内心的小宇宙为这个作业激情澎湃地燃烧了好几天。我相信，这种自我回忆带有一种神奇的效果，它让你整理了过去，整装上路重新出发。

后来，我经常遇到一种情况，那就是我的采访对象在一场口述采访开始时，露出十分迷茫的表情，说："就我那点事儿，好像没什么可以说的，我怕不精彩。"而我总是信心满满地告诉对方："不要怕，只要一开始采访，你就知道自己有多少可以说的了，它会出乎你自己的想象。"果不其然，很多采访对象在采访刚开始时都很拘谨，但是随着时间的推移，他们完全沉浸在自己的人生回忆里，不但经常忘记了录音机的存在，很多时候，他们会在陈述当中泪如雨下。

我们的训练奏效了。

我们的一生中，一个事件的场景、一种气味、一个动作、一个表情，甚至一个肢体部位，都会给我们带来很多回忆。在课堂上，有趣的训练也由此生发。有一次，在具有魔幻主义色彩的课堂上，教授让我们做了一个训练，他让我们每一个人都在现场讲述一个有关"手"的故事，任何一个让你难忘的和有关"手"的故事都可以。从小到大，我遭遇的命题作文，都是很"正常"的题目，要么是有关理想与道德的课堂作文，要么是普通的叙事文章，诸如——《一件令人难忘的小事》。而由一个具体的肢体衍生出来的一个现场陈述的作业，我还是第一次碰到，不由得有些紧张。

我的同学们却非常放松，他们很多人自如地进行现场叙述，宛如事先准备好了似的。课堂上，一场有关"手"的脱口秀，按照顺序慢慢开始了。

有人说："一年前，我表姐的丈夫去世了，她无法忘记自己的丈夫，无法忍受把结婚戒指从手上摘下来，因为这让她感到痛苦。所以，表姐的手上至今还戴着那枚漂亮的戒指，每到她思念丈夫时，就不由自主地用右手去抚摸和转动左手无名指的那枚戒指，然后将戒指凑到嘴边去亲吻，好像在和逝去的丈夫说话。这一切都很安静，但是这个场景让我永远难忘。"

教室里一片唏嘘。

就在大家沉浸在有些伤感的气氛当中时，我的好朋友萨拉就像一个来踢场子的小朋友一样，一开口，就把刚刚这肃穆悲伤的气氛变成了喜剧气氛。她说："哎呀，这个故事太伤感了，气氛好严肃啊！关于手，我最清晰的记忆是，小时候，我最喜欢在我家的花园里挖土了。我不但挖土，还弄泥巴，捉蚯蚓，种花。我的爸爸就告诉我，你要做一个热爱自然的人。所以，我的手从那时候起每天都是脏脏的，每个指甲缝里都塞满了泥巴。但是我特别喜欢这种感觉，感觉身体和自然融为了一体，让我忘记了一切。一直到今天，每次我回到家第一件事，就是去花园泥地上摆弄花花草草，把手弄到沾满泥巴。所以，我对未来的恋人暗暗地有一个期待，那就是，他要喜欢我的脏手，爱上我的脏乱差，这样我们才能幸福地在一起。"

讲完之后，萨拉还适时补充了一句："完了，我估计这篇演讲做完了，我就嫁不出去了。"班上一片笑声。

就这样，有时风雨有时晴的课堂氛围延续着。演讲最终轮到了我。

口述历史专业的课程设置，基本上都是讨论课，也就是那种大家你一言我一语地和教授共同讨论的课。相对于教授在台上一个人的独白演讲，这种课的难度大了很多。你会有一种心理上的劣势，因为，大家不会顾及你是一个外国人而放慢语速，也不会因为你是外国人，就会转变那种以美国文化为中心的说话方式。在那种全是外国人的情况下，学会慢慢开口发言，自如地表现自己，并且表现得不怯场，是一种修行。

在美国课堂上，你最终得依靠强大的内心，来战胜那种文化一边倒的环境。

此刻，大家都在看着我，等着我发言。我是以一个小笑话开场的："在我们的专业课上，我们做了很多这种有趣的讨论，看上去这些课要把我们每个人人生的秘密都掏空了。"

大家大笑了起来。

"关于手的故事呢，我只能说我的一个习惯。在北京我都是自己开车,每次一个人开车的时候,我的两只手都会放在方向盘上。但是你们知道,北京的交通状况非常糟糕,有的时候路上特别堵,每当这个时候我都很烦躁。后来呢,我有了一个男朋友,他通常坐在副驾位置上,会和我聊天。从那时起,我开车的习惯变了。我会用左手握住方向盘,用右手握住他的左手,放在挡把上。这个时候,即使路上再怎么堵,我的心也不会堵了。我会感觉到一股温暖冲击着我的心脏。后来,我们就结婚了。"

"喔……""哇……"一阵感叹词此起彼伏地出现在空中,班上出现了一阵小小的骚动。同学们纷纷对我点头,表示对我故事的赞赏。而我,坐在那里微笑着,感觉到这场陈述的胜利。

短短的一个关于肢体引发回忆的练习,教会了我们怎么通过小的线索去挖掘记忆,与此同时,这也是一个解放天性的练习和演说。我临时起意组织起的这个小故事让我开始对现场陈述充满了自信,也引发了我对很多美好瞬间的回忆。

本来班上的气氛是拘谨的,教授通过各种方式让我们呈现自己,讲述自己的前世今生,通过一个个细节,挖掘口述故事的深意。我越来越勇敢地在公开场合表达着自己。我开始越来越了解这段心灵开放的旅程,其实是通往其他心灵的必经之路。

5.文化风暴让我被多彩的生活彻底包围了

每一个人的立场不同，

看待事情，

自然会戴着有利于自己的有色眼镜。

到纽约两三个月，美国课堂一波又一波的文化风暴让我被多彩的生活彻底包裹住了。除了上课不能完全听懂这一点还让我感觉异常痛苦，我已经被各种各样的上课方式给迷住了。对于一个好奇如我的大孩子，美国文科课堂完全就是一个万花筒、一片新大陆、一个项目繁多的游乐园。

美国文科的课堂是现代化的，也是多元化的，活力四射。

首先让我震撼的是美国文科课堂的电子化和高科技化。可以说，科技感已经和校园的高科技建设融为一体。这首先体现在哥大校园管理的高科技化和智能化上。哥大自己研发的一些技术平台，给教学提供了无限的便利。学习口述历史，很关键的一部分是实践，利用真实的采访情景反复体会其中的技巧和真谛。进行实践之前，很关键的一部分，就是观看教授的采访视频，观察教授的提问方法，由此领会口述历史提问方式的技巧和精髓。所有的观摩作业都是由哥大自己研发的多媒体编辑平台——Mediathread发出的。

Mediathread多媒体平台，是一个允许教授和学生在线操作的多媒体编辑和分析工具。这个平台对当时的我来说，着实让人大开眼界。教授如果想留视频分析作业，就会把一两个小时的口述历史采访视频放在平台上，接下来，我们可以用"剪切"加"复制"，如同用Word软件处理文字的方式来处理视频文件。学生可以通过工具把视频任意剪裁成一个个视频块，然后把这些视频块拖拽到页面的另一端，最后在这些小视频旁边加上注解和解读。比如，我们可以解读，为什么这个时候人物会突然出现一段沉默。再比如，为什么教授会允许采访当中这段沉默时间的存在，教授此时插入这个问题的用意是什么。

我们的视频分析论文也是通过这个多媒体平台提交的。我们写下对一个视频采访的分析，然后把自己剪切好的、对应的视频方便地拖拽到对应的文字当中。教授将对我们的论文进行评论，还可以把评语写在教师使用的板块中。

如果同学选择开放自己的作业给别人看，我们就可以阅读到他对同一视频的解读和分析。这个过程，可以说让人脑洞大开。看到了别人的分析，就可以看到他对同一采访不同角度的解读，从而获得新鲜的观点与见解。这种方式极大地促进了大家对同一个作业的反复揣摩，有让学生温故而知新的效果。可以说，这是追求精而非追求多的典型方法。

通过几个月的学习，我领略到了口述历史的采访方法和新闻采访方法的天壤之别。

作为一个记者，你通常是针对某一个新近发生的事实进行有针对性的采访，你要在采访之前就这个事实做相应的准备工作，不但要了解事件的背景，还要对事实的漏洞有所调查。记者所问的问题，往往是极具针对性的，而且越尖锐越好。

口述史的采访方法则截然不同，相对于新闻记者提问时的前瞻性，口述历史的提问方法则是后藏式的。提问者的提问要简单、迅速、不动声色。但这绝不意味着采访者对采访对象置之不理、放任自流。口述采访者的能力在于，你要随时随地捕捉被采访者口述过程中有可能隐藏的文化信息和历史背景信息。在这些信息出现时，你要适时而迅速地插入简短的问题，让你想要的信息从被访对象那里流出来。

后来，我在自己写的一篇论文当中做了这样的比喻：如果口述历史的采访是一条河流，那么采访者就是一个舵手，在这条河流上舵手只是微微地调整方向，让采访顺着时间流动的方向前进。教授给我这段感悟的评语是——"这个比喻妙极了！"

我记得当时我们的系主任玛丽·马歇尔·克拉克（Mary Marshall Clark）给我们留的视频作业之一就是观看"9·11"事件发生后，教授对一名失去儿子的母亲的口述采访。这个采访的与众不同之处是，这位母亲和死去的儿子都是穆斯林，他们从身体特征上都带着穆斯林的鲜明特征。这也是整个采访最有看点的地方——在"9·11"发生之后，一些穆斯林受到了美国当局的逮捕，一些穆斯林受到了不明原因的审讯。这位母亲的儿子在"9·11"事件之后失踪了，她一直认为孩子是被政府关押了。

采访对象的儿子在双子塔南楼工作，双子塔倒塌之后，母亲和孩子失去了联系。但是，母亲誓死不相信儿子是因为双子塔的倒塌而死亡的。她认为以她的孩子在双子塔的工作楼层以及孩子离开家去上班的时间，不足以导致死亡。她从内心认定，她的儿子是被有关机构带走，然后在监禁中被虐待死亡的。一直到有关机构在一年后找到了她儿子的DNA，告诉她，她儿子的DNA确实是在倒塌的废墟现场提取的，她也不相信儿子遇难了。

从这个采访中，你可以听到一个母亲的绝望，但是你又可以亲耳听到，作为一名穆斯林，她在"9·11"事件之后对整个大环境的怀疑，

我们的系主任玛丽·马歇尔·克拉克

对美国司法程序正义的怀疑。从采访的过程看，人们没有办法辨别真相，这让这场口述充满了悬疑。

这是我第一次如此近距离地收听到与"9·11"有关的个人故事。从这个故事中，毫无疑问我可以感受到"9·11"后穆斯林在美国生活的状态，也可以感受到，"9·11"之后穆斯林在纽约生活面临的心理压力和美国大众对穆斯林的疏离。

整个采访中，我的导师，也就是采访者杰瑞其实并没有鲁莽高亢地介入访谈。他的每个提问都看似轻描淡写，却有四两拨千斤的分量。一开始，他会和采访对象说："说说你小时候的故事吧？"一幅移民家庭生活的景象，就这样缓慢展开了，但是在采访对象讲到自己曾经遭遇丈夫的暴力毒打时，教授适时轻巧地插入一句问话："比如说呢？"一个感性的家庭故事，丈夫与妻子之间的冲突，又让采访对象泪流满面。

我看着这一个小时的采访，将口述历史的采访技巧润物细无声般地吸纳了。我对"9·11"事件引发的对美国全社会的影响，不由得深深吸了一口气。

口述历史的"主观性"是我们的课堂在两年之中一直都在探讨的话题。教授一直告诉我们，个人记忆肯定是主观的，不一定完全准确。一来，人的记忆有它的特殊性，记忆会随着时间的推移逐渐消散。另外，人的认知也有局限性，人的记忆本身随着主观认识的改变可能也会改变。第三呢，记忆的主观性和每一个人的主观性有关系。每一个人的立场不同，看待事情自然会戴着有利于自己的有色眼镜。

为了让我们体验主观性的强烈，一位哥大社工学院（School of Social Work）心理学系的教授来到了课堂，让我们体验了一堂非比寻常的"角色扮演"课。剧本就是我们每个人小时候都阅读过的童话故事——《灰姑娘》。这种半游戏半学习的氛围，一下子让课堂的气氛活跃了起来。

这位教授是来自哥伦比亚大学社会工作学院的劳伦·泰勒，这是一个有一头优雅棕色短发的中年女子，她的语速缓慢而坚定，举止也有着教授特有的知性优雅。她坐定了，用那特有的缓慢语调对大家说："好吧，大家，今天我们就来上一场《灰姑娘》的角色扮演课。为了统一剧本，我研究了很多个版本的《灰姑娘》，每个国家的版本略有不同。我认为，还是法国版比较传统。所以我们今天就按这个来，你们自己举手吧，谁来扮演灰姑娘。"

课堂上一片沉默。大家面面相觑，一阵犹豫之后，一个姑娘举起了手。

劳伦教授说："好吧。不过要记住，今天我们的表演可不是照本宣科，我们不是在幼儿园上学。今天，我们要根据这个法国版《灰姑娘》的剧情，对灰姑娘本人进行一个口述历史的采访。你们其他的人呢，不能闲着。坐在台下的人也需要每个人认领一个角色，这个角色在采访的过程中要随时插话，为自己的角色进行辩解。明白了吗？各位！"

大家还是面面相觑。

"没有人认领角色？好吧，看来只能由我来分配了。萨拉，你是灰姑娘死去的母亲；克里斯汀，来扮演灰姑娘的后妈；凯蒂，你是灰姑娘新家里的大姐；索菲，二姐。我们男生不太多，是吧，那好，泰勒，你就是王子了。大家记住，我一开始采访，你们每个人都要随时插话，为自己发出声音。"

于是，这场别开生面的采访开始了。

劳伦教授本人来充当采访者的角色，开始对扮演灰姑娘的同学进行采访。

"灰姑娘，你好，请你讲讲你小时候的故事吧。你叫什么名字？你和谁在一起？你是怎么长大的？"

课堂上响起一片轻微的笑声。

羞涩的"灰姑娘"终于开始进入角色了。

"好的。我叫灰姑娘。我的亲生母亲死了,我只能和我的父亲住在我继母家里。我继母这个人非常坏,她有两个十分娇生惯养又霸道的女儿,每天什么事情都不做。而我辛辛苦苦,每天都干苦力活,包括给厨房扫灰,非常非常累。继母对我从不满意,她每天都蛮横地对我指指点点,她的两个女儿也不把我放在眼里。我懦弱的父亲,根本管不了这一切。"

叙述就在这里停止了。劳伦教授扫了一下坐在台下的我们,发现没有一个人开始发话。她向上挑了一下眉毛,好像在说:"还在等什么呢,伙计们?"

随着这个表情,慌乱的其他人也赶紧开始进入角色,一场有关《灰姑娘》童话的自我辩护终于开始了。

继母说:"上帝啊,你这个小丫头竟然在说我坏话,简直没有一点天理。自从嫁给了你那懦弱的父亲,你以为我很幸福吗?我谁也靠不了,只能靠自己。家里的生计前前后后都需要我操心,家里的大事小情都要我一个人来决定。没有我家里的财务能有现在这种状态吗?许多人重新结婚后,根本不让对方的'拖油瓶'住在家里,而我呢,大大方方地让你住进了我家,供你吃供你穿,我已经是这条街道的最佳继母了。"

课堂上,这时候响起了一片浅淡的笑声。

劳伦教授没笑,她严肃地说了一声:"父亲。"

扮演父亲的同学,马上结结巴巴地追了上来:"嗯……女儿,你说我懦弱。可是……你知道我是多么不容易吗?本来我们都无路可走了,可是为了你好,为了找一个接纳你住在家里的人结婚,我好不容易走到了今天这一步。你的继母虽然非常强势,但是,不管怎么样,也算是给了你一个完整的家呀。虽然你需要干点活,但是我们有一个不错的房子,还有漂亮的花园。这一切,都是爸爸给你争取来的啊。"

扮演继母大女儿的凯蒂开始发话了,她甚至还故意拿捏了一点娇滴滴的声调:"我们本来衣食无忧,现在忽然家里多了两个人,就这样住了下来。有人就这样忽然侵入我们的生活,我们都毫无怨言。现在,她竟然用刁钻蛮横这样的字眼来形容我们!我是不是太无私了啊?"

大家逐渐适应了自己的角色,一场你一言我一语的辩论就这样逐渐升温了。随着采访的进行,大家纷纷进入自己的角色,为自己辩解的声音也越来越激烈。到了最后,课堂竟然完全成为一个大辩解的热锅。路过这间教室的人们一定以为这里发生了什么乱哄哄的争吵。

最后劳伦用手在空中挥舞了一下,用这个手势平息了教室里的一场"内斗",她微笑着说:"看来,这个童话故事一点都不童话了。"

她接着说:"我们今天的目的呢,不是毁坏灰姑娘在大家心目中的美好形象。我只是想说,在每一场口述历史的谈话当中,那些采访对象提到的人和事,其实都会有这样的自我辩解,他们看待事物的角度和感受,完全是与被采访者不一样的。你要知道,他们如果在场,就是会这样辩解的。我做这场角色扮演的目的,就是让大家知道,什么叫作采访对象的主观性。我们不要听信一面之词。如果我们要通过个人史去记录公众史,我们就要尽可能多地采访事件中的当事人,尽可能地还原事件真相。多重的主观在一起,就能慢慢加大事情的原本面目浮出水面的概率。"

这场《灰姑娘》扮演里的各个角色,都认真地点了点头。

6. 未知世界的一角在困惑与理解中渐次展开

今天回想起这紧张忙碌的生活，
何尝不是一段凤凰涅槃、
向死而生呢？

我那一直紧张兮兮的神经，因为浸泡在多元美丽的课堂风景当中，慢慢地放松了下来。我发现了自己的转变，从刚开始对周围环境的本能抗拒，慢慢发展到了对多元世界的无尽挖掘和体会。虽然这一切并不容易，但是，我逐渐开始享受这段旅程了。

可能大多数人都有所耳闻，美国学校要求的阅读量非常大，这一点丝毫不假。在美国留学期间，好朋友蔡芫一家刚刚移民到美国。她送女儿去读高中后，发现美国高中生的阅读量其实非常大。

后来我们讨论过，她女儿高一的一门课就是用 flipped classroom（翻转课堂）的方法来教学的。即孩子先在家里看老师提前录制好的课程视频，第二天用课堂时间写作业、讨论或由老师答疑、归纳重点。蔡芫说，这个方法能培养孩子的自学能力和自觉性，为一生自主学习打下基础。

翻转课堂的方法最早由美国人在1990年提出，经历了20多年的逐渐完善，被应用在不同的课程上。我在美国读书期间，对这个方法感受颇深。课前的阅读作业，很多是老师在学校的coursework（课程系统）上，在上课之前布置给我们的。这些海量的阅读作业，就算是一个母语为英语的人，也读不完。但是即便如此，大家也要拼命去读，读多少算多少。因为我们知道，只有读了，哪怕只是浮光掠影地看了一遍，到课堂上才有的可谈，对于别人谈的内容，我们也才有可能听懂。

因此，阅读是美国文科课堂一项重中之重的作业。狭路相逢，没有人能够幸免。

有一些视频作业由老师提前发送链接给我们。我们要提前看视频，然后带着自己的思考到课堂上去讨论。这种课堂之前的准备和思考，能让大家充分地在课堂上各抒己见。

记得在一门口述历史的实践课程之前，老师给我们发了很多如同现代艺术一样的短片视频要求我们看。其目的同样是发散我们的思维，让我们体会口述历史与艺术表现之间的联系，让我们今后在做自己的项目时，可以拓宽思维，放飞想象来展示自己的项目。我唯一的感受就是每一个视频都怪死了。

第一个视频呈现的是一个人在巴拿马某城的街道上蹲着，他正在用白色的颜料非常用心地重新描画着已经褪了色的斑马线，很显然，他在给斑马线重新上色。这个视频完全是写实的记录，没有一点剪辑的迹象，影片里人物动作慢得让人发疯，整个短片无聊得让人不知所措。一个斑马线的刷漆过程，拍摄者就那样纹丝不动持续了好几分钟，看客早已经不耐烦了。我也是忍受着无聊，把这个视频看完。

老师让我们看的第二个视频，是世界上各个城市的红绿灯的剪辑，每个灯有2秒的闪烁时间。在这个几分钟的视频里，我看到了上百个不同的红绿灯。有的城市的红绿灯是传统的红绿圆形。而很多城市有自己的特色，有的图案是直立的小人，有的是倒计时秒表。各种特色，不计其数。

第三个视频作业里的情节感终于稍微多了一点，如同一个缓慢进行的故事。一个人，用一只普通的桶将黑海里的海水盛出来了一桶，他想方设法把这桶水运到了埃及，然后把海水倒进红海里。就这样，一桶黑海的水就颇波折地融入了无边无际的红海，最终消失于无形。

最后一个视频更为神奇，两个团队分别驻扎在佛罗里达和古巴的海岸线，他们最终的目标就是一个：用船只把佛罗里达和古巴之间的大海连接起来。两队人分别从自己的起始地出发，用绳子连接起一只只木船，向大海的中心延伸扩展。这个视频播放了好长时间，里面有两队队员的种种努力，包括讨论如何让船顺利地连接等技术问题。这个项目最终的结果以字幕的方式在视频最后呈现：虽然各方都非常努力，但因为各种各样无法逾越的困难，这个项目最终没有完成。

老师希望同学们在课前看完这些视频，然后在课堂上发表自己的看法。而我，经常因为这些奇怪的作业而不知所措。我以前的教育经历里确实缺乏对现代艺术的学习，因此解读这些作品对我来说特别困难。我承认，我完成不了这个作业。于是我深夜拿起了电话，向一些艺术家朋友求助，希望他们能够帮我理解这些奇异作品的内涵。

艺术家梁克刚帮我做出了解读，他说："好吧，我可以告诉你我的理解。斑马线是一种制度隐喻，而艺术家的工作就是为被制度和秩序改变的生硬无趣的世界增添色彩和美感。红绿灯这件作品，也很不错，艺术家的敏感在于别人习以为常的平凡事物，艺术家能够把其意识形态化、符号化。世界上不同红绿灯的集合，可以让你感受到世界的多元，甚至感受到每个国家、城市的不同个性。这个作品有带你穿越时空、思考世界问题的作用。海上连船那个作品应该更好理解，对照古巴和美国之间一直非常紧张的关系，这表达了艺术家对于打破僵持政治的美好愿望,如果海上的船连接上了,两个国家似乎就可以对话了。这是政治隐喻最清晰的一个作品。"

这番话让我对这些作品的理解立刻上升了一个层次。这种观看自己未知的世界,然后通过努力和帮助获得对世界认知的感动,涌上了心头。我明白了其实很多未知世界的一角,就是在这种困惑与理解中渐次展开的。

除了课前阅读,美国文科课堂的课后作业,形式也多种多样,纷繁复杂。写论文,当然只是最常规的一种。对于我们这个既定的专业来说,一种很特殊的课后作业叫作peer interview(同伴采访)。教授给我们安排这样的作业,目的有几个:第一,提高同班同学之间的相互熟悉程度,为以后的集体项目做准备;第二,继续让我们在采访与被采访中,体会什么是记忆的主观性;第三,锻炼口述历史的采访技巧。

可以说,同伴采访既像是一个作业,又像是一趟好玩的旅程。这种作业不是一个负担,更像是一种游戏。这个作业的布置过程,也有一个如同游戏般的开场。我们的系主任玛丽说:"班里的同学这么多,怎么才能决定谁是你的采访对象呢?这样吧,选择谁,不由你定,由上帝定。我们用抽签的方法来决定吧,这种方法最公平不过。"说着,她摘下了头上的蓝色毛线帽子,把装有大家名字的小纸条装了进去。

"一个人抓一个纸条,纸条上是谁,谁就是你的采访对象。抓到自己重新抓。"玛丽说。

这个蓝色帽子就这样如同击鼓传花中的花一样开始在课堂上传了起来。大家嘻嘻哈哈地笑着,从蓝色帽子里抽着属于自己的采访对象,抽到之后,同学会念出自己同伴的名字,两个人相视一笑,欢乐非常。

我的纸条上的那个名字,是班里唯一一名非裔美国女孩——森奈特。这是一个本科从哈佛毕业的同学,是个可爱的矮胖子。她一笑起来会露出漂亮的牙齿,在她那黑棕色皮肤的衬托下更加雪白,显得明眸皓齿。后来，我在我的公寓对她进行了一个深入的采访，我们先一起喝了我煮的粥，她再盘着腿坐在我的床上进行了一趟关于时光的旅行。采访结束后，我们因为相互间有了更深的了解相视而笑。

可以说，这是一个同学之间彼此深入了解的最好机会。移民、非裔美国人、哈佛大学、种族歧视都是美国社会中特别有意思也特别有争议的话题。我很幸运，我的采访对象森奈特恰好是天然地融合了这些话题的一个女孩。她本身就是一个很有意思的采访样本，而且让我惊喜的是，由于种族问题在美国一直是个极其敏感的话题，即便是在一场对同学的口述历史采访中，我也不知道是不是该提问，或者该如何提问。森奈特则大大方方地自己提到了这个话题。

听着她缓慢悠长的叙述，我好像走进了电影一般的画面里。

我的父亲在非洲的厄立特里亚革命中奋斗过。那时候他经常冲锋陷阵，后来成了一个政治犯。出了监狱之后，他就去了苏丹，离开了自己的祖国。他让我的妈妈也去苏丹和他团聚。我妈妈是步行去的苏丹，实际上当时很多人都这么干，秘密地走路去苏丹，因为其他的选择也不多。当然，这么做特别危险，但是我妈妈最终成功了，她和我爸爸在苏丹重聚了。

我的爸爸，当时在苏丹的一个汽车工厂工作。他一直在攒钱，也一直在准备各种移民美国的材料。但是，最后，爸爸的兄弟也坚决要移民到美国去。这样，父亲的钱就不够了。所以，他决定自己先去美国，让我的叔叔、妈妈、姐姐先去法国待一段时间，因为这样会便宜一些。我妈妈在法国做了一段时间住家保姆，过了一年半，爸爸终于攒够钱了，我们也终于可以移民到美国了。

小的时候，我住在一个厄立特里亚社区里。大人小孩，都是从非洲移民来的。现在回想起来，其实住在这样的地方蛮好的，因为你被自己祖国的文化包围着。但是，我也恨那个地方。因为我们的社区很贫穷，我从小就对我们没有钱这个事情格外清楚。那是一种很不好的感觉。

第一次上幼儿园回家后，我对自己的种族有了意识。我大哭了一场，因为我不喜欢我的头发。这是一个非常普通的、老生常谈的关于黑人女孩头发的问题。我们的头发都很卷很厚，不好打理。我觉得，自己的头发实在太丑了。从那天开始，我感觉到我和白人的不同。

我父亲想方设法把我送进了一所好学校。那所学校全是白人，全是富人。我是全学院唯一既不富也不白的人，但好处是，我得到了教育。

那种环境下，我变得很有压力。我时刻注意自己是不是表现得特别乖，特别有礼貌。我的朋友有时候邀请我到他们家去玩。我唯一的感觉是——惊讶。原来你们家有这个啊，原来你们家有那个啊。真的是很惊讶。

关于种族歧视的问题，我当然是有感觉的。有一次，我一个白人小伙伴的妈妈来接我们放学，当时她开着车，问了我的成绩，"什么，你得了A吗？"听了我的回答后她简直难以相信，像我这样一个孩子，成绩竟然比她的白人女儿好得多。当然，这有很多种族主义的弦外之音了。那潜台词好像是说，你只是一个移民家庭里来的黑孩子啊。

那一天，我和森奈特的"同伴采访"进行了两个小时。一个贫穷社区长大的非裔女孩通过不断努力进入了哈佛大学的逆袭故事，流光溢彩般地呈现在我面前，从哈佛毕业又进入哥伦比亚大学学习奋斗的一幕一幕，随着她的讲述穿梭在时空中。而我对口述历史这个学科的兴趣、对人生的兴趣、对整个世界的兴趣，都在静默无声中发酵增长。在这样奇异又魔幻的时空里，我仿佛生活在自己曾经的梦境中。

在各种各样的课前魔鬼阅读作业中，在各式各样的课后论文采访作业里，我匆匆忙忙，四脚朝天，经常感觉体力被透支到了极限。我经常这样记录下我一天的生活：

今天上了8个小时的课，从上午10点出门忙到晚上8点。中间只匆匆吃了几口饭。回到家和采访对象电话预采访一个小时，感觉真是要爆炸了。明天还要交3页现代艺术的论文，然后晚上去采访，还要抽空看一个电影作业。要死了。

而今天回想起这紧张忙碌的生活，这何尝不是一段凤凰涅槃、向死而生的旅程呢？

第四章

对潜能的无限挤压

杰瑞是我在哥大的老师。一方面,他对人极尽体贴照顾,另一方面,他又对人的潜能无限挤压。也许,在杰瑞眼中,我是一个和他差不多的疯子。

1. 并未落空的害怕

被一个词——"天赋"所描述，

我的内心也感受到了莫大的鼓励。

杰瑞·阿尔巴里是我在哥伦比亚大学文学写作和论文指导两门课的老师。其实，他一直都是美国一个非常贵的文理学院——莎拉劳伦斯学院（Sarah Lawrence）的文学写作核心教职员工，因为他多年来一直做口述历史方面的采访，在此领域颇有建树，被我们的系主任邀请到哥大口述历史专业兼课。他第一年秋天教的文学写作课是选修课，第二年春天教的论文指导是必修课。

我一直不清楚杰瑞的真实年龄，是50多还是60多，这对我来说一直是一个谜。他有些花白的头发，透露着他经历过的沧桑往事。但是他那无时无刻不在思索观察的眼神和时不时蹦出来的一句冷幽默，又让人感觉到他其实很年轻，好像身体里有一个顽皮的灵魂。他对人有时候很和善，有时候又没有缘由地很苛刻。他骨子里对学生特别好，但是面对学生糟糕的部分又喜欢犀利甚至刺人地指出来。他希望别人都来选他的课，但是一旦来了又无限地挑战别人的压力底线，好像偏偏要看看，能把你身体里的潜能压榨成什么样子。在哥大这样本来就压力重重的环境下，杰瑞的风格像雾像雨又像风，我在哥大上学期间的很多极致体验，都是他给的。

杰瑞的文学写作课，是我参加完系里的orientation（适应培训）后，在哥大上的第一门课。也就是说，我第一次坐进真正意义上的美国文科课堂，就是在杰瑞的文学写作课堂上，我的战战兢兢可想而知。虽然，当时我们还是处在shop around（四处听课选课）的阶段，选不选这门课还不一定。但是，杰瑞的课完全没有让我对美国文科课堂的害怕落空。

那是一种如同意识流电影一般的课堂，让我完全沉浸在如同科幻电影般的感受里。二话没说，杰瑞上来就很干脆地说，我先来读一个文学作品给大家听，让大家体会一下这个作品的写作方法。随后，杰瑞用急速的语调开始朗读一个在我看来没有逻辑的蒙太奇式的文学作品。情节没有平顺地衔接，我也不能听懂其中的很多内容，只是明显地感觉到，这个作者用了极度跳跃的笔法写作，这种风格，即便对于美国人来说，都有点极端。

听着这个有点疯狂的作品，我心里默默地想，"这门课太美国了。而且最终的要求还是用英文来写作。这对于一个我这么晚来美国上学的人，实在是太难了。"

我一边看着课堂上投入地读作品的杰瑞，一边在思忖着我对这门课的选择。

这个时候，杰瑞忽然停了。

"你来说说，你对这个作品的感受！"杰瑞这时候用炯炯有神的眼光看着我。全班一下子都变得很安静，刚才还在面面相觑的同学，把所有的目光都转向了我，看我怎么来接这个烫手的山芋。我如梦初醒，脸一下子变得火辣辣的，脸上的神情非常尴尬。杰瑞明明看出我是这个教室里唯一一个亚洲长相的女孩,是这个班里唯一的外国人,他还偏偏把这个问题抛给我。我的心脏已经快跳出身体。

我压抑着自己乱七八糟的情绪,看着他,淡定地说:"嗯,没听太懂。有点跳跃吧。"

"好吧,泰勒,那你来说。"杰瑞马上把头转向了别的同学。没有对我的回答做出任何评论,我也感知不到他对我的表现满意与否。

课堂还在继续,而我,还沉浸在刚才那一秒的惊吓剧情里。

这是我和杰瑞的第一次"过招"。

这节课,杰瑞给每一个人留了一个小作业,就是不允许用任何形容词,只能用叙事的方式来写一个人,500字,最终的结果是让人物的性格跃然纸上,否则都算不合格。我默默在心头记下了这个要求。

我是个不服输的姑娘。杰瑞第一次上课就"挑战"我,虽然我上了第一节课就萌生退意,但是我决心,即便有一天退出了这个课堂,我至少要让杰瑞知道,我并不是因为自己太差才退出他的课程的。

第二节课,杰瑞的风格缓和了很多。到了快下课时,他说:"上次我留了一个作业,500字的人物描写,谁愿意把自己的作品在课堂上读一读?"

有好几个同学都读完了。但是,杰瑞默不作声。最后,我倔强地举起了手,说:"我可以吗?"

"当然!"

我打开打印好的A4纸,开始读了起来。

我有一个朋友,叫王肇辉。他的主要特点是,能记住很多人的名字,犹如真人版的谷歌,只要一个名字往他如同搜索引擎一样的脑子里一放,他就立刻告诉你这个人的背景,甚至他的近况。他有很多朋友,主要是由于他爱帮助别人,他通过这种方式和他们建立了交往。只要一听说朋友有困难,他就会第一个冲上去,关切地问:"怎么啦?你怎么啦?没事吧?需要帮助吗?"有一次,他办公室有个同事群发了一封邮件,说:"I have a lot problems on hand.(我手头有很多事情。)"王肇辉第一个跳起来,拿起创可贴,冲到对方的办公桌前,说:"本,你的手没事吧。我可以帮你治。"原来,他没有读懂这句英文,还以为对方的手受伤了。

我慢慢地读着这篇随意写来的文章,笑声嘻嘻哈哈地开始出现在课堂里。而杰瑞收回了探寻的目光和不轻易表态的表情。第一次,我瞥见了他的嘴角,出现了一丝不易察觉的笑容。

我原本的文章远比这个长,后面的内容我实在想不起来了。这节课后,杰瑞和我并肩从国际关系大楼地下一层的教室走上楼梯,我和杰瑞第一次一对一的谈话开始了。

杰瑞淡淡地说:"你怎么样,决定选我的课了?"

"我不是特别确定,您知道,我是一个外国人,这种纯美国式的带有文学色彩的写作课,实在是太难了。我觉得,我可能不选。"

"海涛,你知道吗,我知道你之前在中国出版过书,这说明你一定是一个会写的人。我呢,刚刚听了在课堂上你写的文章,我觉得你还是挺有天赋的。实际上,刚才很多人都读了自己的文章,他们还是用了很多的形容词,比如形容自己的姐姐是个温柔的、温暖的人。只有你,领会了我作业的要求,没有用形容词,而且把文章写得非常风趣。我的课,就是把你变成一个写得更好的人;你的目标,就是将来可以用英文来写作。"

我的严肃的杰瑞,此刻变成了一个非常温和的人。被一个词——"天赋"所描述,我的内心也感受到了莫大的鼓励。被一个目标——双语写作所吸引,我的内心又被一个梦想搅得蠢蠢欲动。

事实证明，杰瑞的课教给了我很多关于写作的真谛，他教会了我们时时刻刻地在生活中进行细致的观察。当我就一些不明白的作业要求请教杰瑞时，他会给我写一封长长的邮件告诉我，比如这封：

海涛，所谓观察，就是观察你周边的即时环境——无论何时何地，无论你看到了什么。尝试用你的眼睛去记录具体的细节。衣服可能会是一个好的例子。其他的例子包括，自行车的颜色，自行车骑过时发出的吱吱声，一个街边的报摊缺少了一条腿，一群鸽子，一对老年夫妇在公园的长椅上亲吻，一个男人就着一个棕色的纸袋在喝里面的一瓶啤酒，你偷听到的两个年轻人的争吵，你不小心听到的一个有趣却奇怪的对话。用语言记录下这些感觉，记住，把这些你观察到的东西，随时写下来……

杰瑞的课走上正轨以后，涉及写作的作业方方面面。和他性格中"奇怪"的部分相符合，他的作业有很多涉及"解放天性"的内容，有时候好像在把人推到一个从未到过的边界。这些内容好像是在让我们去更深层次地探寻自我。除之前提到过的撰写一个编年体的自传之外，他的作业经常会有"写一个你意识到宗教的瞬间""写一个你偷听到的对话""写一个你从未告诉过他人的人生秘密"这样的题材。

这些作业，往往让人目瞪口呆。

我记得我的朋友克里斯汀，还被要求在课堂上朗读她的那个"一个你从未告诉过他人的人生秘密"。那个故事大概是她的男友在遭遇车祸时她经历的剧烈的思想起伏。事情的经过是这样的：她和男朋友本来感情出现了淡漠的迹象，几乎处于要分手的边缘，但是有一天，她的男友在加州的高速公路上，由于自己的过失导致了车祸，给另一个家庭带来了悲剧。此时克里斯汀坚定地站在了男友身边，他们处理完了所有的事情，抚慰了悲伤的亲属。更重要的是，克里斯汀的男朋友因车祸被判做三年社区服务，克里斯汀一直陪着他，在社区做有关交通规则的宣讲。经历了这三年，克里斯汀和男朋友的感情已经如同亲人。

可以想见，在杰瑞这种课堂和写作内容的设置下，课堂上有很多眼泪也不足为奇。我在课堂上依然不怎么发言，但是，我承认，我在写作中对很多往事进行了情感的释放。

有时候，杰瑞的课程会因为纽约城的一些事件而发生小的改动。比如2012年10月份，震惊全球的"占领华尔街"事件发生了。大批的纽约人聚集到位于倒塌的双子塔附近的祖科蒂公园（Zuccotti Park）举行游行示威。大家对贫富不均、银行家的贪婪甚至美国的资本的罪恶发出了抨击。杰瑞决定，组织我们去公园里对那些抗议的人们进行采访。

不幸的是，当我们每个人都准备好了录音机，要到公园去现场采访的时候，下起了暴雨。当我们如约来到百老汇大街116号学校的正门口集合时，每个人或穿着雨衣，或狼狈地打着伞。杰瑞也拉着箱子来了。

他说："今天的天气不太好。所以呢，我准备了plan B，也就是备用的方案，我们可以选择按照原计划去采访那些抗议者，也可以去看一部反映艾滋病历史的纪录片《共同线索：艾滋被子的故事》（Common Threads: Stories from the Quilt）。现在为了公平起见，我们来进行一个民主投票。哪个计划得票多，我们就执行那个计划。"

"谁想去冒雨采访'占领华尔街'？"

我唰地举起了自己不拿雨伞的左手。但是左顾右盼，我发现自己如此孤独。原来，只有我一个人投给了计划A。

杰瑞笑着说："我就知道你会举手。海涛，我了解你！"

我百思不得其解，我上课其实根本不太发言的，杰瑞怎么会说他了解我。后来，我想了想，可能是那些解放天性的论文和作业泄露了天机吧，也许在杰瑞眼中，我是一个和他差不多的疯子。

2.同性恋题材的启蒙

同性恋运动，

和美国艾滋病传播的历史息息相关。

一开始上杰瑞的课，我发现杰瑞每次都是拉着一只棕色的旅行箱，风尘仆仆而来。一进教室，他就把拉杆箱的拉杆"咔"一声还原到箱子里，皮箱就那样静静地被搁在他的脚下。而下了课，杰瑞就会重新拉起他的箱子，一边和学生说着话，一边走出教室。

刚开始时，我以为杰瑞是一名旅行狂，到了周末就四处旅行度假，工作日才赶回来上课。后来我才知道，拉着皮箱和旅行度假其实无关，那只是杰瑞的近乎疯狂的工作模式。原来，杰瑞并不住在纽约，他住在离纽约三四百千米远的另一个城市——波士顿。他的固定工作模式是：每周日晚上，从波士顿开近3个半小时的车来到纽约，周一在哥大给我们上完课后，晚上再开车12英里到达纽约州的私立文理学院——莎拉劳伦斯。等周二的课结束之后，他再开车从纽约州回到波士顿，每周如此循环往复。

这样一周折腾一次的生活，在正常人眼里是疯狂和不可思议的。但是杰瑞却风雨无阻，乐此不疲。他对我说："住得太远不得不这么做，刚开始是很痛苦，现在已经习以为常了。"

虽然工作奔波辛苦，但是上课时，大家丝毫感受不出杰瑞与其他教授相比减分的地方，你感觉不到他有任何疲惫之态，相反，一旦到了课堂上，他本能地变得非常亢奋。他疯狂的个性经常感染着课堂，课上的整个空间也充满了"杰瑞风格"。

杰瑞对他本人是一个同性恋者毫不避讳，他经常会在课堂上自然而然地说起"我的partner（伴侣）"如何如何，毫不掩饰他对自己另一半的热爱和自豪，也从不在意别人在私下里和他谈起同性恋的话题。

有一次，杰瑞下了课对我说："海涛，下了课，我要和你开个会。"我以为他要谈什么严肃的写作话题，后来我发现，其实就是师生之间胡乱侃侃大山，他要了解一下我最近的状况。谈话中，我经常会给杰瑞介绍中国，比如我会说："中国现在流行微博，我把每天上课的情况都写在微博里，每一条只能写140个字。形式就和你们的Twitter（推特）一样。"说着，我打开微博的页面，给他看看什么叫作中国式的Twitter。他津津有味地看着这些充满中国方块字的页面，忽然问："有写我吗？"

"那当然啦。"

我马上在我的页面里搜索了杰瑞，然后把一整屏的有关他的微博得意地展示给他。他上下用眼睛一扫，突然指着一条既有Gerry又有Gay的字样说："好呀，你在说我是Gay是不是？这条给我翻译翻译。"杰瑞的语气是假装生气。我一拍自己的脑门心想："糟糕，怎么这两个词都写的是英文呀，被识破了。"

我开始现场翻译这条微博给他听——

我不知道我有多迟钝。同学凯蒂一直在说她的girlfriend，我以为就是室友，原来她们是 lesbian（女同性恋者）。杰瑞一直在给我们播放 80 年代美国关于艾滋病的视频，我看见杰瑞出现在一段视频里，他笑着说，你们可以看见黑发的我，我也是 Gay。同学勒马说，他在做 Gay's love story（同性恋的爱情故事）。原来，他也是 Gay。

说着说着，我自己觉得有点不好意思了，尴尬地看着杰瑞。杰瑞笑着说："海涛呀，你说我是 Gay 啊，我准备起诉你。"

我哈哈一乐，这个时候，我觉得杰瑞是那么可爱。

因为杰瑞本人是同性恋者，又因为同性恋题材是口述历史众多题材中非常重要的一个，因此，他对同性恋题材的口述历史十分热衷。

有时候他看似无意地打开一个视频要和我们讨论，但是在按下"开始键"那个小三角之前会突然说："嗯，这个视频呢，是 80 年代的同性恋大游行的珍贵视频，在里面，你们可以看到年轻时的我，大家要屏住呼吸啊，那时的我头发可是全黑的，比现在帅多了。"

课堂响起了一片笑声。

视频被打开了，那个黑色头发、眼神逼人，而且精瘦精瘦的年轻杰瑞在晃动的镜头里振臂高呼着，他夹杂在游行队伍和各种举起的大海报里，夹杂在那个年代的年轻人中间，有节奏地喊着押韵的英文口号，一种时代感扑面而来。我看着眼前的杰瑞，又看着那像素不高的视频中的杰瑞，感觉似乎穿越了时光隧道。尽管眼前杰瑞的头发已经被时间的魔法师弄得花白，但是那年轻时的机警眼神一点都没变，好像时间并没有夺去他身体里那个激愤的灵魂。

同性恋运动和美国艾滋病传播的历史息息相关。因为杰瑞本人对同性恋这个题材的痴迷，我也通过课堂这个窗口，了解了美国同性恋运动的历史和与同性恋相关的、轰轰烈烈的艾滋病传播史。

艾滋病在美国 20 世纪 80 年代开始在同性恋者之间传播。当时这种

我和我的写作课老师杰瑞

还不知名的疾病在美国社会投下了极大的阴影。因为没有人知道这个病的病因，因此比疾病更可怕的在于疾病和死亡引发了全社会对于这种怪病的恐慌，负面情绪迅速蔓延。当时的美国由里根政府执政，保守主义的氛围非常浓厚。人们无法科学客观地认识同性恋者，整个社会充满了对同性恋者的歧视。接替里根担任总统的老布什、重量级的参议员赫尔姆斯也认为艾滋病缘于行为不端，而根除疾患的最好办法是保持贞洁。

那个艾滋病蔓延暴发的年代，人们因为无药治疗而无计可施，杰瑞本人经历了同性恋朋友连续死亡的黑暗时期，也经历了美国同性恋者为自己维权的起始。我想，如果给他本人做一个口述历史，应该可以窥见很多20世纪80年代的同性恋者共同拥有的心路历程。

杰瑞本人对这段历史说得不多，他总是想方设法地通过课堂上的课程设置，来让我们感知那个年代的故事。

前面介绍过的，来当过课堂嘉宾的表演者潘妮是一个典型的例子。她本人是双性恋者，经历了那个对同性恋者极其不公平的年代，后来她变成了一个内心充满同情的关怀主义者。正是由于杰瑞对她的邀请，我们班里的一个同性恋女孩凯蒂，把潘妮变成了她的口述历史采访对象。凯蒂做完采访，在课堂陈述时分享了潘妮的经历，从这份口述历史证词当中，我们可以窥见当时艾滋病在同性恋者之间传播的程度，以及同性恋者受到的社会排挤。

对于历史，你可以对年轻人讲故事。你通过艺术的表现形式来表现一部分。但是最终，你把历史变成了一个别的，或者说，你只能表现出一部分真实的东西。我是一个很努力的艺术家，我充满了同理心。我努力地希望在我这里参与表演的年轻人，能感受到1983年左右的情况，当同性恋人群纷纷病倒，人们认为这是一种专属于同性恋者的癌症，你可以感知到，人们是怎么被对待的。从美国女同性恋权利主张者萨拉·舒尔曼（Sara Shulman）的采访中你就可以感觉到这种歧视。萨拉·舒尔曼是位小说家、剧作家，她的爸爸是个心理医生，你可以想象，当她的家族知道她是一个同性恋时有多么失望。她一直忍受着别人对她的恶劣态度。然后，艾滋病大规模地暴发了，人们谴责同性恋者，这使萨拉·舒尔曼认为，因为你是同性恋者，你就在基因上处于劣势，是基因的原因，让你生病，然后让你死。这种羞辱感一直存在。

潘妮认为他们那一代经历的同性恋历史太悲伤了。随着时代的变迁，年轻一代已经感受不到那种悲痛，反而把同性恋变成了某种带有时尚印记的标签。她在凯蒂的采访中说："过去那段波澜壮阔的悲壮历史已经难以被新一代人真正理解了。"

除了带来像潘妮这样的课堂嘉宾，杰瑞有时候还通过播放纪录片的形式来告诉我们那段波澜壮阔、让人悲痛欲绝的历史。我们本该去祖科蒂公园采访"占领华尔街"的那一天，下起了暴雨，因为只有我一个人投了赞成票，所以这个采访最终没有成行。我们一行人回到了教室，观看了杰瑞带来的这部关于同性恋和艾滋病的纪录片——《共同线索：艾滋被子的故事》。这个影片是杰瑞经历的那段"同性恋被蔑视时代"的最好见证。

这部纪录片是1989年拍摄的。为了纪念死于艾滋病的人们，一些人在20世纪80年代初就发起了——"艾滋病纪念被子的名字工程"。每一位因艾滋病失去亲属的家人会在一块0.9米×1.8米的被子上镶嵌上死者的照片、小物品或者信笺，上面还写着亲属想对死者说的话。被子制作完毕之后，人们会拿着它去华盛顿的国家大草坪举行仪式，把被子铺在国家大草坪上，共同纪念逝去的亲人。

这部纪录片拍摄了正在做被子的人们。导演通过一条被子，引出一个去世的人物，再通过这个人物的故事，用编年史的方法记录艾滋病的传播历史。导演用亲属口述与历史资料交叉编辑的方式，拼接出当时艾滋病患者的悲哀境地。

课堂上，我们对导演怎么设计这个纪录片的表现形式做了很多讨论。我们学习到了口述历史证词与纪录片巧妙结合的方式，也了解了大量的艾滋病在美国传播的史实。我后来查资料时发现，当时很多死于艾滋病的人，并没有得到举行葬礼的机会，这既是由于艾滋病给家属带来社会羞辱感，导致一些家属不想给艾滋病死者办葬礼，也是因为很多殡葬机构根本不接受艾滋病死者的遗体，让家属没有办法给艾滋病死者办葬礼。

可以说，口述历史的课堂，对我来说有双重的意义。一方面我学习采访技巧和作品的表现形式，另一方面我又可以与美国文化历史无缝对接。而学习当中的很多时刻，都让我震撼无比。《共同线索：艾滋被子的故事》这部纪录片的结尾，就是这样一个时刻：一块一块印有艾滋病死者名字的被子，竟然铺满了整个华盛顿的国家大草坪。看到这里，我的内心有一种说不出的对那个时代的悲悯。了解到艾滋病人受到的不公正待遇，我才感觉到"名字工程"这种让人们在美国国家立法机构国会山以及华盛顿纪念碑之前举行的纪念仪式的冲击力。

因为杰瑞对同性恋题材的多次介绍，我后来对这个题材有着格外的兴趣。这种兴趣延续到了课堂以外，每当我在其他场合看到类似题材的影片时，都会因为课堂上对这段历史的学习，感到对这些作品的理解更加深刻。

哥大的教师学院曾经播放奥斯卡提名纪录片——《瘟疫求生指南》（*How to Survive a Plague*），这部纪录片表现的就是那段同性恋者不被接受、艾滋病不被重视的历史。影片记录了从20世纪80年代到90年代中期，艾滋病早期蔓延传播时人们的愤怒和绝望，人们对老布什政府不作为的控诉以及1996年之前医学发展的困境。在镜头中，我看到愤怒的人们冲进FDA（美国食品和药品管理局）总部，要求加快治疗艾滋病药品上市的进程，整个画面如同史诗一般。

2013年公映的电影《达拉斯买家俱乐部》（*Dallas Buyers Club*）表现的几乎是与《瘟疫求生指南》同时期的内容，只不过前者是一部电影。众多影评者纷纷评论这部影片表现的是个人对命运的挑战，我知道，这里讨论的远远不只个人对命运的抗争，还深藏着个人与体制的关系。20世纪80年代，正是因为这些美国异见分子对体制的挑战和不断的斗争才有了艾滋病患者的今天。《达拉斯买家俱乐部》里有对当时美国政治无能的无情嘲弄。

可以说杰瑞不仅是我的文学写作引路人，他在同性恋题材方面的广泛介绍，让我对这部分的美国历史更熟悉，也对同性恋群体没有任何陌生感。

有一次下课，我又和拉着旅行箱的杰瑞一起走出了教室。第一次，我提出了一个我一直想问的问题："杰瑞，既然你教书的地方都在纽约，你干吗非要住在波士顿不可呢？这样不是很折腾吗？"

杰瑞淡然地说，"哦，是这样的，我和我的伴侣以前都住在纽约，但是后来他的公司破产了，他在纽约找不到理想的工作，就去波士顿工作了。我是为了他，才搬到波士顿去住的。确切来讲，我是为了我的伴侣而选择住在那里的。"

我心想，杰瑞啊，你每个星期日深夜11点从波士顿出发，开车到纽约时已经凌晨3点，每个星期如此来回往复，这绝对是真爱呀！

3.以为逃过一劫

我战战兢兢、哆哆嗦嗦地设置好了我的录音机。
我这辈子对一个美国犯人的第一次采访，
就要开始啦。

杰瑞的性格，就像一个硬币的两面。一方面，他对人极尽体贴照顾，另一方面，他又对人的潜能无限挤压。也许因为我是这个小班里面唯一的英语非母语人士，也是口述历史这个专业成立以来第一个来就读的中国人，我始终感觉有些特殊。无论是我的长相，还是我的英文口音和我的文化背景都和别人不一样。于是，我就像一个异类，也有点像是一个闯入者。

初入杰瑞的课堂，我的挣扎感非常强。对于杰瑞的这种纯美国式的、带有文学写作技巧的写作课来说，一个外国学生来上课，基本上可以说是自讨苦吃。所有的课程都是讨论课，大家你一言我一语，七嘴八舌，你争我抢地说话。我好不容易想出了一个想法，往往还没有说出口，话题已经"轻舟已过万重山"。

最困难的还不是这个，而是上课时，杰瑞经常要求同学们在课堂上朗读自己的写作作业,然后由大家讨论。其他同学读作业时,语速会自然地加快,而且书面语言比日常口语的难度大很多,因此我能听懂的比例也会突然下降。有经验的人会理解这种情况,大家的日常交流没有问题,但是当人们阅读时,难度会瞬间加大数倍。对于我这个英语非母语人士来说,听懂同学写的作业并且提出自己的观点,实在是太有挑战性了。

杰瑞对于我这个全班的"异类",非常体贴照顾。他明白我第一年来上学的难处,于是,他对我的同班同学提出了两点要求。第一,所有要在课上读的作业在发给他的同时,都要抄送一份给我。这样我就可以在家提前把同学的文章读一遍,在课堂上就容易理解了。第二,他自己在课堂上要读一篇作品时,通常会带一份打印件给我,让我边听边看,这样我的理解自然跟上了。

对于这种特殊待遇,我打心眼里非常感谢杰瑞,正是因为他的特殊照顾,我才感觉在课堂上不会像个白痴。我不知道,这算不算是美国课堂里"因材施教"的一个典型案例。

同学朗读自己作品这个问题,杰瑞已经帮我解决。但是由于对美国文化的不了解,我经常还是会对他说的内容感觉晕头转向,或者发生南辕北辙的理解错误。有一天,杰瑞在课上和我们讨论:"我们全班要做一个集体项目,去 Fortune Society(财富协会)做一个采访。然后把这个采访的口述历史证词进行编辑,最后形成一组精彩的可供独白剧使用的本子。"这就是经典的杰瑞的教学方式,无论理论说得有多么深奥,最终所有的教学都必须走向实践。

"财富协会?我好紧张。"坐在我旁边的同学凯蒂立刻用手捂住了胸口,好像听到了什么可怕的事情。

我完全丈二和尚摸不着头脑。从名字听来,这个组织叫财富协会,更像是一个富人俱乐部或者精英俱乐部。我做了多年的财经记者,对于采访商业精英手到擒来。算是我的半个专业吧。"采访富人吗？这有什么好紧张的呢？"我心里想。

"为什么紧张？"我小声地问旁边。

"Prisoner（罪犯）."凯蒂用嘴形这样对我说。

"罪犯？"

在我发愣的时候，杰瑞不紧不慢地说："这个财富协会，可能有的人知道，有的人不知道，这是一个为囚犯服务的组织。所有在那里工作的人多多少少都有犯罪记录。很多人可能曾反复进出过监狱。"

我快速地在谷歌搜索框里键入了Fortune Society两个单词。我的苹果MacBook Pro笔记本电脑屏幕上马上蹦出了这个组织的简介。原来，这个组织确实是一个和犯人们有紧密关系的组织。它的介绍页上这么写着：

成立于1967年。财富协会的愿景是让曾经被监禁或者正在被监禁的人，成为积极的力量、成为对社会有贡献的人。我们通过全方位、一站式的服务完成这个目标。我们有与被囚禁者相似背景的提供持续服务的专业人员。每年，我们在纽约的三大区为4500人服务。你来，不需要提前预约，直接来咨询吧。

读到这里，我明白了。原来财富协会是一个帮助犯人重返社会的非营利性组织。它的主要目标就是降低犯人的重新犯罪率。因为犯人出狱之后，大多数人的境况没有好转，反而更加糟糕。他们没有住房，没有相应的教育，根本找不到工作。很多人为了求生，只好再一次去参与贩毒或者抢劫。因此，出狱的犯人是弱势群体，也是社会问题。财富协会，就是这样一个帮助犯人获得教育和工作技能的组织。

我迫不及待地打开了财富协会提供帮助的页面，浏览起来。我发现，这个成立了50多年的组织已经形成了一套系统和规范，它提供给犯人的项目多样而全面。有住房项目、工作技能获取项目、教育项目，甚至还有精神治疗和戒毒治疗项目。

财富协会这个组织怎么帮助犯人重新获得工作技能呢？

财富协会工作服务项目为向曾被监禁的犯人提供必要的工作技能而设计。我们提供一系列的课程，为求职者提供服务，启动他们的职业生涯，帮助他们寻求职业上的上升空间。我们为期两周的工作准备培训项目教我们的客户如何社交，如何在面试当中取胜，如何解决问题，如何回答艰难的有关定罪的问题，如何建立自己的职业简历。完成我们这个课程的人将得到职业辅导，以及工作职位协助。财富协会也提供技能培训，并授予行业认可的证书，比如厨艺和园艺两个领域。

这个网页上最让我感兴趣的信息是监禁替代项目。参加了这个项目，犯人就可以相应地缩短狱中的刑期。自从我到达美国的第一天，我就经常听到媒体上的讨论——美国的犯罪率已经降到了30年来的最低点，然而美国的监狱人数暴增了5倍。如何解释这个奇怪的现象呢？原来，美国监狱人数是从20世纪80年代对毒品的战争开始暴增的。这个运动增加了罪犯的刑期并降低了保释的可能。警察横扫了贫民窟，横扫了年轻人尤其是年轻黑人的住所，更多的年轻黑人被送进了管教中心。媒体上常见抱怨的报道，美国的监狱塞满了犯人，已经不堪重负，因小罪而入狱的犯人太多，美国的监狱系统浪费了太多纳税人的钱。

财富协会提供的监禁替代项目，恰恰可以帮助犯人走出监狱，在监狱外服刑，减少监狱里面的服刑人数。对于这个项目，介绍页里是这么写的：

提供一个新的开始。

财富协会的监狱替代项目帮助你缩短狱中刑期，帮助社会减少监狱人数，以节省纳税人的钱。每一年，项目帮助几百人最终达到无刑状态，获得高效率的生活。参加我们这个项目的人依然在严格的监管之下，但他们可以接受他们急需的让生活稳定的服务。那些成功完成这个项目的人，将获得减刑。上门咨询不需要预约，欢迎前来驻足拜访。

简单地看了看关于财富协会的介绍，我对这个组织立刻充满了尊敬和好奇。来到美国之后，我就发现，各种各样的非营利性组织在帮助社会运转方面发挥了极大的作用。在PBS（美国公共电视网）电视台里，我看到无数美国民间NGO（非政府组织）都在推动着这个社会进步，这些组织或关注儿童孤独症、辍学高中生、退伍老兵，或关注艾滋病，致力于环境保护。各种被疏忽的群体，都会有人来协助你、关心你。在美国，人们经常会看到为孤独症孩童单独制作的广告，也经常会看到由NGO组织发起的帮助孤独症孩子适应社会的工作。有一次，我看到CNN（美国有线新闻网）的报道，一个基金会将一个即将倒闭的农场改成了种植鲜花的场地，然后专门雇佣孤独症患者来工作，帮助这些患孤独症的人解决了就业问题。

在对众多的非政府组织进行了泛泛的了解之后，我从来没有想到过，教授会组织我们亲自去接近一个非政府组织的内部，去了解那些被帮助的对象。我不知道这些关于犯人的采访杰瑞会怎么安排，是许多学生群访一个罪犯呢，还是一个学生采访几个罪犯？

杰瑞开口了："这些罪犯呢，有些是杀人犯，有些是强奸犯，有些是毒品贩，我需要大家到现场去做一对一的采访，分两期。然后把口述历史证词都写出来，最后大家集思广益，再编辑成一个作品。"

一对一去采访美国的罪犯！我的内心被震动了。我刚刚来美国两个月，就感受到了这种实践作业对我的极限挑战。一上来就和罪犯交往，我还是有点害怕。我终于明白了为什么刚才凯蒂会捂着胸口说："好紧张。"

对于一向对我很保护的杰瑞，我相信他还会像以往一样照顾我这个班中的异类。我小声地在课堂上说："杰瑞，这个采访我有点害怕，可不可以坐在你的身边，和你一起采访？"杰瑞用既严厉又严肃的眼神看了我一眼，说："那好吧。海涛，你和我一起吧。我采访时，你可以在旁边听。"我点点头，心想："幸亏我提出来了，逃过了一劫。"

真正去采访的那天，阳光灿烂。杰瑞组织我们乘坐地铁到达了位于皇后区的财富协会。财富协会坐落在一幢普普通通的大楼里，外面的标识非常低调，里面的设施十分干净整齐。进入那座大楼，我们五六个学生和杰瑞就被工作人员带到了一间装满犯人的屋子里。那个长方形的屋子里靠墙一侧坐了一排犯人，几乎都是有色人种——非裔美国人。我们站在他们的对面，中间被一个长条状的桌子隔开。

这个时候，杰瑞缓缓地开口了："我本人是哥伦比亚大学口述历史专业的老师。今天呢，我带我的学生来采访你们。非常感谢你们给予的机会。我们的方法呢，就是一对一的采访。学生会从你们的出生开始按照时间顺序提问，一直访问到你们的今天。现在，有关谁采访谁的问题，我们先来一个配对工作。"

气氛很安静。

杰瑞接着指着我说："我们这里有一个叫海涛的，她是我们这个项目里唯一的英语非母语人士，她是从中国北京来的。但是我觉得她很棒。你们谁愿意接受她的采访呢？"

我惊了，心想："不是说好了和杰瑞一起，他采访我旁听的吗？"

这个时候，对面的一个四肢粗大、坐在那里也很高的、四五十岁的非裔美国人举起了手，"Dinner（晚饭）！"

哈哈，整个屋子里的氛围略微活泛了一点。这个词在这里翻译过来，意思就是，"我可以接受海涛的采访，但是她得请我吃晚饭。"

我尴尬地笑了笑。

这个时候，一位工作人员走了过来，说："请跟我来。"接着，就把我和这名高壮的非裔美国人带走了，他要带我们去另一个房间做一对一的采访。我在被带走之前，求救般地看了杰瑞一眼，好像在说："你忘记了吗？杰瑞！不是说好了是你和我一起采访的吗？"

但是杰瑞看都不看我一眼，说："下一组是谁？"

我被带到了一个小的办公室里，只有一张桌子和两把椅子。我和这名非裔美国人面对面分别占据了一把椅子，我战战兢兢、哆哆嗦嗦地设置好了我的录音机。我这辈子对一个美国犯人的第一次采访，就要开始啦。

4.接受这个悲惨的现实

我笑了笑,

心里深深地表示出对杰瑞这一"推"的感谢。

在皇后区的某个普普通通的大楼里,我的面前坐着一个毒品贩子。我是亚洲人,女性,30岁出头。他是美国人,非裔美国人,男性,皮肤全黑,50多岁。我们之间有种族差别、文化差别、性别差异、年龄区别。我一边准备着我的录音机一边苦笑着想:"原来这是杰瑞给我设的一个'套儿',他原本就没有打算和我一起采访。"

我只能接受这个悲惨的现实,面对着坐在我眼前的这个中年罪犯,我不太敢抬眼睛,只能试探性地问:"嗨,你好,我是海涛。嗯,我刚来美国,如果可以的话,采访的时候可以把语速放慢一点吗?"

对面的人一开口就是浓重的非裔美国人的口音,英语说得混沌不清,仿佛每一个单词外面,都裹着一层塑料布。他笑着说:"没有问题,我的英文其实也不好。"

我被逗笑了。一句话,使得氛围一下子放松了下来。

按照教授教的口述历史的方法论,此时此刻,采访者对被采访者的全面观察就应该分秒必争地开始了。我眼前的这个非裔美国人，黑棕色皮肤，脸上布满皱纹，手臂青筋毕现，显示出几分老态。他混沌的英文发音和简单的用词透露出了他的种族特点和受教育水平。一个罪犯的人生是怎么样开始的呢？

我按下了录音机的开始键，随后，一个20世纪60年代的纽约、一个旧时的哈莱姆区、一个黑人青年的学坏史、一个罪犯的成长印迹，就这样，如同一幅图景一样，缓缓地在我面前拉开了帷幕。就着那混沌的英文口音，我听到了柯蒂斯·琼斯（Curtis Jones）的故事。

我叫柯蒂斯·琼斯，我在纽约城出生，今年57岁。我有四个姐姐，一个兄弟。非常幸运的是，我父母今天依然健在，我的兄弟姐妹也都活着。到今天，我们居住在同一个地区。我们家当时住在哈莱姆区治安最糟糕的街区。在我们小时候，哈莱姆还不是今天的哈莱姆，也不像今天这么干净。那个时候哈莱姆区有很多黑帮，所以，你真得小心。比如，你要是住在148街，你不能走到143街去。那里你没有朋友，你就没有办法打架。这就是我长大的地方，这就是当时的纽约。

毒品呢，在60年代的纽约，可以说到处都是。尤其是哈莱姆区更是如此。从大约10年级，我就开始接触毒品了。倒也不是说同龄人吸毒，我就要去吸，我就是好奇。有一天放学，我和一个朋友在篮球场上聚了一下，我们玩球儿一直玩到太阳落山。然后我们就坐在长椅上聊天。他忽然拿出一包海洛因来，放到他的鼻子下面开始吸。我说："我也要试试。"我的朋友说："算了吧，你！"我说："我真的想试试。"

你知道，当时的海洛因劲儿特别大，你不需要很长时间就能上瘾。一般两到三天，你就离不开它了，你的身体开始特别渴望。这就是我开始和毒品接触的故事。到了11年级的时候，我决定找一个工作挣点快钱。我想，我将来也用不着上学校。所以在11年级的时候，我辍学了，而我找的工作，就是卖毒品，这来钱最快。

从柯蒂斯·琼斯嘴里讲述出来的故事，好像也没有那么沉重，我面前的这个老罪犯说话的样子缓慢平淡。到了这里，他讲述的只是他40年犯罪生涯的开始，而我也随之放松了下来。刚刚坐下来时，我的情绪是紧张害怕的。第一，我担心罪犯的性格是不是充满了暴力倾向，不愿意配合我的采访；第二，我是怕他浓重的黑人英文口音，让我无法准确地捕捉所有的信息。所幸的是，这两件事情都没有发生。当我让他帮我拼写他口述过程中的一个单词时，他抓了抓头皮，说："嘿，你还真问倒我了。"我心里一笑，心想，我面前坐着的这个人只有11年级的学历，他所说的口语英文也非常简单。他不会拼写，毫不意外。

每一段口述历史，都是个人历史与公众历史的相互印证。因此，从个人历史的背景中，挖掘出时代的碎片细节，是口述历史的重要意义所在。在学术界，大家认为，口述历史有时候是官方历史的补充，甚至是官方历史的纠偏工具。个人历史与官方历史的交融，也出现在我正在进行的这段采访当中。柯蒂斯嘴里的一些纽约历史，和我此前研究的纽约城市历史相符。

柯蒂斯出生在1954年，他成长的年代，或者说他走入青春期的年代应该是美国的20世纪60年代到70年代之间，那是一个美国民权运动和破除种族隔离运动进行得轰轰烈烈的年代，美国黑人不断地争取着自己的权益。那个时代的美国，因为各种运动经历了一段时间的城市暴乱期。白人与黑人的冲突，在美国北方的城市尤为激烈。对于纽约来说，哈莱姆地区是一个黑人十分集中的地区，黑人居民的比例在不断增高。资料显示："这些黑人居民的经济基础薄弱，纽约市政府对哈莱姆地区的教育投入也不够，导致青少年的犯罪率非常高。虽然这个地区的居民一直在为自己的子女争取教育平等权，但是哈莱姆地区的公立学校，无论是在师资力量上，还是在硬件设施上，都与其他白人社区的公立学校不可同日而语。"

随着我面前这个犯人缓慢的口述，我的眼前出现了那个混乱的白人与黑人相互对抗的年代。在那个黑人犯罪率奇高的地区，可以说，我的主人公也是一个时代的受害者。我阅读过不少的历史资料，都说那个时候警察对贩毒行为基本是置之不理。在这一点上，我从主人公的口中得到了证实。柯蒂斯接着说：

回到那个时候，毒品和今天的价格可不一样。每一袋大概价值2美元。今天，一袋子那样的海洛因会花掉你100美元。那个年代，你可以在大楼里或者公园里晃荡。那些需要海洛因的人都知道，你肯定在。警察动用的警力和今天太不一样。那时候警察根本不管我们。他们觉得我们这些人就是在慢性自杀，让我们自生自灭就足够了。你早上起来拿着你的海洛因到公园里等人，等熟客来了就把货拿走，就是这样。有时候，你的客人经常没有钱，但是他们需要帮个忙，你得照顾一下他们，反正他们早晚都得回来。是不是？

在我50岁之前，我从来没有被警察抓住过。从17岁到50岁，我干了这么多年，从来没有被抓过，我真是太幸运了！我的朋友早就被抓住了。但是朱利安尼市长的上任，让一切都变了。他一上任就对法律做出了改变，颁布了一个叫新生活项目（Quality of Life）①的政策。就算你

---

① 原名为新生活项目（Quality of Life），在20世纪80到90年代，纽约警署的政策顾问亲自参与了对纽约市地铁和社会混乱状况的整治。在时任纽约市长的朱利安尼（Rudolph W. Giuliani）和警察总长布拉顿（William J. Bratton）的大力支持下，纽约市政府和警察署根据破窗理论，创造性地推动"秩序维护警务"（Order-Maintenance Policing）、"计算机犯罪统计信息系统"（CompStat）和"新生活项目"（Quality of Life）等项目，用于整治当时纽约市恶劣的治安环境，并取得了令人鼓舞的效果。根据美国司法部的统计，从1993年到1999年，纽约市的谋杀案发生率下降了40%，抢劫案发生率下降了30%，入室盗窃案发生率下降了25%。——摘自《破窗理论与美国的犯罪控制》，作者李本森。

在街上喝啤酒，或者拿着一瓶打开的啤酒走在街上，警察都可以走过来把你扔进监狱。50岁，我的人生开始倒霉了。

这次采访持续了大约1个小时，我们下课的时间已经悄然来临。这是我人生第一次采访一个毒品贩子，不但亲耳听到了旧时哈莱姆区的样子，还有幸学习了纽约哈莱姆区的历史以及纽约城发展变迁的历史。柯蒂斯嘴中的"讨厌的"朱利安尼市长，我的美国华人朋友不止一次和我提起过。在"良民"的嘴中，朱利安尼市长绝对是为治理纽约的高犯罪率立下赫赫战功的一位市长。上任后，他发现警察内部有腐败行为，开始了一系列"大动作"。他治理黑帮，清理警察队伍，这也是为什么警察和工会都比较恨朱利安尼的原因。一个在纽约待了20多年的华人好朋友索尼娅告诉我，朱利安尼上任时她在MTV上班，公司在时代广场的正中心，新市长上任不久，她就感觉到妓女和红灯区正在被清理出时代广场。经常有一些建筑被铁架子围着，那是红灯区正在被改造。1995年，索尼娅去新加坡工作了一年，等她1996年回来的时候，时代广场已经是一个截然不同的时代广场。

朱利安尼的铁腕政策非常见效，纽约的犯罪率大幅度下降，城市面貌也有了巨变。不过后来很多人反对朱利安尼，说他是个独裁者。但是总体来说，纽约人还是非常认可这一位市长。在纽约人选举最好市长的投票中，朱利安尼得票率超过了后任迈克尔·布隆伯格。

我抱着我的录音设备走出了财富协会的办公室，被一种感知个人历史和公众历史交融的幸福感所包围。每个人其实都是一座博物馆，只要你努力挖掘，让受访者的记忆流淌出来，就会挖掘出无数"感时花溅泪，恨别鸟惊心"的细节。

这个时候，杰瑞也做完了他自己的采访，从某个屋子走了出来。他看见我，有点得意地笑了笑。我假装生气地对杰瑞说："Gerry, you are so pushy！（杰瑞，你太能鞭策人了！）"而杰瑞露出了他那一贯的得意而狡黠的目光，获得胜利一般地对我说："Haitao, I know you can make it！（海涛，我就知道，你能办得到！）"

我笑了笑，心里深深地表示出对杰瑞这一"推"的感谢。

5. 与老毒贩一起穿越时光隧道

我这次一点都不紧张了，
而是一副摩拳擦掌、跃跃欲试的样子。

第二个星期同样的时间点，是杰瑞再次带我们去财富协会采访的时间，这一次，我开始盼望着对柯蒂斯进行第二期采访。我心中有太多的问题想和他探讨，也对他后来的生活产生了好奇，我想知道，美国的戒毒中心是什么样子的？具体贩毒的细节又如何展开？我想知道他如何看待他现在的生活状态，他对他的这一生又会怎么评价。通过第一次充满张力的采访，我已经预见到，第二期的采访还会有很多跌宕起伏的人生故事。我对这种远离自己的生活和文化，感到特别新鲜。

终于，我们再次采访的时间到了。我这次一点都不紧张了，而是一副摩拳擦掌跃跃欲试的样子。杰瑞在我再次进入那个采访的房间前，走到我的面前对我说："海涛，这次采访你问他一下，有关废弃的大楼的事情。"

"什么废弃大楼？"我不解地问。

没有回答，杰瑞已经像风一样飘走了，我留在原地，又一次被杰瑞弄得丈二和尚摸不着头脑，我一边挠着头一边心里想，突然来这么一句"废弃大楼"是什么意思？也不说一下上下文，让我一个外国人站在这里猜来猜去。

杰瑞像黑帮老大一样帅气地走掉以后，我只能回过神来，拿着自己的录音设备，走进了办公室。

这一次，我和柯蒂斯·琼斯如同老朋友一般相互问候。他那只大手还主动伸过来和我握了握。我们相视一笑，感觉已经非常熟悉。可以说，这就是口述历史采访的神奇魔力。口述采访对象顺着回忆的通道，把很多过往的事情和盘托出。随着回忆，他自己仿佛重新走过了一遍从出生到今天的人生道路，也品味回顾了自己所有的对与错。采访者是唯一和他携手走过这条道路的人。在某种程度上，这是一种独特的心灵分享旅程。再次见面时，采访者和采访对象，似乎已经认识了很长时间。我有时候觉得，口述历史采访是了解一个人最快速的方法。

很快，我和柯蒂斯就再次携手走进了记忆的通道。他这一次的叙述，比上一次更加波澜起伏。我们两个状态都比上一次放松，因此故事也更加精彩。有关毒品交易以及毒品交易给毒贩带来的种种命运，尽在口述历史证词当中。随着采访的进行，还没有等我问，他就自己主动提起了"废弃大楼"的事情。原来，"废弃大楼"是过去纽约毒贩进行毒品交易的主要地点。柯蒂斯·琼斯年轻时就在这样的大楼里进行过毒品交易。

随着他的叙述，我几乎像走进了一个时空隧道。

那个时候，很多毒品交易都是在废弃的大楼的地下室进行的。买者和毒贩都是相隔着一堵只有一个洞的墙进行交易。买者给钱拿货，但是从来不知道站在墙后的人是谁。而毒贩也无从知道买主的长相。人们都认可这种交易方法，不用说，主要是为了安全。那个买毒品的队可长呢。虽然我看不见到底有多长，但是我一直在卖货，可以想象得到。

他的描述让我的眼前似乎出现了好莱坞黑帮电影一样的镜头，很有画面感。我仿佛看到了人们在有洞的墙体两端进行毒品交易的样子。虽然双方都看不见对方，但是伸向洞中的两双手都无比娴熟地进行着危险而肮脏的交易。这个时候我想起杰瑞对于提问废弃大楼的提醒，嘴角露出了一丝会心的微笑。

虽然在30多年的时间里，柯蒂斯一直在贩毒并且一直没有被警察抓到，但是他在50岁到57岁之间，却一直从监狱进进出出。也正是因为如此，他有无数次戒毒的经历。因为这样的戒毒经历，他对美国政府如何帮助吸毒者戒毒有了比较清楚的了解。

他对我说，美国政府为了帮助人们戒毒，在很多特定的诊所推广专门的替代疗法，如果正在戒毒的人们毒瘾发作了，就可以去这些诊所领取一种海洛因的替代品——Methadone（美沙酮）。这种产品能治疗海洛因依赖症。吸毒者把这种药喝下去之后，身体里会产生如同服用了海洛因一样的感觉，持续的时间甚至会比服用海洛因还长一些。口服美沙酮有减轻海洛因依赖的疗效，如果适量服用美沙酮，最终可以让海洛因成瘾者停止使用海洛因。

政府资助的这些诊所，提供的海洛因替代品是免费的，但是吸毒者也不是随随便便就能领取。领取人不但要填写各种表格、上报自己的社会保险号，每一次去诊所还要验尿，因为医生要监测你使用美沙酮时，是否还在使用毒品。

"好多人对毒品倒是不上瘾了，反而对美沙酮上瘾了，最后身体都很虚弱。"柯蒂斯说。

令人震惊的是，即便是毒品的替代品，也有人想办法带出诊所，情况既恶心又真实。柯蒂斯这样对我说：

因为美沙酮和海洛因一样，能让人产生吸毒之后的快感，所以有人想方设法把这种东西带出诊所。护士为了杜绝这种情况发生，会让吸毒者当着她们的面把美沙酮喝下去。即便是这样，吸毒者还是有办法把美沙酮带出诊所。

有的吸毒者虽然当着护士的面把药瓶里的药给喝了，但是他们实际上并不咽下去。他们嘴里含着药，然后马上跑到洗手间里，把嘴里的液体吐在一个提前准备好的容器里，然后走出诊所。他们通常会把吐出来的美沙酮混入一瓶矿泉水或者饮料里，再卖给其他人。这么疯狂的事情你能相信吗？但是有些人真的需要这些美沙酮，没有毒品他们已经疯了，所以他们什么都会买。人沾了毒品怎么做都不奇怪。

我又一次惊呆了。有时候这种采访给你带来的感觉是，如果你不去采访这些人，那么你这一生完全不可能了解到这样的人生故事。而那些故事的冲击力是那么的强烈。大概也只有这种口述，才能带来比电影电视剧更真实而富有戏剧性的人生。我坐在那里，情绪起伏，感慨万分。为未知的、真实的美国社会底层的阴暗故事所震撼。

采访一个老罪犯，关于监狱生活的描述自然是必不可少的情节。柯蒂斯·琼斯还给我介绍了他所经历的美国监狱里的真实状况，而那一幕又一幕的监狱故事，简直活脱脱就是电影《肖申克的救赎》里的场景。

知道吗，你能在街上买到什么，就能在监狱里买到什么，包括毒品。至于咖啡，你可以用三支香烟换一杯咖啡，如果想要糖和奶，那就再加一支香烟。有时候你可以趁狱警转身的时候偷一些杂货。过程是这样的：你把这些杂货装在垃圾袋里，假装要扔掉，但是其实你已经和收垃圾的串通好了，让他看着你的袋子。等最后你拿到货的时候，分给他一些赃物就好了。

对，在监狱里，你照样可以买到毒品。在监狱里，你可以看到各种疯狂的事情。毒品的来源多种多样。曾经有一个犯人，他多年前失去一条腿，一直用假肢活动。每次这哥们儿的女朋友来看他的时候，就往那个假腿的洞里塞满海洛因。等这伙计回到监狱的监舍里，他把假腿一摘，那些海洛因就倒在地上了。然后大家就疯了。每一个人都站在这堆白粉儿旁边，特别羡慕地看着。那可是"一腿"的毒品啊，太惊人了。

可以说，我从老罪犯嘴里听到的这一切比戏剧还要夸张。我一边目瞪口呆一边开始思索，这样的一生该如何从社会学的意义去解读。一个人的命运，如何与他的家庭背景、教育、阶级相关联。柯蒂斯最后对我说：因为他很多年在监狱里服刑的缘故，他与他的孩子见面的机会特别少，因此很担心孩子也走上一条不好的道路。说着说着，他已经黯然神伤。

一个半小时的采访时间又匆匆地过去了，第二次采访正式结束。从采访地点走出来时，我心潮澎湃，久久难以平静。回想着这个罪犯所经历的一切，在篮球场上的第一次吸毒、在诊所目睹犯人把美沙酮揣在怀里带走、被捕入狱、看到舍友的假肢里盛满海洛因然后倒在监狱的地上，以及他对孩子的愧疚，所有的这一切，如影似电，让人失语。

此时，我的同学们也陆续结束了他们的采访，从不同的房间走出来。可以看出来，他们的脸上同样带着不可思议的如同时光旅行者一般的表情。凯蒂走过来，轻声对我说："海涛，我的这期采访做得真是太棒了。我的采访对象是一个变性人，她经历了很多年才从男性变成女性。从我的采访里，你能感觉到美国监狱是怎么管理变性人的。这实在太有意思了。"

我看着凯蒂的激动表情，可以想象，这个采访里展露了多少人生冲突，而她又会有多少收获。

与柯蒂斯采访的最后,我和他拍了这张略带"喜感"的照片

6. 我的世界开了一扇窗

我内心的雷达，

仿佛被启动了。

两期对罪犯的采访结束了，我们在实践中体会到了如何进行口述历史的采访。比如在采访的过程中，作为采访者如何尽量地向后隐身，但是又巧妙地利用问题中的细节，引导着采访对象顺着时间的河流向前推进。这是我们在班上进行"同伴采访"后第一次进行实战练习，每一个人都很兴奋。

但这仅仅是一个开始。

因为美国口述历史的精神，绝对不是把这些资料都速录下来，然后就存进如茫茫大海一般的资料库中。美国口述历史的精髓是——不仅仅要记录历史，还要呈现历史，要使用口述取得的这些资料，让这些资料变得鲜活起来，让后来的人感知得到、触摸得到、领悟得到。这甚至比记录历史还重要。

杰瑞给我们下了命令，让我们好好地利用每一个人的采访资料，精心地打磨成一个可以呈现的口述历史独白作品。我们集体做这件事情的

基本方法就是:

先建立一个公共的博客,每个人把所有采访的速录口述历史证词上传到同一个博客页面上,这些口述的资料,就成为我们的公共资源,每一篇我们都可以通篇阅读。接下来,每一个人节选出自己采访内容最有张力的那一部分传给课堂里指定的统筹人。而这位统筹人就可以根据同学所传来的内容,把所有的口述历史证词编辑成可供舞台呈现的本子。在这个过程中,大家可以通过博客同时观看并且提出自己的意见。

在这个作业中,我的好朋友克里斯汀负责完成统筹工作,我们也进行了几轮剧本的共同讨论。在共享和争论中,一个精彩的本子就这样逐渐呈现。通常,这个剧本最后会由专业的演员来诠释,他们会用各自的方式,把这些来自生活的最真实的情节给人们做集中的呈现。一部有关美国监狱与犯人的心理独白,一个美国监狱的"小社会"如同美剧般在我的面前展现了出来。这个口述历史证词里的内容,让我无数次联想起后来在美国特别火爆的一部Netflix网络自制剧——*Orange is the New Black*(《女子监狱》)。

监狱里的礼物习俗

在监狱里,人们会照顾其他的犯人。比如你刚刚进监狱,我们这些老犯人会把一个礼物包裹送给新人。按道理,我们不能给其他犯人有价值的东西,但是我们会给他们一些小东西,比如钢笔、淋浴用的拖鞋、肥皂、除臭剂、香波、内衣、袜子和食物。这就是一个惯例,你不期望从这些小礼物中得到回报,你就是要把它们送出去而已。

这算是一个监狱里的约定俗成吧——对新来的人展示出你的爱。我们在监狱里吃得特别差,有时候人们会从厨房偷出来一些吃的,然后做成一两碗好吃的。对于新来的人,我有时候会分给他们一碗,我从不会管你是什么种族。但是,如果你是一个猥亵儿童的罪犯,或是一个强奸犯，(礼物)想都不要想。

监狱里的信仰

我们的监狱里有一个女士得了癌症，我们都为她祈祷，因为她非常害怕会做手术切掉乳房。于是，我们开始为她24小时祈祷。有一个狱友24小时都拿着念珠为她祈祷，一直到她去接受检查的那个时刻。后来，神奇的消息传来了，肿瘤是良性的，然后，她被治愈了。

只要有人提要求，我们都会为人们祈祷。我们的祈祷总会被上帝回应。对于我来说，最重要的祈祷就是我能活着走出监狱。你知道，我本来是被宣判死刑的。有趣的是，两年之后我要被执行死刑的时候，我的判决突然被撤销了，然后就是重新审判。根据一个联邦政府的最新指导，我最后被判了30年。结果我一共蹲了22年牢。宣布我能回家的那一刻，太超现实了。在监狱的最后一个星期，当我走回自己号子的时候，人们都疯狂了。认识我的人们都拥抱我，又抓又哭。连监狱的官员也跑过来祝贺我，因为他们知道我在这里度过了怎么样的生活。

在监狱里养孩子（Oscar谈论了他如何在监狱里教育孩子的故事）

我有一个女儿，还有一个儿子。但是他们是我和不同的女人生的。因为我要抚养两个孩子，所以很麻烦。两个孩子的母亲相互不喜欢。当我给女儿过生日的时候，我女儿的母亲不希望我带儿子和儿子的母亲过来。我最后说，够了！够了！你们两个大人之间不应该有仇恨。我不会丢下任何一个人。

我让两个女人成了朋友，因为她们每一个人都和我有一个孩子。最后，她们的关系终于有所好转，甚至一方会去帮助另一方带一下小孩儿。但是，当我女儿5岁、我的儿子19个月的时候，那是1989年，我被捕了。所以，这么说吧，我的儿子几乎不认识我，他只有在探监的时候才能看我一眼。

我因为抢劫并且试图杀死一名指挥官而被起诉。后来，我还试图劫持他做人质，所以，我被判处了终身监禁。我在纽约的监狱待了一段时间，后来我被转到了堪萨斯的监狱，去服一种23小时都必须待在牢房里的刑。就这样，我在那里待了3年半。我的孩子们几乎不可能去探望我了。我只能一个月接他们一次电话。一直到3年半之后，我被转到了宾州的监狱，我才又看到了我的儿子，那时他已经5岁了。我根本认不出他来，他也不知道我是谁。

我在监狱里待了22年，我不想我的儿子走我的老路，于是，我会教育他，不会让他觉得警察不好。我告诉他，警察并不是坏人，并不是警察让我走到今天这条道路上的，你不能责怪他们，也不能恨他们。我是60年代的人，所以我很反叛。如果有人告诉我，不要践踏草坪，我肯定会冲着草坪飞奔而去。我就是那么长大的。

戒毒中心里不可思议的疯狂（Curtis Jones说戒毒中心往事）

17岁时，我的妈妈把我送进了加利福尼亚州的戒毒中心，我在那里待了5年的时间。这真的对我帮助很大。人们很和善，也有很多人来自纽约。在这个戒毒中心待着，意义其实比戒毒更大。因为到最后这简直成了一种生活方式。你被鼓励长期留下来，一直生活。很多没有戒毒史的家庭捐助了大量的设备，因为他们觉得这样做，就保护了他们的孩子。

但是，好日子终有一天结束。后来运营戒毒中心的人克拉克·德瑞克（Chark Detrick）的太太死于乳腺癌。很显然，他太太的去世对他打击实在太大了，他没有在心理上处理好。于是，他变成了一个疯狂怪异的人。他开始带着武器上班，开始在人们身上做实验。从这个时候开始，戒毒中心就不再是生活方式了。

在戒毒中心，居住着很多对夫妇。在那里，一直有很多的绯闻流传。比如丈夫欺骗太太，太太欺骗先生。因为这种传闻太多了，运营人克拉克·德瑞克感觉很不被尊敬。有一天，他竟然出了一个惊人的主意：他拿出一个大大的黑板，把所有已婚夫妇的名字都写在黑板上，一共60对夫妇。他决定从一个人的名字开始，画一条线，随机地画到另一个名字上。他迫使这些被线连起来的人"在一起"。一位先生甚至要跟一些他不认识的女人"在一起"。而太太们要和她们认识但是根本没有关系的男人睡在一起。黑板上到处都是X字的图形。他要求，就在那个晚上，你要和另一个人睡。这太疯狂了。而人们竟然遵守了这个要求。他们遵守这无理要求的唯一目的是他们以后还能在戒毒中心生活。

原本我们的口述剧本比这个长得多，但是由于篇幅的限制，我无法把所有的口述历史证词都陈列在这个章节里。总之，你可以通过这些口述历史证词，感知到罪犯在监狱里服刑的状态以及戒毒所里一幕一幕比电影还夸张但又无比真实的生活。在最后统筹好的剧本里，教授要求我们写一个具有导演风格的脚本，也就是舞台效果脚本。我们要告诉将来导演这个剧本的人，在哪里要插入什么样的背景音乐，在哪里要出现什么样的道具，在哪里演员背后的大屏幕应该出现与"台词"配合的照片和历史资料。我们的讨论一直持续到了"体现舞台效果的剧本"完成之后，这个实践作业才告一段落。

就像同性恋的口述历史题材让我更加了解了美国同性恋历史一样，这次关于监狱题材的采访，如同在我的世界里开了一个小小的窗口，它让我对美国的监狱题材产生了格外的兴趣。这次作业完成之后，我对口述历史的操作方法更为熟知了。它的另一个神奇功效是：以后每一次触碰到有关监狱的题材，我内心的雷达仿佛就被启动了。

后来我读过一本有关女子监狱的书，名字是 Inside This Place, Not of It：Narratives from Women's Prisons（《高墙之内》，作者：罗宾·莱维、阿耶莱特·沃德曼）。这是一本用口述历史的方法写成的书，书中透过真实的女性犯人的口述历史证词，揭露了女子监狱管理的种种问题。让我更加瞠目结舌的是，书中透露了美国监狱系统如何对待怀孕妇女的真实故事，让人觉得难以置信。

在该书的第一章里，受访对象奥利维娅·汉密尔顿（Olivia Hamilton）就是一位怀孕8个月的妇女。她讲述了自己还没有到预产期就被监狱医生引产的故事。

我到了医务室，一位长官对我说："医生过两天会帮助你引产。"我问她："这是为什么呀？"她说："因为你的预产期是5月24日，这是一个法定的小长假，人们不会来上班。"我说："但是我现在根本没有宫缩也没有疼痛，我不想被引产。"但是那位长官对我说，这是命令。

于是，他们带我到了一个屋子里，把我绑起来。然后就给我输了引产药，不幸的是，这药看起来似乎根本不起作用，我没有任何反应。然后，他开始用一个小小的仪器来摆弄我的下面，好像是要让羊水破掉，那可真是很痛很痛啊……过了很长时间，我还是没有达到可以生产的程度。医生说，如果明天早上之前还是没有什么动静，我们就要给你剖宫产了。我这辈子从来没有做过剖宫产。

第二天，医生回来了，带我去做剖宫产。一个外科医生跑过来说："她还需要被铐住吗？"我当时又痛又累。我对医生说："现在已经没有理由要把我铐住了，你看，我哪里也去不了，况且我也快痛死了。更不用说你们还有一个保镖守在屋子里。看在上帝的分上，我不知道你们这辈子有没有过孩子，但是，被铐住了生孩子可不是什么好玩的事儿。"最后，医生给我实施了硬膜外麻醉（epidural），我剖宫产了。

该书作者对于美国监狱管理问题做出了一系列总结。作者说："总的来说，我们的国家对于监狱系统有着一种残忍的冷酷。有数以万计的人被投入到监狱系统当中。我们以为总会有一些人来修复这个系统，或者总会有人伸出友爱的臂膀来关怀犯人。但是，书里的这些人，这些曾经是母亲、女儿、姐妹、太太的这些人，会告诉你一些难以置信的故事。她们的经历忍不住让我们去想象——如果我们对她们抱有真诚、关怀和担心的态度，她们的命运和生活将会有怎样的不同。"

在课上，我亲自参与整理了一个监狱题材的口述历史独白剧，对美国监狱题材进行了研究。在课下，我做了大量的后续阅读，可以说这一切让我对美国社会的了解又加深了一步。我亲耳听到了美国监狱的很多黑暗内幕，也看到了美国社会进步的一面，比如，美国监狱系统里有一个申诉制度（grievance system），可以让犯人专门进行上诉。我看到有律师专门帮助犯人来争取权利，也有人专门写文章指出美国宪法第八修正案[①]对于犯人来说，有难以执行的一面。再比如《高墙之内》的作者之一是一位律师，她却愿意经受各种麻烦去采访监狱里的弱势群体。按照《高墙之内》作者的说法，她呈现监狱犯人的真实生活，就是为了给人们创造一个通向更宽容、更有同情心、更有关爱社会的途径。

可以说，哥大的口述历史课堂，就是我了解美国文化的一个加速器。每一天，大家都在探讨着深刻的社会问题，探讨着普通人如何塑造

[①] 美国宪法第八修正案：不得索取更多的保释金，不得科以过重的罚金，不得施加残酷或异常的刑罚。

了这个国家的历史以及在这个国家生活的细微感受。课堂里，我们经常探讨有关人性的问题，探讨这个社会的好与坏、罪与罚，讨论如万花筒般的社会现象。让我感慨的是，在这样一个多元社会里，有人通过文字揭露监狱系统内部的黑暗，又有像财富协会这样的非政府组织，身体力行地帮助罪犯重返社会。

当我再反思财富协会这个机构名称的时候，让我感动的是，在这样一个连工作人员也许都是前罪犯的机构里，他们依然被称为"财富"，他们依然被当成了财富，未来，他们依然可以是社会的财富。想到这里，我觉得财富协会的发起人在给机构命名时，真是用心良苦。

第五章

张望窗外的世界

我感觉人生就是一场绚丽突围,通过一年时间的浸润,我已经突破了那个内心充满恐惧的自我,对一切艰难的问题开始感到习以为常。

1. "9·11"事件：从旧壳子里走出来的第一步

这是一种偶然还是一种无奈的宿命？
人们苦苦追寻却得不到答案。
这种内心的反复叩问被搅动了起来，
让人无法平静。

"9·11"事件口述史是哥大口述历史专业学习的重要内容。

在美国上学，尤其是在纽约上学，"9·11"是一个不可避免的话题。这个话题，不仅出现在媒体上，还更多地出现在我接触到的那些纽约客的日常谈话里。"9·11"是美国人的整体伤痛记忆，是每一个人心里的一个结，一个动一下心就会收缩一下的伤口。几乎每一个美国人，凡是对那一天有能力形成记忆的人，都可以以"'9·11'那天早上"为开头，讲述一个他自己的"9·11"往事。他当时在干什么，他是如何听到这个消息的，他打开电视以后看到的画面是什么，他对美国的看法有了哪些改变。这时候，人们的眼里总会流露出一种难以掩藏的疼痛，然后就会沉浸在改变世界的那一天的回忆里。

对于纽约人来说，这种伤痛更加清晰。一向骄傲自我的城市，一向欢乐任性的城市，无论穷困还是富有，这个城市的寻常百姓的内心都充满光明。在纽约待久了，毫无疑问会对这座神奇的城市上瘾。这个城市如此纷繁复杂，却又如此兼容并蓄，它囊括了孤傲与谦卑，融合了所有的多样性，聚拢了所有的异类和你想不到的稀奇古怪。

当一场旷世的袭击以这种完全意外的方式来临时，整个城市陷入了如同末日般的混乱。这座城市的骄傲和"与上帝同在"的荣光被彻底毁灭了，整个城市的自尊被践踏得无处可寻。一时间，整个美国，整个纽约，那种无往不胜的幻觉突然破灭了。惊恐和愤怒的洪水，漫延得到处都是。

电视里，浓烟从双子塔里冒出来，那些被困在高楼大厦里的人们，开始挥舞双手，比着求救的手势。最后，也许是出于生物本能，也许是出于可以预见到的绝望，他们从摩天大楼里一个一个地跳了出来，一个一个的小黑点，在天空里坠落着，没有最后的对话，没有人和他们交流做这个决定之前的思考。就这样，一条条活生生的生命，如尘埃一样从空中跌落，来不及和世界做最后的告别。后来，有很多张照片定格了人们在半空中跌落的姿态。他们在空中静止着，仿佛一颗自由落体的种子正被抛向大地。这个被无情定格的画面，发生在人们自认为被上帝恩宠着的这片土地上，已经超越了"无常"两字的描述。

"9·11"发生时我非常年轻，我清晰地记得当年在报社电梯里看到的编辑们的惊愕表情，他们说："我的天啊，出大事了！今晚的头版马上要换！马上！"对于我来说，这是一个令人震惊的但是依然遥远的国际新闻，它甚至只与高层怎么编辑报纸版面有关，属于一种工作范畴。它对我的心理冲击，远远没有10年之后我站在纽约这片土地上，听到普通的纽约人重述事件发生时大，也没有我路过归零地（Ground Zero），看到浩浩荡荡的"9·11"原址工地正在重建时大。纽约人说起这件事时，很多人悲伤不能自持，眼神会空洞地望向空中。很多人

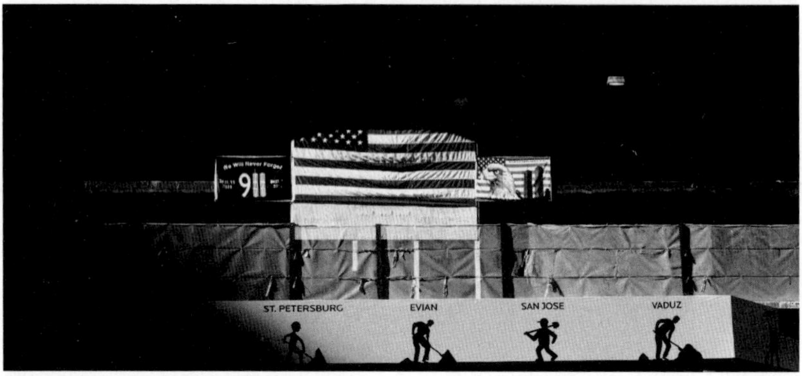
We Will Never Forget
911
ST. PETERSBURG
EVIAN
SAN JOSE
VADUZ

说，自从双子塔倒塌之后，他们再也无法熟悉纽约的天际线。这是全纽约的"生命中不能承受之轻"。

从纽约人嘴里，我能感受到那种切肤之痛。那种由来已久的伤感，似乎从未减轻。整个城市的人们，都如同受惊的孩子，大家在委屈惊愕中接受了这个现实，然后生活在一种长期的心理阴影之下。

在纽约，我直观地感受到了那种漫天的悲伤。具体去探寻这个历史事件的深层次意义，还是通过我的口述历史课堂。

"9·11"事件在哥伦比亚大学口述历史专业的学习中是重中之重的一个项目，原因有几个。第一，哥伦比亚大学是全美做了最多最全面的有关"9·11"口述历史采访的研究机构。哥大在五个领域采访了有关"双子塔事件"不同背景的当事人。在2011年我入学的那个年份，正好是"9·11"事件发生十周年，哥大已经对600个采访对象做了总计900个小时的采访。到现在，351人687个小时的专访已经可以供人们查询。可以说，这是关于灾难最深入最全面的一次记录。第二，哥大所做的五大领域的采访，采访对象非常多元，涉及在双子塔里逃生的平民、救火队员、救护车上的救护人员、街边的售卖者、死难者家属、心理治疗师等等，给这个空前绝后的历史事件，做了最大限度的图景描绘，给将来的社会学研究提供了基础。第三，主导这个项目的，正是我的系主任玛丽·马歇尔·克拉克和社会科学系的教授彼得·比尔曼（Peter Bearman），这两个人是该项目的总协调人和负责人，也是口述历史专业的创建者。正是他们在"9·11"发生后很短的时间内，争取到了专项资金，展开"9·11"口述历史项目的。

他们后来主导了根据"9·11"当事人的口述历史证词所编著的一本书——*After the Fall*。这本书给没有亲历"9·11"的人一种三维立体般的场景再现。这本书，是口述历史专业学生的必读物。它也是用经典的口述历史写作的方式——前言+口述历史证词——写作的一本书。

*After the Fall*是我见过的最值得玩味的书名之一。因为fall在英文里至少有两个意思，分别是"秋天"和"倒下"，而这两个意思和"9·11"事件的后果全部贴合。光看书名，就可以让人陷入深深的思考。

　　你可以把这本书的书名理解为《秋天之后》，寓意是"9·11"那个秋天之后，美国的一切全都变了；你也可以把这本书的书名理解为《倒塌之后》，让人联想双子塔倒塌之后，美国都发生了什么。

　　阅读这本书，是我在本专业学习时的第一次阅读作业。字数不多，只有249页，但要求一周读完。在教授的鼓励之下，我没日没夜地阅读，竟然在规定时间内读完了。这是一本"9·11"事件亲历者的口述历史证词，从翻开第一页，我就被亲历者口述历史证词中那强大的力量震撼了。我第一次感到口述历史证词的磅礴力量，它把我这个外来文化背景的人带到了三维立体的事件回放当中去，看到了宏大事件当中的无数细节，这也让我理解了我的系主任对口述历史的描述——"口述历史是鲜活记忆的储藏室"。

　　在这本书中，我看到了"9·11"事件发生时，双子塔里面人们排队下楼时的场景描述。这个描述是由当时在双子塔北楼67层的工作人员玛丽·李·汉娜尔（Mary Lee Hannell）做出的。当人们看到飞机撞到北塔时，南塔的人开始排队从楼梯间往下走去。

　　我们走到了楼梯间。还好，没有烟。但是一种非常浓的化学品的味道充斥着你的喉咙。人们有秩序地走下楼梯，有一部分人非常害怕，因为他们经历过1993年世界贸易中心的炸弹袭击事件。因此，人们尽量保持着一种聊天的状态，开着玩笑，大笑着，相互抚慰着。有一个女士有哮喘病，她很害怕，但是她越害怕，哮喘发作得就越厉害。有一位绅士被烧伤了。气氛有些紧张。我们就尽量说话，让人们保持着平静。

我们会说："你看，我们都走到45层了。我们已经取得了重大的进步。"我们会说一些这样让人们保持士气的话。我们还会说："别担心，我们有很多时间，我们要多少时间就有多少时间，就算8个小时才能走出去，也没有问题。"实际上，我们从来没有想到，这个大楼会倒塌。

走到30层时，开始有烟冒出来了。人们的呼吸变得特别困难。本来对未来就不太确定的人们心态变得更不确定。一些人开始哭了，一些人开始担心。我们始终在用语言安慰大家，"看，灯还亮着呢，没事儿。我们已经走过一半儿的路了，一定会没事的。"人们开始把手绢拿出来，或者脱下夹克衫开始传递，以便所有的人都可以有什么东西堵在嘴巴前面。有一件事情有点搞笑，有一位女士，当时她要去健身房，所以随身带着运动包，包里有她的运动短裤、T恤和运动胸罩，还有一双运动袜。她把运动包里所有的东西都拿出来分给人们捂嘴用，包括那个运动胸罩。"是干净的。"她对人们说。

到了27层的时候，我们看到了一个坐轮椅的人，那是一个非常重的轮椅。至少有一个人和他待在一起，他就那样呆呆地坐在那里，一动不动。他是我知道的没有走出大厦的人之一。因为他不愿意让人们把他抬下去。我想，那个陪着他的朋友，最后也没有能活着出来。

随着口述历史证词的推进，我对"9·11"事件有了亲临其境般的感受。而对于"9·11"事件的多维度视角呈现在该书中徐徐展开。我第一次知道，原来双子塔中的人们在大楼被袭之后，是非常有秩序地走下楼梯的，他们从未想过大楼竟然会倒塌。

除了被困在双子塔里奋力逃生的人们，我还看到了在"9·11"期间执行任务的救护车救护人员对双子塔倒塌瞬间的描述。那种瞬间的选择几乎就是生死抉择。一位当时在现场的救护人员进行了回忆：

突然之间，他们又抬来了一个失去意识的人，这个人大概四五十岁吧。他们说他失去意识已经有30分钟了。我单膝跪下，开始给他测量血压。忽然之间，我听到一声巨响，如同雪崩一样的声音。我从我的右肩方向看过去，天啊，大楼要倒了。我必须跑啊。我拔腿就跑，但是与此同时，我的脑子里闪过一个念头："我不可能跑过它呀。"我知道我不可能跑得过它，而我又能向哪里跑呢？

我的救护车就在那里，后门是开着的，我跳到了开着门的救护车后面。然后，我开始抓起那些向救护车里呼号尖叫的人们，把他们拉上车。我一边抓着他们，一边听着伴随大楼倒下的哀号声。然后，我开始关窗户，因为烟开始蹿进来了。地面上的淤泥也开始往里灌了，我开始向我的伙伴疯狂哀号："关上后门！关上后门！"

然后，救护车开始晃动了，一切不可想象的事情都在发生。所有的一切，天和地，都在一瞬间变黑了，漆黑漆黑的一切。我说："噢，这可不太好。我要在这儿被活埋了。"我对自己说："这不是一个结束职业生涯的好方法。"随后，我扭动了车里的开关，开启了救护车里的灯光和空调，我们当时已经陷在几乎一英寸的淤泥里了。你能听到的声音都是爆炸声，一切都变黑了。突然之间，橘红色的火球开始飞过。我不知道这些火球是因为大厦倒塌引发燃烧出现的，还是因为旁边的汽车爆炸了。

在我们的救护车车厢里，有四位女士，两位男士，还有一位急诊医师。我们7个人挤在那里。我说："好吧，大家都镇静下来吧，我们现在必须齐心协力。"接着，我把主氧气罐打开了，然后给每一个人都戴上氧气面罩。我说："我们现在要像潜水员所做的那样做，来做同伴式呼吸，你呼吸一点氧气之后，再递给其他的人吸一点氧气。"

可以说，救护人员的描述让书本里的字里行间充满了好莱坞灾难大片似的情景。每一个时刻都惊心动魄。这里有人们面对灾难时最真实的处境与心情，是人类面对灾难最真实的反应。

如果说救护人员描写的双子塔倒塌的场面让人震撼，双子塔附近一位街头小贩的口述则让人五味杂陈。因为这位在事发地卖水和小食品的小贩，竟然是一位盲人。在这样一场混乱的大灾难当中，一位盲人怎么逃离现场？周围的人又会如何反应？你可以通过他的口述，感受到一个盲人在这个事件中所受到的冲击，以及在一个巨大混乱的场面中，人们对待一个残疾人的态度。

一位女士走向了我。此时，我正在讲电话。她走过来对我说："求求你，我需要和我的先生讲话，把电话借给我用用。"我马上挂断了我的电话，把手机递给了她。她开始拨给她的先生，听上去他们的孩子寄托在了双子塔的托儿所里。结果第一次电话没有接通。她开始尝试拨第二次，终于，她拨通了电话，而在电话那头的人说："很不幸，我们的宝宝死了。"她一下子倒在了地上，开始尖叫。我找了一些水给她，试图帮助她。

有人走过来，抓住了我，也抓住了她。我是如此害怕，因为整个大厦都在颤抖，然后我周围所有的东西都在移动。他们关闭了我的售卖机然后开始逃跑。我感觉到了很多烟在四周弥漫。这个时候人们不知道是应该走进大厦里还是该跑到大厦外面。因为指令不一样，所以大家不知道到底向哪里跑。

后来，有人拉着我的手说："天啊，你不能再待在这里了，这里有恐怖分子。我们必须走。"

"不不，我得关门，还要拿上我的包。"

"不行不行，没有时间了。"

我拿着我的拐棍，思维非常混乱。与此同时，好像有好多警察在现场出现了，都在给人们下命令。一直到巨大的烟、各种灰尘、玻璃和火球开始坠落的时候他们才让我们开始行动。于是人们开始逃命，非常可怕。

我是被两位女士架走的。一个人拉着我的左胳膊，一个人架着我的右胳膊。她们一直拉着我走到钱伯斯大街（Chambers Street）。我当时想，这些玻璃到底能落多远呢？因为到了钱伯斯大街之后，我还是踩在玻璃上。最后，他们告诉我火球和灰尘还在坠落，我们还要转移到坚尼街（Canal Street）才行。在那里，人们才会感觉到安全一些。

我站在那儿，心里都是担心。我在想，如果我的铺子还在那儿的话，人们会不会把我的钱或者货拿走。我所有的家当只有这些啊！这些担心充满了我的脑子，但是在那个时刻，我这种想法不可能和任何一个人去说，因为每一个人都是如此害怕。

后来我知道，这位盲人小贩的物品在曼哈顿被封闭数月之后，还是整整齐齐地还给了他，甚至连硬币都整齐地放在塑料袋子里。

按照导师所说，口述历史的功能之一就是收集个人历史，以弥补官方历史的遗漏，或者弥补故意被官方历史遗漏的事实。口述史和官方历史同时记录历史、让口述史补充官方历史，有助于真实完整地记录历史。

"9·11"这段历史，这段没有被美国官方媒体在历史语境下整体考虑的恐怖袭击，在24小时内被定义为"美国正处在战争状态之下"。为了强化这种印象，电视上不断播放着双子塔倒塌的恐怖瞬间。按照导师的说法，美国从那个时刻开始，已经为发动下一次战争的合法性寻找潜台词了。

在书中，可以看到我的导师杰瑞对穆斯林妇女德比·阿尔芒斯特（Debbie Almonteser）的采访。在这个采访中，人们可以清晰地看到美国穆斯林社会在"9·11"事件发生后所遭遇的敌意、偏见和他们自己的疑惑和痛苦。德比是一名教师，事发当天，她刚刚在布鲁克林区的261公立学校上了三天的班。由于她本人是穆斯林，她和她的家人都在"9·11"事件发生后受到了极大的冲击。我们可以通过她的口述历史证词来看一看当时美国社会对普通阿拉伯人和穆斯林的愤恨和偏见。她在采访中说：

"9·11"事件发生后，很多家长陆续到学校来接孩子。其中一个阿拉伯妇女来接孩子了，但是她的状态是歇斯底里的，还在哭。我把她送到了校长办公室，尽量让她平静下来，还给了她一些水。最终，她告诉我们刚才发生了什么。她在校园里走的时候，一群父母正在谈论刚刚发生的双子塔倒塌事件。当她走近他们的时候，一个高个子的男人突然嚷出来："就是因为你们，因为你们这些人，这事儿才会发生。"他的声音特别大，也特别粗鲁。这名阿拉伯妇女不敢离开学校大楼，她想："如果是我一个人走来走去还好，要是我一个人带着三个孩子，别人该会怎么对待我的孩子呢？"

9月之后，（政府）对穆斯林的追捕开始了。人们被成群抓捕或者被监禁。很多家庭不知道他们的儿子或者先生在哪儿。但是他们也不敢向警察报告他们家人的失踪，因为，他们自己也是非法移民，害怕一旦报告亲人的失踪自己也会被殃及。我们开始组织"知晓你的权利"的论坛。我们要告诉人们，如果你在路上被拦下来，你该怎么说。如果一些人敲你的门，不要让他们进。如果他们是FBI（联邦调查局）工作人员或者警察，让他们出示逮捕证。我们会教他们这些简单基本的小事儿，也是求生的一些基本技能。其实当时这个社区是如此多样化，人们又说着不同的语言，即使你教大家这些简单的事情，也是非常有挑战性的。

我们组织了针对日落公园附近的布鲁克林监禁中心的每周抗议活动。每个周六，我们都站在那里表达我们的诉求。我们大喊着："告诉我们被拘捕人们的姓名和他们被指控的罪名。告诉我们这些人为什么被抓。"每个月，我们游行到不同的社区，就是为了教育公众。让我惊讶的是，很多人根本不知道他们居住的小区附近有一个监禁中心，他们以为那是一个储物中心。

德比和她家庭的穆斯林背景，使得德比的口述历史证词成为这个族群遭遇的一个写照。她自己开车遇到红绿灯时，遭到了路人的指指点点。她的小儿子因为害怕受到同学的歧视，甚至不敢去曼哈顿上学，他也害怕独自坐地铁。经历了几个月的蹉跎，她不得不给儿子转了学。可以说，"9·11"给美国的穆斯林社会带来了前所未有的阴云。"9·11"不仅撞毁了双子塔，更击碎了美国曾引以为荣的人性包容与种族和谐。

我在哥大上学期间查看了数据，发现双子塔倒塌整整十年之后，多数美国穆斯林仍然感觉受到歧视。皮尤研究中心公布的一项数据显示：52%的美国穆斯林受到情报机构的特别监控，43%的受访者表示过去一年受到过骚扰。我还专门和位于马里兰州的美国大学历史学教授彼得·库兹尼克（Peter Kuznick）讨论过这个问题，他对我说：

"9·11"之后，美国政府对穆斯林社会的态度非常恶劣。大量的嫌疑指向了穆斯林社会，美国政府对待穆斯林如同潜在的颠覆者和恐怖主义的同情者。这比美国政府在"二战"期间对待日本裔美国人强不了多少。（事件后）美国政府马上拘捕了1200名穆斯林，审问或者试图审问8000名，这是美国声称的公民自由的一个黑暗时刻。电视节目和一些电影甚至播出了很多穆斯林恐怖主义者和罪犯的形象。穆斯林在美国成为二等公民。

"9·11"归零地镌刻着所有遇难者的名字

就在小布什政府到处为战争合法性寻找着各种理由时，真正的美国人民到底是不是也渴望"复仇"？渴望发动一场战争来报复？民间的想法是否和官方试图制造的意识形态相同？教授在课堂上告诉我们，这正是口述史可以发现真相，对公众历史进行纠偏的好例子。当CNN（美国有线新闻网）不断播放着双子塔被击中的画面，试图鼓动一种复仇的情绪时，遭受灾难的人们却根本不希望再发生任何流血事件。正如救护车的工作人员詹姆斯（James）接受采访时所说的那样：

就算很多人开始谈论复仇了，我依然是一个和平主义者。我是一个共和党人，但是我目睹了那天发生了什么，那种彻底的毁灭。我无法忍受我们也对别人做同样的事情。如果是那样，生命就太廉价了。那样做毫无意义。他们的人民没有袭击我们，他们攻击的是我们的国家体系（corporate world）。他们有没有杀死人呢？当然了。但是那是因为，他们想告诉我们美国不能与他们的宗教对抗。

在After the Fall这本书的前言和介绍里，我们的教授彼得·比尔曼和玛丽·马歇尔·克拉克也含蓄地表达了民间意识形态和官方特意塑造的公众情绪的不同，以及这件事情对官方和民间的不同影响。前言里写着这两位学者的观点：

当"9·11"发生时，人们被推出了历史的语境：官方初始为事情制造的意义被媒体所捕捉，小布什政府默许了被制造的意义，这些意义几乎全部被定义在政治领域。"9·11"和"9·11"之后的日子被描述成一个独特的、没有历史上下文的案例。这种没有历史根基和文化背景的描述，被立刻放置到了集体领域的记忆当中。这种放置，实际上损毁了上千个个体的悲伤经历，使其变成了一种国家的象征。2001年9月11

日的国家叙述，毫无意外地在24小时之内被赋予了一个标题——"美国正处在战争状态之下"，甚至连配乐都有了。

口述历史的课堂内外，常会有人提起"9·11"这个悲痛事件对于每个具体生命的影响。不仅仅是对于那些逝去的生命，还有对于活着的人不可思议的重大冲击。十年后，每当我亲耳听到人们对于"9·11"那天的叙述，依然可以感觉到一种隔空而来的情感重击。杰瑞邀请了一个在救护车上工作的救护人员，在十年之后对"9·11"事件进行了重新口述。如前所述，这也是我们的课堂经常采用的一种教学方式，邀请亲历重大事件的人，进行现场口述。

那一天，来到我们课堂的这位先生叫杰·斯威瑟斯（Jay Swithers）。杰·斯威瑟斯出生于1961年，从小到大都生活在纽约，时任紧急医疗服务队的队长，也是纽约消防局健康服务处（Bareau of Health Services of the New York City Fire Department）的一名官员。"9·11"事件发生时，他是纽约市城市搜救队的一名成员，也是到达"9·11"废墟现场的首批医疗人员之一。身材略胖的他穿着白色短袖的工作服，左手的袖口戴着一个和消防局有关的标志，手里拿着一瓶绿色玻璃瓶的Snaple果汁走进我们的教室。开始上课以后，他把果汁瓶子往桌子上一放，就自然而然地开始讲述他那段惊心动魄的救援经历。在杰的叙述中，双子塔倒塌之后的现场画面缓缓地在我的眼前展开了。

那一天，我自愿接受了这个工作（废墟上的搜救）。我穿戴好了所有的装备，被带到了倒塌现场。那里简直就像是一个地狱，情况比你从任何灾难电影里能看到的都要差。明火到处燃烧，倒塌的废墟挂在相邻的建筑上。从窗户里蹦出来的碎玻璃到处都是。汽车被压扁了，救护车被压变形，扭曲了，左门还开着。我们竟然相信，这里还会有活着的人存在。

这真是一个可怕的场面。我们到了那里，然后挤作了一团。有一个人指向了地面，我们都转头看向了那里。那是一只手，一只女人的手，只有手腕以下的部位，无名指上戴着一枚订婚戒指，上面还镶着钻石。每一只手指甲上都涂着指甲油。那只手一点也不脏，只是安静地躺在肮脏混乱的黑泥里。我们无意中看到这只手，不禁惊叫说："天啊！一只手！"很显然，救援的人们在这里走来走去，肯定会踩到这只手上。一个人赶紧跑过去把这只手捡了起来，包好，然后给它做了一个标签，就把它拿走了。

我记得一名救火队员认出了一具尸体，是一具完整的尸体，四肢完全没有受损，只是他的肠子已经掉了出来。我们看着他，我旁边的兄弟说："这是我们的一个兄弟。你看这个裤子，应该是救火队服。"我跳到那儿，开始用戴着手套的手挪动他，因为他的胳膊被卡在了一个工字梁下面，等我们把他彻底拉出来，才看到他的裤子是GAP的，不是救火队服。

我心里一沉，心想，我们的主要目标是找活人，不是挖死人的呀。

杰的叙述在空气中缓缓流动，这是我第一次听亲历"9·11"事件的人在离我一米开外的地方重述"9·11"的废墟现场和救援情况。空气似乎已经凝固了，这名叫作杰·斯威瑟斯的中年男子，在十年之后再次讲述这些故事时，依然无法控制他的情绪。讲述开始，他的表情只是有些抽搐，最终，随着故事的展开，他在我们的教室里泣不成声。

他的口述充满了细节，也充满了官方历史中不可能呈现的诸多画面。那只戴着戒指的手，那具躺在双子塔废墟里穿着GAP裤子的尸体，成为无法从我的脑海里抹去的画面。"9·11"对于生命个体的无情剥夺、对一个个完整家庭的无情伤害，在叙述当中已经清晰可见。"9·11"对亲历现场的人造成的创伤后应激障碍（Post-traumatic Stress Disorder，简称PTSD），永远地停留在了他们的身体里。

不仅是亲历现场的人，"9·11"之后，整个纽约似乎都得了创伤后应激障碍，城市记忆因此有了共同的伤痕。我在哥大学习期间，曾经做过一个有关纽约华人的口述史项目，几乎每个纽约华人都会提到"9·11"事件在他们生命里的烙印。他们会不由自主地叙说很多故事，让倾听者从不同的角度了解到那一天的独特场景。而很多无法想象的有关"9·11"的悲伤细节，都是从口述者口中传达出来的。

我的采访对象之一李云渲，是一位40岁左右的女性，圆脸，褐色短发，眼睛机警有神，讲话活灵活现。"9·11"事件发生时，她在曼哈顿下城创办的一家移民公司已经运行了七年。生意刚刚走上正轨，"9·11"事件发生了，这次事件给她的生意带来了意想不到的重大打击。此后，整个纽约下城被封锁了数月，即使本就在封锁圈里工作生活的人，也经常被各种穿着制服的人检查身份。很多想要递交移民材料的客户本来就没有身份，又无法进入封锁圈，因此根本不可能选择位于下城的移民公司办理移民手续了。可以说，"9·11"事件是导致李云渲这家移民公司彻底关门的直接原因。而其他受到牵连的中小企业也不计其数。

李云渲独守着空荡荡的办公室，一种无聊而又绝望的情绪浮出水面。她目睹了封锁圈里发生的一切，有着最直观的感受。在我们的采访中，她对我描述了"9·11"事件结束之后，纽约下城飘浮在空气里的一种味道。

"9·11"之后，长期搜寻尸体的工作就在废墟现场展开了。只要找到一具尸体，现场就会播放一遍美国国歌。刚开始我们一听到美国国歌的声音，就会心里一紧，感觉到内心的一种巨大悲恸。我们会想，完了，又是一条生命，又会有一个悲伤欲绝的家庭确认亲人的死讯。但是坦诚地讲，之后的两三个月里，这种事情天天在重复着上演。国歌每天都会奏响很多遍。这个时候人们的心已经麻木了，到了最后甚至有点厌烦。下城整天都在奏着国歌。以至于到了后来，我们忽然警醒，自己是不是太麻木了。

直到有一天，我走进了一家书店，看到了一本《"9·11"周年纪念册》，这本书大概有一本字典那么厚，每一页都是受难者的照片，加上他的生平和亲人的几句话。这本书3000多页，那么厚，感觉翻都翻不完。你去看每一页的照片，都是那么有意思的生命，曾经那么活蹦乱跳。关键是，这些以前和你擦肩而过的人，就这样没了。对于美国人来说，"9·11"带来的痛要很多年才能咽下去。太多的精英死在里面了，美国没有办法接受。这时候，我们也理解了废墟现场那一遍一遍奏国歌的意义，这是为每一个生命送行。

"9·11"之后，整个下城的空气里弥漫着的味道，几乎有两三年没有散掉。那是很奇怪的一种味道，也许是尘土，也许是别的，你会隐隐地闻到一股臭味，但是你说不出那是什么味道。

在我采访的过程中，这种生动的细节层出不穷，让人仿佛三维立体般地身处某些情绪之中。而很多事实和想象的并不完全一致。比如灾难中会体现出美好的人性，但是灾难里也免不了有丑陋。正是因为这些丑陋浮出了水面，口述历史的价值才凸显出来，它让隐藏的真实浮出了水面，为人们考察人性提供了事实基础。

我的另一位华人采访对象是美国中文电视台的记者张武。事情发生的当天，他因为职业原因，本能地向着双子塔冒烟的方向冲去。人们纷纷指着天空大声惊呼，唯有他，开着一辆载有摄像机的私家车向事发地点奔驰。开到某处，他下了车，扛起摄像机向事发地点奔跑。他形容那天他看到的场景：人们如同受伤的动物一样从下城的金融区落荒而逃，自己却凭借记者的直觉去找通往双子塔的最佳路线。

在人们撤离现场的当天，有人当场向逃离过程中的人们兜售拖鞋，有人则快速地洗出大楼冒烟的照片向路人售卖。可以说，有生意头脑的人，立刻捕捉并且利用了这次发"灾难财"的机会，把投机凸显到了极致。这样的细节让我感觉不可思议。这与人们想象中的，在重大灾难中人们表现出的相互扶助的美好人性完全不同。在一场灾难当中，真实的丑陋也会毫发毕现。

口述历史的最大价值是，被忽视的历史碎片会在采访中浮出水面，非常细碎却无比惊人。

意想不到的灾难发生之后，国家和普通人都要继续生存。但是灾难的影响却永远存留在很多人的生命里。很多"9·11"事件中失去亲人的家庭因为没有找到亲人的遗体，拒绝为他们举行葬礼。因为看到遗体是一种精神上的终结，人们只有完成了这种精神上的终结，才能给亲人完成物理送行的仪式。

听到"9·11"的亲历者讲述灾难对他们这10年的影响，感觉很多人似乎都受到了长期的精神创伤。这种创伤体现在没有安全感和不再相信。他们不再相信这个世界温暖而安全，不再相信早晨明媚的阳光永远是美好的征兆，他们甚至不再相信爱，任凭冷漠和失望占据内心。

很多朋友告诉我，自"9·11"之后，整个纽约城都好像陷入了创伤综合征中。正如我的另一个采访对象对我口述的那样：

没有任何的冲击力大于你在电视上目睹举世闻名的双子塔大厦在随后的几个小时内坍塌成一片废墟。大家的感情与精神，随着世贸大厦的

"9·11"遇难者的亲属在悼念自己的亲人

倒塌而陷入了一片悲伤与哀痛之中。多少年过去，每次路过世贸中心的归零地，抚今追昔，心中如同大厦旧址上的黑洞一样，被记忆撞痛。对于美国本土来说，世贸大厦的坍塌，如同当年的珍珠港事件一样，成了美国人心中永远的痛。"9·11"改变了美国人的世界观，也从此改变了世界。十年当中，美国老了很多，从经济的躯体到精神的状态。十年间，美国政府投入巨大的军费，旨在摧毁中东的恐怖组织，为此这个国家付出了巨大的代价。

在聆听普通的纽约人对"9·11"事件的不断追忆时，我已经与那个十年前站在报社电梯里的女孩大不一样了。我站在了这个事件的发生地，聆听了这片土地上人们心中的声音。我更容易从这里放眼看出去，以全球化的视角看待问题。好像从"9·11"这个命题出发，我第一次跳出了中国语境，开始有了一种新的思考习惯，我更关心在人类历史大背景下的宗教冲突、国家命运和国际关系以及国家和个体之间的关联。

这是我从原有的旧壳子里走出来的第一步。

口述历史的课堂有很多新奇有趣的上课方式。到博物馆去，就是其中之一。因为很多口述历史的采访完成之后，人们对其展示的方式之一，就是将这些材料放到博物馆中去，让更多的人能够看到和触摸到。很多口述历史证词，都是通过与照片、实物及视频的结合，在博物馆中进行展示。在口述历史学科中，记录是重要的一部分，而展示同样重要。

教授有时候会带我们去一家不大的博物馆去体会历史是如何被记录的，很多时候里面也会有关于"9·11"事件的展览。教授带我们去博物馆的目的，主要是让我们体会策展人对于展品的陈列是如何考量的，或者让我们感受不同的陈列关系给人们带来的视觉冲击有什么不一样。

有一天，我们的老师玛丽就带我们去了位于中央公园西侧的一个小博物馆——纽约历史学会（New York Historical Society）博物馆参观上课，我们当天学习的主题就是体验策展人是如何陈列展品的。这是一家不大的博物馆，很多都是有关美国历史和纽约历史的展览，博物馆里有一个很小的空间，就是关于"9·11"的记忆展示。这个展示分为三个部分：照片、旧时海报和"9·11"残骸。

在照片的遴选方面，纽约历史学会博物馆的副馆长出来给我们做了指导和解说。她说，关于"9·11"的照片非常多，来自民间和官方的照片几乎是海量的。历史学会博物馆遴选出最具有视觉冲击力的照片来进行展示。照片陈列出来最好的效果是，每当人们看到一张照片，都会在脑海里构架出一个故事，或者说可以让人们衍生出绵延不断的思考。

我看着那些照片，确实感受到了空前的视觉冲击。比如有一张照片是摄影师拍摄的"9·11"废墟上巨型的钢筋残骸。在照片里，这根倒塌的钢筋残骸自然地断裂成了一个巨型十字架的形状。可以看出来，摄影师故意在取景框里选择了一个角度，他的视角从低到高，让人们从"十字架"的底部望向苍穹，而十字架自然地呈现在照片中间，就那样矗立着，仿佛在无声中向天空发出了追问。而在十字架的远处，是朦胧的还未散去的废墟烟雾和断开散列的大厦筋骨。人们通过烟雾可以判断，"9·11"的废墟上，所有的残骸还未来得及整理，灾难片一般的混乱正在四处蔓延。可以说，这幅图片有极强的宗教暗示，一千个人也许会有一千个解读。是美国没有很好地奉行基督教的精神才导致了今天的悲剧吗？是美国没有尊重其他宗教而遭到了神的指责吗？在如此热爱基督的一个国家，如此多无辜的平民被伤害，数千人的性命被突然夺走，这是一种偶然还是一种无奈的宿命？人们苦苦追寻却得不到答案。在这样一张照片里，这种内心的反复叩问被搅动了起来，让人无法平静。

让我印象深刻的是策展人随意在墙面上切割出来的一小块"寻人启事小传单"的部分。在"9·11"事件刚刚发生时，纽约城变成了一片悲伤的海洋，无数人发现他们在双子塔工作的亲人或朋友失踪了。于是，自制的"寻人启事"传单开始铺天盖地地出现在纽约城里。绝望的人们手举着传单，像孤魂野鬼一样漫无目的地在纽约街区游荡着，他们一遍一遍地追问路人："你有没有见过这个人？你有没有见过这个人？"脸上的那种悲痛绝望已经决堤。展览收集了这些真实的"寻人启事"传单，来重现那个历史时刻。

"寻人启事"在墙上被排得密密麻麻，没有留下任何缝隙。初看起来，这种安排显得有些过于紧凑，甚至让人感觉无法呼吸，但是站在那面墙的面前，你才能够感受到策展人的用意。你站在那里，读着传单上一行接一行的文字，体味着人们在文字里呼喊自己亲人的名字，焦急地乞求亲人回家，那些文字在诉说着他们有多爱他，他们愿意用生命去换取亲人的归来。在一行一行充满亲情与泪水的文字中，也许只有紧凑的排列才能够让人们对那种巨大的心痛感同身受。

在所有的展品当中，让我印象最深刻的，是"9·11"废墟当中的一个闹钟。这个闹钟外表残破变形，表盘已经被严重损毁，表盘的指针停在了事件发生的时刻：9点04分。为了让人们感受到这个闹钟在废墟中刚刚被发现的样子，策展人将其陈列在博物馆的地板之下。策展人在博物馆的地板上挖出了一个圆形的洞，把闹钟摆放在了那里，然后在与地面齐平的圆洞上面镶上了一块透明的玻璃。这样，人们站在那里，一低头就可以透过玻璃看到这个残毁的、停摆的闹钟躺在地上，让人仿佛置身于"9·11"的废墟之上，觉得时间仿佛停滞在了2001年9月11日9点04分。这种展示，如同把某个历史时刻冻结了。最动人心魄的是策展人对于灯光的使用，在地板之下的圆洞里，侧面有一束灯光射出，这束光让闹钟在漆黑的洞里呈现出了沧桑的样子，闹钟的阴影相应地呈现在了实物左侧。光影的应用很有艺术感。

在纽约的课堂，我体验了很多这种小的、无声的展览，也从中感受到了很多力量。这种于无声处的传达，启发了我未来做展览的一些奇妙灵感。

来纽约的第二年，我第一次通过电视直播，看到了在归零地，也就是"9·11"事件原址举办的"9·11"纪念仪式。这是一个悲伤的纪念活动，但整个氛围给人一种庄重而优雅的感觉。

在秋日的阳光里，逝者的亲人神情肃穆，两个一组念出长长的逝者的名字，在念完自己的一组后说出自己亲人的名字和一两句与自己家庭有关的话："还有我的丈夫，约翰。你永远在我心中！""还有我的儿子约瑟夫，无比想念你！"

2. 记者的灵魂再次横空出世

在那一瞬间，
我仿佛一下子挣脱了一种长期桎梏着我身体的
那个保守、害羞的自我。

2011年10月，我刚刚到纽约两个月，震惊全球的"占领华尔街"运动开始了。刚开始时，只有一则简短的电视新闻在播放着：有抗议者在布鲁克林大桥上进行抗议，有人被警察逮捕了。这并没有引起我太多的兴趣。在经常发生抗议的纽约城，这也并不是什么了不起的大事。

但是随着时间的推移，身边越来越多的人开始议论这件事，媒体上的讨论也越来越多。这些讨论也引发了我内心的疑问，在抗议示威多如牛毛的美国，为什么参加游行还会被捕呢？

就在我心里有点纳闷的时候，《纽约时报》发表了解读整个事件来龙去脉的报道，它也解释了我心中的问题——为什么在纽约游行还会被抓？原来，凡是在布鲁克林大桥的汽车道上抗议的人都被抓起来了，走在人行道上的示威者却没人被抓。这是因为，在一个集会和示威都很频繁的国家，你走在人行道上不会有人管你。但是，如果你走在行车道的主路上，挡了路，就涉嫌妨碍公共交通，也就无法被法律包容了。你只要出了界，警察就会依法行事。看完这个解释，我觉得美国的法律真有意思：每个领域的法规都十分明晰，分割得也异常清楚。警察执行起来，也有理有据，而且毫不含糊。

就当人们以为这种抗议只是一时兴起时，一场轰轰烈烈的"占领华尔街"运动已经在全美范围内被触发了。由"布鲁克林大桥事件"开始，一场创造历史、耗时良久的抗议示威活动在全美国展开了（"占领华尔街"的源头并不在美国，最早是由加拿大的一个宣传反消费主义的组织倡议的）。活动的主旨是抗议华尔街大金融机构的贪婪无度，敦促金融机构为经济危机负责，同时敦促政府加强对金融机构的监管。示威的人们认为，银行家的贪婪，导致了底层人们大量失业。相对于华尔街那富有的1%，其他大多数普通美国人只是被生活宰割的另外的99%。

在纽约，人们开始大量地聚集在位于双子塔附近的祖科蒂公园里。白天他们在那里示威，晚上就搭起帐篷睡在广场，决心把这场抗议变成一场持久战。毫不意外，电视台把直播的镜头对准了这些抗议者。除了报道抗议者的诉求，电视台也挑起了一场讨论——示威者们是不是把安全套也带进了现场？示威者到底有多认真？示威者是不是只是把示威当成了一场青年人的狂欢？示威者是否能够达到他们的目的？

很快，"占领华尔街"浩大的声势，无休无止地占据了所有媒体的版面。这场运动的规模超乎历史上任何一次。我的导师，我们的系主任玛丽·马歇尔·克拉克也让我们密切关注这场正在发生的、史无前例的运动。

这段时间，我在电视上见到了有史以来最多的自制手绘海报，它们颜色纷繁、内容各异，被一双双手举在了空中，这些抗议者来自各个年龄层，但大多是30岁以下的年轻人，他们来自美国左翼以及弱势群体，面临着经济困境和失业问题，有的拥有父母的房产被银行收回的惨痛经历，有的正流离失所。通过这次示威，他们想表达自己对资本主义的强烈不满。

在纽约，我鲜明地感受到了周围年轻人失望的情绪。我最好的朋友克里斯汀来自美国中产阶级家庭，在美国经济危机之后她的家庭经济状况不容乐观。父母无法负担她在哥伦比亚大学上学的学费，因此她申请了学生贷款，同时还在学校找了一份工作。为了减轻家里的负担，她申请了一种叫作Food Stamp（食品券，美国救济的一种手段）的救济来支付自己每月的餐饮支出。就算这样，也只是勉强维持正常生活。我的同班同学，哈佛本科毕业后到哥大读研究生的森奈特，经常会无奈地说，现在就业形势这么糟糕，我该如何还完学生贷款？我的室友杰西，有一段时间每天都在给新闻机构打着电话，希望某个"理想国"能收留他，成全他的新闻梦想，却连一个实习机会都得不到。在纽约，大的环境不好，已经让年轻人受到了直接波及，更不用说人们因为付不起月供而导致房屋被银行收回的故事，天天都在媒体上被不厌其烦地讲述着。

这场遍及全美的抗议活动创造了历史，同时也牵扯了无数个体的命运，它应该是天然的口述历史的题材。显然，我并不是第一个意识到这个问题的人，当老师们要求同学交一份不限题材的口述历史采访作业时，同班同学姗娜·法雷尔（Shanna Farrell）就亲自去"占领华尔街"的现场，采访了一个参与示威的母亲。后来，她还把这位母亲的口述笔录在课堂上进行了分享：

> 我们的儿子有6位数的工资，但是后来得了重病失去收入，无法支付房屋贷款。银行来收房子的那一天可惨了。他们来到了我们的房子

前，对我的儿子说："你没有还清房屋贷款，现在这个房子必须要收回去了，请你收拾东西自己离开。"我的儿子当时正生着病呢，也根本没有地方可以搬。后来，你能想象吗？银行的人把我们重病的儿子扔进车里，又把各种家里的东西扔在旁边的公路上，他们就这样把我儿子的房屋收走了。我儿子就像一条狗一样被扔了出来！

后来，我的同学告诉我，美国经济萧条后，这种场景其实并不是个案。美国政府或者银行根本不给破产的人提供任何临时住所。

我的骨子里是一个天生的新闻控。看着媒体对这场运动铺天盖地的报道，我对"占领华尔街"运动的好奇马上升腾了起来。我决定去亲眼看看这场所谓"创造历史"的示威运动到底长什么样子！

2011年10月8日，我和我的朋友克里斯汀从上西城启程了，我们乘坐地铁一路向南，奔赴Occupy Wall Street（"占领华尔街"）的抗议现场。我们出了地铁，步行去祖科蒂公园途中，路过了当时正在新建的世界贸易中心。那里正是双子塔倒塌的地方，新的大厦有三分之二被围上了蓝色的玻璃，而另外三分之一的钢筋水泥还裸露在空气当中。一辆大吊车正在现场作业，它高耸入云，孤独地站立在那里，俯瞰着祖科蒂公园正在发生的一切。克里斯汀看着这壮观的一幕，有点凄凉地说："其实自从'9·11'之后，美国的经济就已经开始走下坡路了，华尔街的衰败命运就是从那一天开始的。"

五分钟之后，我们到达了祖科蒂公园，这个地方是当时全世界新闻界的焦点。在进入这个被人们挤得水泄不通的公园之前，一阵震耳欲聋的音乐撞进了我的耳畔。有十几个年轻人组成的一支乐队，正在演奏曲子。我钻进人群中，看到一些男孩，光着上身使劲地敲打着几只圆鼓，一些女孩穿着吊带背心，坐在公园的台阶上配合着音乐节拍打着铃鼓，一个衣着夸张的人站在这支乐队中央，使足全身力气吹着长号。在小广场一边的地上，一块标语牌写着："我们用鲜血、汗水和眼泪让你致富。"其中"鲜血"一词被涂成了鲜红色。

乐队的演奏极其热烈欢快，围观的人们也十分亢奋。一些人在后排将摄像机和照相机举过头顶。另一些人将"我们就是那99%"的简陋标语举过头顶，随着音乐节奏疯狂扭动着屁股，跳着舞，好像他们来参加的不是什么抗议，而是一场公园狂欢。这就是"占领华尔街"给我的第一印象。

忽然之间，演奏戛然而止，人们都放下了乐器，跳舞的人们也停止了舞动。在一分钟左右的停顿之后，有人带头喊起了"占领华尔街"的口号，那是极有韵律的节奏——All Day, All Night, Occupy Wall Street（从早，到夜，占领华尔街）。所有在现场的人，都随之扬起了自己的右手，跟着带头人高喊："All Day, All Night, Occupy Wall Street！"这三个短句，每喊完一个，人们就会将右臂在空中振一下。空中的手臂整齐划一，不计其数。

有生以来从没有看见过这样的场面，也从没有在大街上张狂地做过这样的事。我甚至在公众场合都没有高声说过话，更不要说喊口号了。我如同被带到了另一个与众不同的星球上，被现场人们的激情澎湃和混乱无度给震慑到了。

于是我也举起了右手，也尝试性地附和着人群小声喊了两句口号，没有人在意。然后，我的声音大了起来——All Day, All Night, Occupy Wall Street！一种从未有过的在公共场合的"放肆感"畅快地涌遍了全身。在那一瞬间，我仿佛一下子挣脱了一种长期桎梏着我身体的那个保守、害羞的自我，有一种释放的感觉，这是非常奇特的一种感受。

那押韵的口号人们喊了有足足十五分钟。在我看来，这个过程漫长至极。忽然之间，口号戛然而止，空气中一阵静默。在这一瞬间，沉默的力量弥散在空气当中，似乎是对刚才热情的一种回味。紧接着，人们四散到公园的各个角落去了。

环顾四周，祖科蒂公园的现场已经成为一片海报的海洋，海报内容大多是以控诉华尔街的"贪婪"为主。一位戴着牛仔帽、穿着西服的老者，把一张写满英文的海报高高举过头顶，任凭路人眺望。海报上写着两行大字——"克林顿先生，你为什么废除了格拉斯法案（Glass-Steagall Act）[①]？"

我走上前去，指了指老人的海报提出了一个问题："先生，您为什么指责克林顿废除了格拉斯法案呢？"此时，格拉斯的英文发音我还说得不是特别好，因此问题结结巴巴重复了两次。老人笑了笑，试图用最通俗的语言给我解释。原来，他指责克林顿废除了规定美国金融业银行与证券必须分业经营的格拉斯法案。这个法案被废除后，金融机构可以兼顾商业银行和投资银行的业务，混业经营成为大势所趋。从此之后，如花旗银行和摩根大通这样的商业银行开始大规模从事投资银行的业务，这被很多人看作是次贷危机的缘起。

从此之后，美国金融业的扩张速度明显加快了，很多商业银行加入到金融衍生品的盛宴当中，隐患一步一步地扩大了。2008年美国房地产泡沫破裂了，金融业里多重委托代理的关系也从根本上断裂了。可以说，老人认为，废除格拉斯法案就是次贷危机的根源。

在拥挤热闹的人群中，我忘记了自己是一个学生，开始在人群里钻来钻去，我开始和各种各样的人对话，对他们提出五花八门的问题。一个记者的灵魂此时此刻再次在祖科蒂公园横空出世。尽管我已经没有任何发布的渠道，但是在现场新闻的场景中，我似乎又变成了

[①] 格拉斯-斯蒂格尔法案（Glass-Steagall Act），也称作《1933年银行法》。该法案禁止商业银行包销和经营公司证券，只能销售由美联储批准的债券。该法案于1999年被废除。

一个冲锋陷阵的战地记者。我喜欢观察、爱好提问的"毛病",发挥到了极致。

虽然这是一个看上去乱哄哄的抗议,但是仔细观察就可以发现,示威活动的组织非常严密。不但有专门的组织者负责祖科蒂公园里对整个抗议示威运动的讲解,还有一个媒体中心发行了一份名为 *The Occupied*(《占领》)的报纸。一切看上去都有精心的设计。

高科技也被引进到这场抗议运动当中。在媒体中心旁边,摆放着一块数字显示屏,长方形的屏幕上显示着一组硕大的数字:316255。一个正在摆弄电脑的女孩看见我正对这个电子屏幕发愣,主动对我解释说:"这个数字是现在在网上登录支持我们'占领华尔街'活动的人数。现在是31万多,你也马上来登录一个吧。"

我笑了。

看着所有的这一切,我心想,这在美国历史上不多见的一次大的抗议运动,应该是一个绝佳的口述历史题材吧。事实证明,它很快就作为一个集体项目被引进到哥大口述历史课堂当中。

3. 在团队中反思自己的性格

我对自己的看法产生了怀疑，

我想，

既然大家都这么坚持，

那么也许我错了吧。

在哥大上学的第二个学期，玛丽教授的口述历史实践课程上，我们迎来了一次团队合作项目的作业。所谓团队合作项目，就是我们10个学生分成不同的小组，由小组成员挑选自己感兴趣的一个题目，大家合作完成一个口述历史的采访项目。

我和萨拉、森奈特同在哥大口述历史中心工作的卡罗尔（Carol）一起成立了"占领华尔街"的选题小组，准备就这个话题做一个用视频方式呈现的口述项目。在祖科蒂公园目睹的一切让我相信，愤怒和悲伤的人们，一定会给我们提供无数个精彩的人生故事，这是个人历史和公众历史很好的结合点。

我当时没有觉得做视频是一个特别需要勇气的事情，因为我们能从学校借到摄像机，能够使用图书馆的Final Cut Pro视频编辑软件，可以借到学校的教室作为拍摄的场地，可以试着邀请"占领华尔街"运动的抗议者，我以为一切就是如此简单。后来随着项目的推进，我才知道做视频项目需要做的协调和沟通工作有多少，而这对团队的协作能力要求有多高。难怪听到我们要做视频的决定，一些选择做音频的同学耸耸肩，对我们说："嘿！你们可真有勇气！"

这是我第一次参与一个需要进行团队合作的项目。我过去是一名财经记者，所有的工作都是通过单打独斗的方式完成的，操作模式简单，但是效率奇高。我也习惯了在自由意志中奔跑，享受其中无拘无束的状态。这种工作方式让我养成了一个习惯——比较独断专行，不喜欢别人触碰自己的决定，尤其喜欢凡事自己做主。

我能不能把这种"固执"带到团队项目当中呢？此时我没有多想，一头钻进了和团队融合的过程中去。作为组里唯一的一个"老外"，我想我必须格外勤奋才行。

互联网时代，利用线上手段进行协同是最简单易行的方式，我们设立了Google Doc在线分享文档，然后通过群组邮箱进行项目讨论，所有的头脑风暴不受时间地点的约束。大家你一言我一语地讨论着，虽然不是同时在线，但也聊得不亦乐乎。我也很快地投入到工作当中去，一口气约到好几个采访对象。

为了更顺畅地沟通，我们小组决定每周举行一次碰面聚会。

每周的固定会议定在位于布鲁克林的卡罗尔的家里进行。每个周日的早晨8点，我都是先买上一个圆形的桃子蛋糕，或者拎上一盒草莓，再坐N、Q、R线中的任意一辆地铁，赶往布鲁克林的南部地区。卡罗尔是一个高个子、略有一点强壮、梳着马尾、眼神坚定的女孩，年龄在30岁左右。因为她在学校的口述历史中心工作（学校工作人员可以在哥大选课，算是员工福利），我时常和她有一些接触，也见识了她工作时的高效。比如刚上学时，我会怯生生地跑到巴特勒图书馆8层向她咨询事情，我问："卡罗尔，哥大到底有多少保存在后台的口述历史项目呀？"她会说："请稍等，海涛。"然后在电脑上啪啪点击两下，旁边的打印机就会嗞嗞地吐出一张打印纸。所有保存在哥大的口述历史项目都会显示在这张A4纸上，清晰无比。

这时，卡罗尔从桌上的笔筒里娴熟地抽出一根铅笔，在其中几个项目那里唰唰地画几条线，然后对我说："你看，所有的项目都在这了，我画线的这些是和中国有关的几个项目，它们是全中文的。你有兴趣的话可以去看看。我们这里只有你懂中文，所以它们对你应该是一道大餐吧。"卡罗尔的麻利劲儿里带有一股"穿普拉达的女王"的范儿，常常让我佩服得五体投地。

卡罗尔的家是一个可爱的两居室，有一个大约10平方米的客厅。墙上挂满了文艺的挂毯，显得十分温馨。每一次开会，我们的小组成员都会拎着一点食物陆陆续续到来，卡罗尔和我们每一个人拥抱一下，然后把我们带到她的厨房。

我们通常会在卡罗尔的小厨房里度过一段时光，小组成员站在那里聊天，看着她把调制好的松饼专用面浆倒进平底锅里，随着奶油色的面浆逐渐铺开，一股甜甜的香味开始在小小的厨房里蔓延开来，一个个小的薄饼就要出锅了。卡罗尔会用铲子把煎成金黄色的小饼盛在我们的盘子里，再帮我们一个一个浇上蜂蜜。我们一边分享着这种经典的美式早餐，一边热火朝天地谈天说地，整个团队嘻嘻哈哈，欢乐无比。在这种氛围下，同学与同学之间的距离一下子被拉近了。

团队合作往往是一个天然的让你融入美国朋友圈的过程。因为要一起工作，大家自然要进行很多课上课下的交往，课堂的这种设置，让我真正走入了同学的生活当中。我们不知不觉地建立了战友般的感情。

在欢乐的早餐结束后，我们来到了客厅，把话题转移到我们要做的项目上。卡罗尔此时会自然而然地显示出一种领导人风范。在不知不觉

"占领华尔街"团队项目小组在开会

之间，她已经担当起项目负责人的角色。她让我们每个人阐述自己对项目的看法，然后听听大家手头都有什么资源，最后进行一些工作分配。大将之风，显露无遗，这和她平时在工作中表现的风格十分相似。

在小组成员进行沟通之后，卡罗尔认为萨拉和森奈特在新闻学院的纪录片专业选过课，会拍摄，因此她分配这两个组员进行视频拍摄工作。卡罗尔承诺自己负责把哥大口述历史中心的一台松下摄像机借出来，这样我们就可以进行双机拍摄了。其他的项目组员，比如我和森奈特，将负责采访对象的联系和统筹工作，我们会提前把手头的资源列出来，也会给每个组员分配1～2个采访对象。卡罗尔最后说，她会去订一个教室，协调采访对象到来的时间，同时负责背景布的购买事宜。

当技术与采访程序问题飞速解决之际，我心里暗暗赞叹我们小组的工作效率。但是就在此时，我们小组爆发了一场争论，主要的不同意见来自我。我根据自己的媒体经验，认为这次采访不能漫无目的地进行，要有一些提前设计。在我看来，漫无目的的采访缺乏连贯性，结果将是灾难性的，我们将陷在资料的泥潭里无法自拔。我对大家说："既然我们最终呈现的是一个视频作品，那我们就需要提前进行主题设计。我们邀请的人虽然都和'占领华尔街'有关系，但他们的背景非常分散，看起来并不聚焦。比如，他们有人是'占领华尔街'组织的新闻发言人，有人给'占领华尔街'运动创作过主题歌，有人是媒体评论家。虽然是口述历史的采访，但我们可以先设计一些焦点问题，然后在关键时候，把这些焦点问题提出来，这样有利于我们的后期编辑。"

我热情地发表了一通演说，本希望等来的是赞许和回应，然而，客厅里却是一阵该死的沉默。

卡罗尔接下来说："海涛，我不同意你的说法。我觉得呢，口述采访原则就是不提前设计主题的，我们应该按照口述历史的方法来执行采访，每一个人从出生开始提问，一直采访到他的今天。我们不需要干涉他们的口述内容,等到视频需要编辑的时候,我们再从每一个人的采访材料中,来进行归纳总结,看看有什么是参加'占领华尔街'人的共性。我认为,作品的设计是在记录历史之后进行的。"

我说:"卡罗尔,你说的做法也许是对的,但是不太现实。那么多的采访,即使每一个人我们采访2个小时,到时候我们也会有至少12小时的资料啊。那是一片视频的汪洋,到时候我们看都看不过来,更不可能有效地提炼一个贯穿视频的主题了。我们现在要现实地完成一个视频作业,也要现实地预计自己可能遇到的问题。我们最终的目标是要展现一个作品,就算按照口述的传统方法从出生开始顺序提问,也不妨碍我们先想一个我们想做的主题,然后在采访中穿插一两个这样的问题。这样可以使以后的视频更有结构。"

我的说法再次遭到了大家的反对,森奈特开口了,她说:"我们都还没有采访呢,怎么会知道口述者口中会有怎样的主题呢?我们应该从口述者本身提供的材料出发,最后来总结出有意思的内容,而不是主题先行。"

我显得有些沮丧,说:"我就是担心到时候,我们完不成!"

可以说,团队项目合作,是考验一个人领导力、协调力、管理能力以及情绪控制等能力的试验场。团队合作也像是一面镜子,可以看出你的长项是什么,最终的弱点在哪儿。我平时是一个十分坚持自己想法的人,但是在这个团队里,我的语言、文化都不占优势,我的自信心也不够强。在一个纯英语的环境中,我作为唯一的老外,感觉自己的气场还是弱了下来。在这场对话里,我开始变得不自信,开始妥协。当我感觉队友都如此坚持她们的看法时,我对自己的看法产生了怀疑。我想,既然大家都这么坚持,那么也许我错了吧。在我的总体自信值处于下风时,我放弃了自己的想法。

我说:"那好吧,既然大家都这么认为的,就按照大家的意思办吧。也许我以前记者当久了，习惯在每一个选题开始之前进行过多的思考，想要以自己想要切入的话题为核心进行引导。也许口述历史的采访方法确实不一样，我同意大家的意见！"

在这个核心问题达到统一之后，我们的拍摄很快就开始了。

拍摄的那天下着小雨，卡罗尔还是现场总指挥。她像一个女将军一样，在教室里走来走去，给我们每一个人分配着工作。我和小伙伴们费劲地把桌子移到教室的另一头，然后把摄像机架设好。我和萨拉用透明胶带把一块巨大的黑色绒布严密地贴在了采访对象的椅子后方充当背景。为了万无一失，我们除了架设好摄像机，还用价值500元一套的录音设备给整个项目录音，以做音频备份。在教室之外的小桌上，我们放满了甜甜圈和咖啡，以便采访对象太累的时候，走出来可以有吃的和喝的。

我们的采访对象按照约定时间来到了我们安排的哥大国际关系学院的一间教室。我们的两台摄影机，整天都在不停地运转。而我预料到的问题，从团队合作的第一天就已经开始出现了。

在实际操作的过程中，我们很快就发现，我们做的是一个学生作业，而不是一个如同我们的导师所做的口述历史工程。如果从一个人的出生开始提问，那么一个人的采访时间需要4到5个小时。而我们给每一个人预留的采访时间，只有2个小时。

发现了这个问题之后，整个团队马上意识到我们之前的设计过于理想主义了，我们不可能按照原来设想的那样按照每个人的成长顺序采访，为了赶进度，我们只能跳跃着提问。我们这边还正在采访，另一拨采访对象就已经在路上，陆陆续续地赶来。为了按照计划完成每一场口述，我们推动着一切快速进行，一切都来不及像事先设计的那般精细。我们拼命地录像，希望采访者尽快讲到参加"占领华尔街"的阶段，好让他围绕着"占领华尔街"运动多透露一些信息。就这样疯狂度过了一整天，我们采访了6个人，一共花了12个小时。采访结束时，我们都感觉到时间过得飞快。

终于，当我们攒齐了这12个小时的采访录像以后，彼此开始面面相觑。在一顿疯狂忙碌之后，我们安静了下来，没有一个人知道，该如何在这12个小时喋喋不休的采访当中提炼出一个连贯的主题，并且把每一个人的采访都优雅地穿插在一份20分钟的视频里。我在周日的碰头会上提出的问题此时清晰地凸显了出来。但是到现在，为时已晚，木已成舟，没有人愿意面对这个残酷的现实。

我们开始了力挽狂澜的工作，在哥大主校区的巴特勒图书馆里，我们的小组成员又聚在了一起。我们讨论接下来如何工作，显得十分茫然。我们默认的领导人卡罗尔此刻再次发挥出了领导力。她又发话了，说："要不然这样吧，大家每一个人现在观看一遍自己采访的内容，然后把所有的最精彩最有意义的部分提炼出来，放在一个公共文档上，最后我们看看这些精炼的部分都有哪些共性，最后，我们再确定一个主题进行编辑。"大家只能点点头，同意了这个做法。

于是，接下来的一个星期，我和团队的小组成员，都开始了不眠不休观看自己的采访视频的过程，凡是觉得有意思的内容，我们都会剪辑出来贴到Google Doc在线分享文档上面去。于是，我们的公共文档每天都有勤奋的同伴在更新。很快，文档上的内容就非常多了。然而，这并没有解决"统一主线"的问题，大家分别提炼出来的内容，依然支离破碎。

项目进行的狼狈程度几乎难以想象，我们尝试编辑两个主题之后，都被迫中途停止了，因为实在难以进行内容的连接。还有24小时就到交作业的截止时间了，对于视频主题我们竟然还是一头雾水。对于曾经在媒体一线工作的我来说，眼前发生的一切简直就是灾难，后果不堪设想。更糟糕的是，我们的总指挥卡罗尔似乎也在这个时候放弃了对项目

图书馆，我们的战场

的主导权。当我们都不知道怎么办时,她也陷入了沉默,根本拿不出一个方案。在这个十万火急的时刻,我们等于失去了领军人物。

最后,还是我的好朋友萨拉灵机一动,说:"我昨天想了一晚上,我们采访的这几个人呢,无论是'占领华尔街'的新闻发言人,是音乐制作人,还是媒体评论人,其实都和媒体介质有一些关系,我们要不然就做这个切入点如何——探讨'占领华尔街'运动与新媒体介质之间的关系,探讨新媒体怎么影响了一场传统的抗议?"

"哎呀,太好了!"听到这个灵感我马上激动地扬起了拳头,认为这个角度不但新颖而且现实。我知道我们的采访库里有多少这方面的干货,我们的小组成员听了也连连叫好。可以说,萨拉的灵光一现,挽救了我们这个项目。

我们开始连夜在图书馆制作视频,场面一片狼藉。因为只有24小时就要交稿了,我们马不停蹄地赶制着作业,但还没有做完就被轰出了巴特勒图书馆,因为视频教室要在5点钟关门。带着所有的东西,电脑、硬盘、书包和水杯,我们又赶到了位于百老汇大街北部的巴纳德女子学院的视频编辑室,一刻不停地编辑着这个作业。每一个人都熬红了眼。

就在我们拼命地找着视频资料,疯狂地进行拼接时,萨拉走过来坐在了我的身边,叹了一口气,说:"海涛,现在我们才觉得你是对的。我们已经讨论过了,应该按照你当初提醒的那样,把主题想好再进行采访。如果那样的话,我们会打一场有准备的仗,也不会沦落到今天这样的地步。"

我看着萨拉蓬乱的头发,苦笑了一下,说:"嗨!现在就别说这个了,我们还是赶紧加班吧!"

最终,在第二天上午9点,我们提交了整个项目,并且得到了指导老师的认可。如同灾难片《完美风暴》的一段时光,终于得以平安度过。

在整个项目结束之后，我陷入了深深的反思。在我心头萦绕不去的一个问题是："我曾经是那么喜欢做主的一个人，为什么当初不坚持自己的想法？如果做一个口述历史的大项目，确实不应该提前设计主题，但是对于一个这样的视频作业来说，不提前设计的结果是灾难性的。我明明已经看到了项目的前景，为什么不坚持自己的意见，说服大家，反而最后选择了跟随众人？"

团队项目就像一面雪亮的镜子，照亮了我的弱点，也让我反思我的性格。我平时就是一个不喜欢说"不"甚至羞于说"不"的人。我有想法，也喜欢独自做一件事情，但是我做不到棱角突出据理力争。在外界出现阻力的时候，我也喜欢收起自己的棱角，尽量不伤和气。

这是我得到的特别深刻的教训，这个故事常常在我后来需要做决策的时候跳出来。它告诉我怎么进行流程管理，怎么说服他人，怎么锻炼自己的领导力，怎么提升管理能力，这些都是自我训练的课题。有时候，人们就是在一件事情中看到了自己的弱点，才有了提升自我的意识，然后通过训练造就出全面有效的领导力。

4.突破了那个内心充满恐惧的自我

我到了30岁，
才感受到这种自我驱动的磅礴力量。
这种力量，
一旦长成，
生生不息。

可以说，美国文科课堂对于我来说，是一场接一场的奇异旅行。每一天对我来说都如同爱丽丝漫游仙境。我的身上如同装上了wifi接收器，对一切信号的感知异常敏锐。一种全新的世界观正在渐渐形成。对于没有长期国外生活经验的我来说，在这样的氛围里浸泡着，既是一种挑战，也是一种享受。挑战的方面是跨越文化障碍的旅程不可能一帆风顺，而享受的方面是那种与世界相连相通的感觉开始占据了身心。

在美国文科的课堂上，一方面我觉得拥抱了世界，另一方面我又觉得，面对这个世界，我是赤裸的，如同一个新生的婴儿。关于口述历史的各种项目被大量地带到了课堂上，我感觉眼花缭乱又眼界大开，仿佛一个个百宝箱，在我的面前慢慢打开。

有的口述历史项目令我惊奇,因为项目执行者对于时间有超于常人的耐心。他可以跨越20年去采访同一个对象,然后将两段相隔20年的采访录音编辑在一起。白驹过隙,当所有的一切穿越了时光隧道,同样的采访对象再次讲述起他经历的这20年,会给人带来恍然若梦的感受。

在课堂上,讲师玛丽给我们播放了一个被判处终身监禁的犯人相隔20年的两段采访录音。20年前,犯人用痛苦的声音说:"我知道自己永远不会离开监狱了,但是我依然相信这个世界。我相信未来是美好的,我相信有一天人道主义有可能让我走出监狱,我心里依然存放着希望。"

20年后,这个犯人终于出狱了,他的声音此时已经变得颤抖而衰老。在20年后的采访音频里,他对采访者说:"你呀,确实和以前长得不一样了。"然后发出了一阵苍老的笑声。最后,老犯人用沧桑的声音唱起了20年前采访时唱过的一支歌曲。同样的人,同样的曲子,与上一段的音频交相映照,时光力量让人无比震撼。

这个项目的执行者把一切的人,采访者、被采访者、所有的听众,都打磨成了时光旅行者。这样的口述项目制造出来,有电影《少年时代》或者《爱在午夜降临前》的惊人效果。

当我们正沉湎在时光的力量中时,玛丽向大家抛出了一个问题——你们为什么要做口述历史?此刻同学们都沉默了。她接着说,There is a little God in everybody that you are listening to!(每个你正倾听的人身体里都有一个小的神灵!)

有的时候,老师会通过实际案例讲述口述历史的不同操作方法。她说:"即使你和别人做一模一样的选题,你也可以通过形式的创新来达到不同的效果,挖掘到不一样的历史。最重要的是,你要想尽办法发动更多的群众来参与互动。"

正如她所说，一位女士也做了"9·11"的口述历史项目，但是她使用的方法却和我们教授使用的传统方式不同。她在大街上设立了采访亭子，让人们自愿来参加"无听众讲述"。人们只要有关于"9·11"的故事，就可以走进亭子里诉说自己的经历。亭子里面没有其他人，只有一张小小的椅子和一架摄像机默默地收听你的故事。那部摄像机被设在被采访对象的正前方，人们在进行口述的时候，摄像机就会转动起来。口述者天马行空地讲述着，经常进入一种沉思的状态，有时还会默默流泪。据说，这种无人采访的方式，给口述者留下了更自由和更自然的讲述环境。

在课堂上，嘉宾给我们播放了在亭子里的"无听众口述"的一个视频片段。在这个小小的采访亭里，讲述者的位置是固定的，摄像机也不移动，所有的讲述者都直面镜头，仿佛是和你面对面讲话，剪切出来的视频是统一的模式，这让整个项目有一种行为艺术的感觉。老师希望我们明白，形式上的创新，往往让作品呈现出来的感觉不一样。

在美国，最著名的口述历史网站StoryCorps，是发明采访方式最多的网站。他们也曾经用类似的方式建立口述历史的小隔间。人们可以走进这个小隔间，对着话筒自由地讲述自己的人生故事，通过这种参与，成为历史的见证者。

课堂上各种各样的项目，让我看到美国做口述历史项目多彩纷繁的方式。我最大的感受就是，做任何一件事情，都可以放飞自己的想象，把枯燥传统的方式转变成一场听觉盛宴。我感觉我的想象力在静默中一天天地被无形放飞。

美国教育让我感触最深的一点也随着课程的推进显现了出来。尽管很多美国大学有曲线评分法（事先设计好百分之多少的人得A、B、C、F，分别代表优秀、良好、及格、不及格，例如10%的人得A、30%得B、55%得C、5%得F），这意味着在很多美国院校中，同学间也存在一定的竞争关系。但是，在我们这样的文科课堂里，分数的高低最终取决于毕业论文项目的优劣。因为每一个人所做的项目都是不一样的，所以评分标准缺乏可比性。同学之间不但没有竞争关系，反而在课上课下充分互助。我们的课程设置里有一个课程叫作论文指导。这个课程的设置，是项目设计者听取教授和同学意见的最好平台。

在每两周一次的"论文指导"课上，同学们会把自己做的毕业项目拿出来和大家讨论，讲述自己在项目过程中的收获和困惑，告诉大家还需要哪些资源。教授和同学们观看部分项目的内容后，会告诉项目设计者有哪些问题需要纠偏。如此一来，每一节论文指导课，都成为我们头脑风暴的天堂。

这让我感觉特别美好。我没有感受到任何排名的压力，更没有来自同学的敌意。有生以来，我由内而外地疯狂渴求知识，渴望自己力量的提升，渴望为别人的进步奉献一己之力。我意识到，竞争驱使的教育，让一切索然无味，甚至扭曲了人的性格。而由内心驱动的教育，最终成为丰富自己的内因。我到了30岁，才感受到这种自我驱动的磅礴力量。那种力量，一旦长成，生生不息。

同学们对自己项目的设计都不太一样。教授基本上不会干涉我们的想法，即便有些项目对我来说，几乎已经超乎了想象的边界。教授的宗旨只有一个：只要不涉及重大以及明显的基本常识错误，或者干涉影响他人的精神问题，基本上会放手让我们去做自己想做的选题。

有一天课上，我的同班同学凯奥说了一个词我完全没有懂。下课后，我拿过她的项目计划书一看，才知道那个词是paraphilia（性反常者）。我跑过去问："亲爱的凯奥，你到底要做的是一个什么项目呀？我上课的时候完全没有搞懂。"

她说："哦，我就是要采访那些喜欢小朋友的成年人，你可以查查这个词的翻译。"说完，她神秘地笑了笑。我拿起手机一查，这个词是

"恋童癖"。原来，她的选题竟然是恋童癖的口述史（因为这个选题操作比较困难，凯奥最终选择了放弃）。

有一次同学聚会，我问山姆，你的毕业论文要做个什么项目？山姆说："我要采访失去记忆的人，或者有记忆障碍的人。因为我爸爸就是一个这样的人，他能记得很多年前的事情，但是五六年前的事情，就记不住了。我想，为这样的人保留记忆是多么有价值的一件事情啊。"我内心一惊，我完全没有想到，一个有关记忆的作业，竟然可以去采访正在失去记忆的人们。这种逆向思维完全打破了我已有的思维边界，我为同学的奇思妙想叫绝，同时也感觉到应允这个项目的教授的宽容与伟大（由于山姆比我低一级，我并不知道这个项目最后是否成功完成了）。我完全按捺不住自己内心的激动，对他说："简直太绝了。"对方憨厚地笑了笑。

在这种氛围里，我从一开始的一言不发，发展到有条理地发表自己的看法，到最后可以给同学提出一些建议了。在这个过程中，我感到了自己从里到外的飞跃，也发现在这种教育中，自己不知不觉地释放了内心的紧张。

我的好朋友克里斯汀做的口述项目是关于天主教教堂修女的。她的本意是通过修女们对自己人生的回忆，来探讨一个问题——为什么一个女性会做出成为修女的决定？是什么因素影响并最终使她做出这个决定？克里斯汀列出了30多个采访问题给同学传看，让我们对问题的质量做出评估。教授也拿到了一份，浏览着那几页A4纸，杰瑞在课上看着我，说："海涛，要不然你来说说看？"

如果这个场景发生在我上学的第一年，我可能会忙不迭地红着脸慌张地摇头，一来是因为对语言表达极度缺乏自信，第二是因为对美国文化缺乏基本的了解，经常感到无话可说。但是现在，一切都不一样了。我感觉人生就是一场绚丽突围，通过一年时间的浸润，我已经突破了那

哥大图书馆

个内心充满恐惧的自我,对一切艰难的问题开始感到习以为常。

我点了点头,对杰瑞说:"好的,杰瑞。我显然不是这个领域的专家,但是作为一个外国人,我也经常听说教堂主教等神职人员猥亵儿童的问题,我觉得如果在采访中涉及这样的陈述,采访者是否可以适当停下,对这个问题进行深度展开。因为这显然触及了教堂的重要历史。另外,关于教堂腐败的问题我也经常在媒体中看到,采访高龄修女,她们也许会对这个问题有自己的看法。我更希望能从普通修女的嘴里听到她们在这些问题上的观点。我觉得,这是用个人历史检验官方历史的最好方法。"

杰瑞听到我的回答,赞许地点了点头。我也露出了自信的微笑。我感觉到在多元化的口述项目中,我从每一个话题当中,都能收获来自不同文化的影响,对世界的认知也向前迈进了一步。

在课堂上,我每一天都接触到多元话题。作为班级里唯一的中国人,我逐渐认识到,我本身也应该是这多元性的重要一部分,在一个课堂里,我应该是同学们看东方世界的窗口,我的发言,能让更多的美国人了解中国。因此,我也常常在课堂上主动陈述、展示自己的项目——美国华人口述项目,这里面有大量美国华人口中的历史。

在这个项目中,我接触了大量经历过从中国到美国生活的第一代美国移民。他们年龄在40到50岁之间,在中国出生长大,多在20世纪90年代移民到美国,他们的身体在东西方文化里浸透得都比较深。从他们的口述中,我可以看到改革开放后第一代大陆移民是怎么在中美两种文化里挣扎的,他们又怎么在全新的文化里扎根、生活、培养下一代。可以说,在历时一年的项目采访中,我听到了无数个比电视剧《北京人在纽约》还要惊心动魄的故事,两种文化的激烈冲撞贯穿了第一代移民在美国的生活。

有时候我会在课堂上夸夸其谈自己的项目,对同学们发表一个激动的演说:"尽管在纽约这片生机勃勃的土地上,美国华人陆陆续续获得了稳定的生活。但是对于40多岁的他们,他们对年轻时记忆的追述往往特别惊心动魄。年轻对他们来说是热血沸腾、思想解放的20世纪80年代。他们谈中国作家王朔,谈中国诗人北岛,谈自己如何连续10天听着中国摇滚歌手崔健的磁带从俄勒冈开车到波士顿。他们谈流亡作家,谈文化殖民,也谈美学。我喜欢有这个年代印记的人,他们的内心是有诗歌的一代,他们心中山花烂漫的浪漫主义从未消亡。"

做口述历史,经常会碰触到人们的伤痛记忆,在这一点上,我承认做口述历史的采访需要强大的神经!每一幕人生故事,我都被那些走投无路、剑走偏锋、伤心欲绝、以死相拼的瞬间所击中。击中我的不仅有这些真实的惨烈,还有那些之前若隐若现、之后却清晰无误的命运衔接。经常在最后一分钟,你才知道,很多命运早已在你不自知的某个时刻注定。

在课堂上,教授告诉我们,所有的这些,正是口述历史的意义所在。在进行采访之前,记忆并不是现成的。记忆是你帮助采访对象挖掘出来的。一旦你完成了这个过程,一份拥有丰富历史背景的记忆将呈现出来。而采访对象也将对自己的人生有新的看法。

在多次的口述历史采访后,我感性地写下了这样的文字:

最近生活得有点用力,但纽约这个城市确实医治了我内心深处的很多东西。比如偶尔的绝望、无力感和妄自菲薄。另外,像是上天给予我的另一种慷慨馈赠。我在这里确实感知到了多元文化和头脑风暴给予我的、不计其数的感动!

第六章

与世界深度交往

不经意间,我发现,有信号了,我与世界互通互联。

1. 对世界的认知逐渐清晰

拥有不同政治观点的同学，

在公开的空间激烈地表达自己的看法，

所有的讨论，都在阳光之下。

口述历史的课堂，可以说让我如同登陆了一个奇异的星球，然而课堂以外的丰富资源，也是取之不尽、用之不竭，每天都有无数的精彩活剧在争先恐后地上演着。各种社团的小海报，掐算着对人们最有吸引力的时间，被精准地张贴在校园的各个角落里。每一张小海报背后，都是一片广阔天地，每段时间关注一个新的角度，对世界很多问题的困惑，也会渐渐拨云见日。比如我对巴以问题的认识，就是在哥大校园里逐渐清晰的。

哥大校园和许多美国大学相比，真是小得可怜。唯一的一块相对较大的地方，就是巴特勒图书馆与学校行政楼两座宏伟大楼相互对望之间的空间，这片空间被一条主街所分隔，让主校区分成了两大区域。靠近巴特勒图书馆的一侧是大片的绿色草坪；靠近行政大楼的那一侧，有着一大片台阶。每当阳光灿烂，学校的这两片空地，都会随地坐满晒太阳的三三两两的学生。一些人在草坪上玩飞盘,一些人趴在草地上看书,一些人坐在台阶上聊天,一些人在长椅上捧着用透明塑料盒盛着的蔬菜沙拉,慵懒地吃着。一时间,学校的人气旺盛,具有很强的画面感。

当然,还是学校举办各种活动的时候,人气最旺。

校园里每年举办一次有关巴以问题的公开讨论。可以说,这让我大开眼界。支持以色列和支持巴勒斯坦的同学们,各自占据了两大空地中的一块,双方隔空对阵,各自用海报和传单来传递自己的政治观点,各种图表文字比比皆是。

我走到靠近支持以色列一方的草坪区域,马上就有同学走过来对我阐述她的政治观点。一个金发女孩对我笑着,一点也不怯场,她说:"同学你好,我可以花几分钟和你阐述一下我的观点,并且解释一下我们在背板上列出的数据吗?"我点点头:"当然了,我正想知道这一切是怎么回事儿。"

女孩马上走到一块贴满了柱状图的海报旁边,熟练地说:"众所周知,以色列因为长期受到巴勒斯坦的恐怖袭击,出于安全考虑不得不建立了一道墙,巴勒斯坦一方称这道墙是隔离墙[①]。其实,以色列人民的安全受到了威胁才是这道安全墙建立的主要原因。从这里的数字你可以看出,从2000年到2011年这11年间,以色列人死于恐怖袭击的数量。2002年是最糟糕的一年,死了452人。但是从2002年隔离墙建立开始,这个数字逐渐下降了。从2002年到2011年,死亡人数大幅下降。你从这张图也可以看到,巴勒斯坦的GDP(国内生产总值)2008年以来的增长。巴勒斯坦人在以色列受到人权保障。很多外界的传说,比如以色列排挤巴勒斯坦人是不真实的。"

---

① 自2002年6月起,以色列开始沿1967年战争前巴以边界线修建高8米、长约700千米的安全隔离墙,目前尚未全部完工。其目的是将约旦河西岸巴勒斯坦地区与以色列彻底隔离开来,阻止巴激进组织成员渗透到以境内。

哥大行政楼与巴特勒图书馆前的广场

正当我饶有兴趣地听着女孩的演讲时，学校主街道对面的巴勒斯坦一方，树立了一面硕大的海报墙。墙上的几个大写单词写着：以色列、隔离、墙，黑色的字母在蓝天的映衬之下清晰可见。支持巴勒斯坦阵营的一方已经开始和支持以色列阵营一方隔空对峙，摇旗呐喊了。远远地从海报墙上就可以感受到，支持巴勒斯坦的朋友也准备充足，毫不示弱。

我走到了学校主街道的另一头，和另一派观点的同学进行了交流。他们同样对我侃侃而谈。他们把以色列的行为定义为殖民主义（colonialism）、种族主义（racism）和完全的镇压行为（oppression）。他们对隔离墙的描述是——以色列用一道墙制造了一个镇压性质的军事体制，实行毫无疑问的种族隔离。

美国官方在巴以问题上一直支持"两国解决方案"[①]。但是美国社会从政治外交大的图景来说，自然而然地弥漫着一种亲以色列的氛围，我甚至听说，在号称学术自由的美国大学里，公然批评以色列是一件自毁前程的事情。

在官方亲以态度十分明确的氛围之下，哥大校园允许人们对"巴以问题"自由表态，拥有不同政治观点的同学，在公开的空间激烈地表达自己的看法，所有的讨论，都在阳光之下。

除了在大型的活动中关注巴以问题，巴勒斯坦和以色列问题其实是美国社会和美国校园长期关注的地缘政治问题。这个问题的复杂性，不要说一两个篇章不能说清楚，可能一两本介绍性图书甚至学术专著都很难全面阐述。在学校里，两派在校园中发出海报，在他们举办的活动中，经常会出现一些我在中国校园里从未看到过的、激烈的争执场面。

支持巴勒斯坦一派的同学，在校园贴满海报，来描述以色列如何对

---

① 两国解决方案，即美国奥巴马政府所主张的巴勒斯坦国与犹太国家以色列实现持久和平共处的方案，奥巴马政府认为建立独立的巴勒斯坦国、以巴两国共存是解决中东问题的最佳方案，而且是唯一的途径。

正在支持以色列的一方在巴特勒图书馆陈列数据时，
支持巴勒斯坦的一方已经在校园主街竖立起了海报

巴勒斯坦人进行镇压。比如，一幅海报的标题就是——"15分钟能做什么？"在一幅黑白的照片中，一个悲苦男人的形象出现在右边，而海报左边呈现的是大量被拆毁的房屋。

在这张海报上，一些文字解释了这个标题和相应的配图。它说：

15分钟能做什么？这是每个巴勒斯坦的家庭在他们的房子被以色列军队强拆之前，平均拥有的收拾东西的时间。

在这行较大的字体下，还有几行比较小的字体进一步解释了这一幅图：

在西岸地区，巴勒斯坦人是不能从以色列官方得到建房许可的，因此数以千计的巴勒斯坦家庭被迫在没有住房许可的情况下建造自己的住房。或者他们干脆就居无定所。

以色列已经拆除了成千上万所巴勒斯坦人在西岸的住房，让数以千计的孩子流落街头。强拆是以色列官方一种独裁式惩罚手段，也是驱逐巴勒斯坦人离开这片土地的措施。推土机毁坏了巴勒斯坦人的家园，强化了以色列的占领。请帮助我们呼吁停止这一切。

初次看到这张海报，人们肯定会为以色列的镇压和血腥行为感到愤怒或者头皮发麻，但是校园活动参加多了，你就知道这只代表巴勒斯坦支持者的立场。在更多的以巴问题为主题的论坛上，两派会掀起针锋相对的争论，最后现场的气氛会变得不愉快甚至充满了真实的仇恨。我有机会目睹了现场人们表现出来的仇恨态度，感受到了在国际语境下，巴以问题难以厘清的痛楚和复杂。

有一次，我在巴纳德女子学院参加了一个有关以色列的论坛，主办方在讲座上播放了以色列军人用推土机推倒巴勒斯坦人房子的视频，视

233

频把巴勒斯坦人描述成毋庸置疑的弱者,以色列军人则是野蛮和没有人性的代名词。没有想到,这个视频一下子就引发了现场浓浓的火药味。支持以色列一方的人们开始纷纷发言,论坛现场几乎吵了起来。一些同学站起来在教室的后排愤怒地大声疾呼:"要知道以色列推倒那些人的房子,是因为巴勒斯坦人用炸弹袭击以色列。"

更有人迫不及待地说:"犹太人回家没错。最初建国的那些土地是买来的,是阿拉伯人卖给犹太人的,再加上犹太人祖居的土地。以色列建国后他们反悔并打了第一枪。打不过才想起要国际社会支持。有很多纪录片说得更细致,你们可以找出来看看。"

现场你一言,我一语,很快就让气氛充满火药味。在双方激烈的争吵当中,我更加直观地感受到了美国人对于巴以问题的不同看法,也明白了巴以问题绝对不是一个"两国解决方案"就能轻轻松松解决的问题,它牵扯了太多的伤痛。中东问题不是非黑即白的,有历史、宗教、政治等各种因素,抛开一个单独方面看其他,都是以偏概全的。

在哥大期间,我印象中只有一个气氛比较平静的有关巴以问题的演讲。那一次,来演讲的人是以色列驻纽约的时任总领事艾杜·阿哈罗尼(Ido Aharoni)。在讲台上,总领事用外交官的语言,铿锵有力地阐明了自己的观点:

第一,2008年,乔治·布什总统提出以色列提供资源,巴勒斯坦停止自杀式炸弹袭击的方案,让双方讲和。这个过程是成功的,但是结果以失败告终。第二,加沙地区是以色列拱手相送给巴勒斯坦的土地,结果巴勒斯坦让恐怖笼罩了这片土地。第三,中东最严重的问题其实是伊朗,全世界应联合应对这个真正的"问题国家"。

这个活动,竟然是两年间我参加过的唯一一个进门之前需要安检的活动。

2.铲除根植在身体里的偏见

我逐渐接受了自己的无知，
也真正进入了乔布斯所描述的那种求知若愚的状态。
我沉浸在这种生如夏花的气氛里，
重新生长。

校园里每天播放着各种电影，其内容通常跨越种族和文化，触碰的多是我之前闻所未闻的世界话题。在哥大校园里，每天探触未知之路成为一种生活方式，我逐渐接受了自己的无知，也真正进入了乔布斯所描述的那种求知若愚的状态。我沉浸在这种生如夏花的气氛里，重新生长。

有一天，我完成了6个小时的课程，已经变得非常萎靡困倦。为了振作精神并且换换脑子，我选择在校园里观看一部有关穆罕默德·尤努斯的纪录片，名字叫作 *Bonsai People：The Vision of Muhammad Yunus*（《鹏赛人：穆罕默德·尤努斯的视界》）。我当时的选择特别随机，学校放什么我就看什么，以放松为主。大家就着社团提供的薯片和可乐，让这部有关小额贷款和银行家尤努斯的纪录片慢慢地在黑暗的教室中启程了。

来美国之前,我读过吴士宏女士翻译的《穷人的银行家》,当时已经对尤努斯教授充满了敬意。那是一次脑洞大开的阅读,我清楚地记得,当格莱珉银行推进到信奉伊斯兰教的地区时,尤努斯和他的团队是如何克服文化和宗教上的冲突与反抗的。

当有人认为,让妇女去工作就是违反伊斯兰教的精神时,尤努斯在书里说:"我们相信,伊斯兰教根本就不是小额贷款规划消除贫困的障碍。伊斯兰教并不是完全地禁止妇女通过自己谋生而改善其经济状况。1994年,伊朗总统的妇女事务顾问到达卡来访问我,我问她对格莱珉是什么看法,她说:'在伊斯兰教法或《古兰经》中,没有任何内容是反对你们事业的。妇女为什么应该饥饿贫穷呢?相反,你们正在做的事太棒了。在你们的帮助下,整整一代儿童受到教育。多亏了格莱珉的贷款,妇女才可以在家,而不是到外面去工作。'"

那本书中也提到了伊斯兰教法里有关收取利息的教义。但是尤努斯认为:"伊斯兰教法关于禁止收取利息的内容,不能应用于格莱珉,因为格莱珉的贷款者同时也是银行的所有者。宗教禁止收取利息的目的是使穷人免受高利贷的剥削,但是,在穷人拥有属于自己的银行的情况下,利息完全是付给了他们共同拥有的公司,因而也就是付给了他们本人。"

可以说,《穷人的银行家》这本书,让我对在世界贫困地区开展小额贷款业务的难度,有了深刻的认识。人们不仅需要和政府的原有规定和偏见做斗争,还需要和强大的宗教教义和人们的传统观念做各种调和。

观看哥大校园播放的这部有关尤努斯的纪录片,我回想起《穷人的银行家》一书中的很多内容。两个作品虽然形式不同,但有异曲同工之处,镜头里的孟加拉国似乎是对我头脑之中的那些书中内容的印证。当然，影像表达得更为直观。比如我看到孟加拉人都是用手吃饭的。再比如，我看到孟加拉国妇女努力地劳作，以愚公移山的精神来改变整个家庭的状况。

和《穷人的银行家》描述一致，纪录片《鹏赛人：穆罕默德·尤努斯的视界》里同样显示，妇女的力量在尤努斯推行的小额贷款中起了决定性的作用。因为那些最绝望的、没有食物的、被丈夫遗弃的人，通常是妇女。她们靠乞讨来养活孩子们，如果不从格莱珉银行借贷，她们就得眼睁睁地看着孩子们死去，她们别无选择。

在这部影片里，尤努斯宣称他和小额贷款规划不会停止努力，因为他正在努力呈现给社会一个视角，那就是，有时候世界上最复杂的问题往往有着最简单的答案——格莱珉银行不是一个施舍的故事，而是一个授人以渔的故事。

可以说，这部纪录片强化了尤努斯在我心中那个充满忧患意识、关怀底层穷苦人民、达济天下的光辉形象。影片的末尾渲染了一种英雄主义情绪，让人们为世界文明的进步唏嘘不已。它传达了一种信息——底层世界的人们没有被忘记，希望无处不在。

如果是在其他任何一个场合播放完了这部影片，观众会带着一种积极正面的心态走出播放场所，并且认为尤努斯不愧为诺贝尔和平奖的获得者。但是这是在哥大校园，一部影片播放完了并不意味着结束，大家的讨论才更精彩。可以说，这个环节才是参加校园活动的真正意义所在。

这个场合，我几乎一个人也不认识，更不知道和我一起看电影的学生是本科生还是研究生，他们来自哪个国家。就是这样一个随意聚合的场合，大家开始你一言我一语地发言了。他们抛出的观点，都相当犀利。

一个金发碧眼的年轻男孩说："既然大家都想在最后发言，那我先抛砖引玉。我觉得这部纪录片最大的问题是,整个影片如同尤努斯教授的形象宣传片——它根本不客观。事实上,很多人经过调查之后,都说尤努斯的小额贷款其实让人们变得更贫穷了。这些小额贷款的利率较高,简直是在吸食穷人的血。官方的宣传总是说,穷人的还款率超过95%。但有没有人认清这个事实,穷人无法还款后被没收财产的概率是多少?"

他旁边的一个女孩不住地点头,并接过了话题:"不可否认,这部影片还是下了很大功夫的,他们拍摄了孟加拉国的贫穷状况,追拍了几个不错的案例,故事讲得也很感人。但是,正如刚才这位同学所说的,格莱珉银行的有些项目利率过高,让这家银行有了商业银行倾向!这正是尤努斯遭遇的困境。他后来因为到了退休年龄,被罢免了。"

因为我不是学金融专业的,所以我对尤努斯和小额贷款的认识多停留在宣传的层面,和许多听说过《穷人的银行家》以及尤努斯的人一样,我被一种媒体所渲染的英雄主义情结所感染。或者说,我被一种不求甚解的态度所左右了,而且不自觉地受到了宣传的洗脑。一旦开始深入了解这些问题,诸多真相慢慢浮出水面,我被世界的复杂性所惊醒。

这些素未谋面的同学的讨论,让我对人们心目中的英雄——尤努斯警觉起来。我在现场抓起电脑,开始以做一篇论文的姿态查询有关这位银行家的真相。当然,我马上发现,真实的世界不总像媒体渲染的那样美好。

简单一查,这位诺贝尔和平奖获得者的困境就凸显出来了。2007年之后,尤努斯已屡次面临困境。其中最重要的原因之一是政治。孟加拉国总理哈西娜称尤努斯给贫困人群的贷款利率有的高达20%,指责小额贷款是"从穷人身上吸血"。

2010年10月,《华尔街日报》一篇关于印度安德拉邦小额贷款客户自杀的报道引发了印度的小额贷款危机,大量客户拒绝还款,这一事件成为全球小额贷款行业都关注的焦点事件。

2010年,丹麦人汤姆·海内曼的纪录片《深陷小额债务》更是把矛头直指尤努斯及其所开创的小额贷款事业。一篇中文文章还援引了海内曼的说法——"在孟加拉国北部穷困的山村,我没有看到人们因为获得小额贷款而摆脱贫穷,哪怕一点点。与之相反,我看到很多人为了定期归还每周的分期贷款,不得不变卖房子、首饰、锅碗瓢盆甚至铁皮做的屋顶。而获利的不仅仅是NGO和银行,还包括那些在当地死灰复燃的高利贷主。

"那些借贷的穷人告诉我关于被债主侮辱、恫吓、胁迫等境遇,从他们那里听到的事实真相,与那些小额贷款网站上的笑容广告,和其宣扬的'救苦救难'相差十万八千里。在印度和墨西哥,许许多多人因为还不起巨额利息的贷款,失去了一切,更有甚者,有的竟然喝农药或者自焚以求逃离痛苦。"[1]

最后,汤姆·海内曼在片中得出结论:小额贷款并不能消除贫困。

同学们激烈的讨论让我陡然对小额贷款和银行家尤努斯有了新的认识。我并不想掩饰我在这件事情上的无知,因为我坚信没有任何一个人能对所有的行业、所有的话题都有全面的了解。这件事情对于我,有棒喝点醒的作用。这并不是有关某件事情、某个学术观点的单纯问题。这件事情的真正意义在于,我发现这和我在美国教育体系当中的很多学习体验相似,很多时候我对事物抱有一种固定的想法,但是倾听更多真相后如梦初醒。在美国校园的多元氛围中,我们有很多机会倾听不同的观点,有机会铲除那些根植在身体里的偏见,防止被单方面灌输一种观点。这些经验让我逐渐相信,信息对称、自由表达,是改变固定思维模

---

[1] 《独家专访〈深陷小额债务〉纪录片作者汤姆·海内曼》。作者:刘旭阳、金慧喻。《外滩画报》2011年4月14日第433期。

式的一个基本因素。

　　我意识到，由于以前习惯了被灌输某种标准答案，所以在某种程度上，我在思维上也变得懒惰。我甚至不知道，我已经如此习惯于接受别人对我的灌输。然而，在美国，通过体验各种脑力激荡，一种新的模式已经开始建立，独立思考的能力也逐渐被激发了出来。当有人提出来一个观点时，我的思维总是条件反射般地弹跳了起来，一个问号随即出现在了脑海——"事实真相，真的是这样吗？"

3. 与世界更接近一点

> 我遇到了很多人，
> 他们相信小爱大善，
> 相信聚沙成塔，
> 相信自己的努力能够一步一步地改变世界。

因为在哥大读书，我接触到了世界各地的文化，见识了很多年轻的"世界公民"。他们的视野不局限在某个国家，而是在更遥远的地方，关心着全人类的安危。与世界更接近一点的想法，在我内心升腾着。

我和很多中国同学交流过留学的心路历程，大家的感受相似。刚刚来到美国时，大家只会在中国语境之下说话思考，以自己的文化为轴心与别人对话。而这种交谈，别人往往不太理解你，你也因为对别人的文化不熟悉而无话可说，对话往往三言两语戛然而止，尴尬无言让人深感不适。随着学习生活的展开，一幅世界画卷开始在你面前徐徐展开，种种信息纷至沓来，我们发现，我们对世界原来是如此陌生。

我在读书期间的好朋友齐潇颖给我讲过一个故事，颇能代表很多人最初面对美国课堂时的惊诧。潇颖是哥大的教育学博士，她长相甜美，

哥大学生在行政大楼（Low Memorial Library）前的台阶上享受阳光

一笑起来就会露出两个酒窝，好像世界不存在烦恼。但她和我讲这个故事的时候，脸上流露的却是苦笑。

我从来不认为我是一个世界观狭隘的人。但哥大的教育却让我常常反思，我对自己的认识对吗？我上过一堂课，课的内容很有意思，讲殖民主义。上课的形式更加有意思，两个人一组，担任欧洲各国的大使，进行1884—1885年柏林会议（德意志帝国等瓜分非洲的会议）的模拟——瓜分非洲，每一组要陈述自己瓜分的理由，你可以动用所有方法，结盟、敲诈、勒索、战争威胁，最终达到自己的目的！这个活动的目的是让学生了解殖民过程中，欧洲国家对被殖民国家的掠夺。

我们组担任法国的角色，拿到非洲地图之后我就愣了，这个时候我才发现，我根本不了解非洲，根本不知道非洲有哪些国家是法语国家，哪里曾是法国殖民地，根本不知道非洲的矿产在哪里，非洲的河流有哪些，非洲的重要港口有什么！甚至我还用一个词：非洲，来总结这54种不同的文化，不同的地域，不同的国家。学习英语这么多年，我关注的只有大洋彼岸的美国，还有我深感认同的中国，剩下的国度，其他的文化，都被列为其他。貌似我以一种开放的态度迎接一切，但实际上，我就是不折不扣的'中国中心主义者'。我被这个事实震慑了。这是我第一次认识到自己的狭隘，从此，我开始以开放的心态认识巴基斯坦朋友，去以色列朋友家过节，跟韩国师姐一起开会。因为，我要时时提醒自己，在一个国际化的时代，我们只能学会以国际化的方式应对。

听了这个故事，我会心一笑。这个经历和很多中国留学生，尤其是文科留学生面临的困境如出一辙。在校园里，很多时候，我们了解世界的原因是迫于学业的压力，是为了尽快融入周围的环境。在疯狂"恶补"

中，我们一天一天尝试着撩开这个世界的面纱，不知不觉地培养了一种关怀世界的态度，在这种情况下，我们其实已经走上了自觉成为"世界公民"的潜在道路。走在这条路途当中，我们不断地接触具有"世界公民"精神的人，而那种精神也不知不觉地植入了自己的身体当中。

口述历史所有的专业课都是在著名的哥伦比亚大学国际关系学院大楼上的，因此IAB大楼成为我们主要的活动场所。人们一进门就可以看到世界各地的小国旗被挂在了天花板一角，各种颜色的国旗以同一高度飘浮在半空中。种族的多元、国籍的多元，已经在这个角落里被淋漓尽致地体现了出来。如果这座大楼正在举办一个活动，走进大厅，你会看见各种肤色、各种服饰的人，耳边的英文也会开始夹带着世界各地的口音，你经常误以为自己闯入了联合国。这个地方是天然的"世界公民"培养地。每天，各种各样的活动传单贴满了电梯门口。在五颜六色、设计各异的传单里，介绍的全部是以世界为主题的活动，有些相当地与时俱进。

我第一次感觉到这种与时俱进是在2011年秋季入学时。在当年9月，叙利亚危机开始进一步升级了。叙利亚的反政府示威活动于2011年1月26日开始并在3月15日升级，随后，反政府示威活动演变成了武装冲突，叙利亚的内战开始了。

冲突逐渐升级，许多老人和儿童无家可归，很多人选择在恐慌中逃亡到黎巴嫩。就在叙利亚危机爆发并且事态不断扩大时，哥大国际关系学院电梯门口出现了一张传单："阿拉伯学生会邀请你参加——为了叙利亚的品尝。"在传单的中间，展示了几组叙利亚的食品。传单的最下面的一行小字写着："本次活动的所有收入将为叙利亚家庭提供人道主义援助。"

在叙利亚的新闻充斥着媒体之际，哥大的这个活动举办得特别及时。在活动现场的一个长条桌子上，摆放了几个方形的纸盒子，盒子里分类放着各种叙利亚的小点心，几个阿拉伯姑娘忙着兜售这些食品。她们一边收钱，一边用一次性的小纸盘和镊子把小点心盛出来，还向人们宣讲着这次活动的目的，告诉人们叙利亚难民的艰难处境。现场购买的学生相当踊跃，互动也特别融洽。我情不自禁地掏出钱包，买了几块一元一块的小点心，人生中第一次尝了尝叙利亚味道——非常甜。

通过这样一个小小的活动，校园内部的世界和外部世界紧密连接在了一起。就算内心世界再封闭的人，遇到这样的场景，也会情不自禁地问一问，为什么是"为了叙利亚的品尝"？一连串的问题接着会在心中升腾而起，叙利亚反对派为什么想推翻阿萨德政权？叙利亚普通家庭现在面临的困难是什么？国际社会怎么看这个事件？不经意间，一场关于中东的课程自然地开启了。在这样直观的环境之下，你不想关注世界都难。

有时候关于世界的教育会在不经意间伸展到地球特别偏远的角落。那些角落里的故事，经常在校园的某个教室里被讲述着。

某一个周末，我去校园里参加了一个特别不起眼的活动，是一个独立电影人纪录片的作品播放会。这部作品是一部有关以色列的纪录片——*Voice From EL-Sayed*（《艾尔赛部落的呼声》）。它描述的是以色列一个叫El-Sayed的部落，这个部落有着全世界人口密度最高的聋人群体。导演通过有声和无声交叉进行的方式，记录了这些聋人如何在贫困下生活。电影里有温馨、有梦想、有聋人们独特的可意会却难以言传的幽默，有对无声悲痛的静静展现。一个一个的故事交叉串联起来，让观众深入体会到在无声世界里生活的种种感受。

这部影片的一个重要部分是，聋人家长们对于下一代聋儿治疗的追求。很多聋人的家长带着同样是聋人的孩子去医院寻求解决方案。医院提供的治疗方案，是在孩子的大脑外部移植一种电子仪器。那种仪器外挂在脑部的耳朵上方，非常显眼，挂上了这个仪器就意味着对外界宣告自己是聋人。然而，这种有创移植治疗的效果如何呢？事实证明，这种治疗效果非常有争议，很多挂着这种丑陋设备的孩子还是听不见，移植治疗基本是徒劳无功的。尽管面对效果的不确定性，但一代一代聋人，还是坚持一遍一遍地重复做着这种有创手术。那种决绝态度，似乎是人们对聋哑世界抗争的一种方式，一种对无药可治的不相信。

和很多纪录片的拍摄手法相似，导演自己并没有在影片中表达特定的观点，比如人们应不应该选择有创移植治疗。但是随着镜头的慢慢推移，一个一个令人忧伤的故事慢慢展开，镜头里呈现的很多画面，让观者对这种手术的效果，逐渐地得出了自己的结论。

这部纪录片是在一个贫困的小山村拍摄的，我很好奇，导演是如何拍摄这部电影的？拍好这样一部电影又有哪些困难？正好，纪录片的导演就在现场，我面对面地向他提出了这些问题。这也是校园活动的另一个精彩之处，很多活动都会把作者请到现场，我们可以通过面对面的交流，让很多疑问在对话当中迎刃而解。

这位年轻的导演叫作奥迪得·阿多米·莱舍（Oded Adomi Leshem），有着典型的艺术工作者的打扮：络腮胡子，蓝色牛仔裤，棕色的户外鞋，棕红白格子的衬衫敞开着，露出里面的黑色圆领T恤。他的坐姿也十分有艺术家的气质，一只手插着兜，一条腿随便地架在另一条腿上，显得非常随意。

我提出了自己的问题："导演你好，首先，我要感谢你拍了这部电影，让人们知道地球上还有这样一个悲伤的角落，还有这样一个聋哑人如此密集的村落。我认为这部电影很感人，不过我很好奇，你是一个正常人，面对这么多聋哑人，怎么和他们沟通呢？"

"非常好的问题。"导演有着纯正的美国口音。他说："这部作品是一个基金会支持我拍摄的。为了进行拍摄，我在这个以色列偏远的山村待了有半年多。我每天住在破旧的房子里，吃得也特别简单。要拍出一部像样的片子，我必须要成为聋哑人的朋友，才能了解他们的内心世界。为了和聋人交流，在拍摄之前我花了几个月的时间学习以色列手语，你可以想象我当时的生活状态，物质上非常贫困。但和那些聋人每天耳鬓厮磨地生活，我获得了很多淳朴的友谊。

"其实想到人与人之间的交流，大家以为我们只能用语言去对话才能理解对方的意思。但是事实证明，交流的基础是人们的真情实感。很多时候，人们说的是同一种语言，比如都是英语或者汉语，但是他们之间依然无法交流。通过拍摄这部电影，我了解到真正的交流可以是无声的。我在聋人之间，见证了毫无缝隙的默契，那才是心灵之间的真正交流。

"我为什么要拍这部片子呢？就是希望能够用影像记录下这个不被世人所知的以色列角落。今后，我会带着这部作品去参加各种展映会，也会参加世界上的各种电影节，取得什么成绩不是主要的，我想如果我的影片能够让更多的人关注，从而引起更多人注意这些在地球上原本不被关注的人们就好了。如果看了电影，一些有财力的人愿意给他们提供一些帮助，我的目的就达到了。"

从导演的电影和与他的对话中，我感受到了另一种生活方式。一个人，可以为了拍摄一部电影，在世界的一个贫困角落里隐居半年，然后做成影像去传达给全世界。这个村庄的困境和特殊的状态就这样因为他的努力被传递出来。从影片里，你可以看出一种不急不躁的踏实态度，导演关怀人类的"世界主义"精神缓缓地在镜头里流动着。

我在校园里遇到了太多这种专心做自己、热爱世界并耐心地为世界的微小改变而努力的"世界主义者"。他们相信小爱大善，相信聚沙成塔，相信自己的努力能够一步一步地改变世界。每当看到这些人，我总会不由自主地思考，这些人是如何选择他们的生活方式的，这种生活是否更有意义。

除了这些每天都在学校上演的有关世界各地的主题活动，一些备受世界关注的核心事件就是在哥大校园里发生的。比如说，一年一度的普利策奖的评选。

每年的春夏之交，普利策奖的评委们就来到哥伦比亚大学新闻学院，评选工作继而展开。自然而然，此时的哥大新闻学院成为全美国乃至全世界新闻界最关注的地方。在大家对评选结果翘首以盼的时候，哥大的学生们可以近水楼台先得月，和这些美国顶尖媒体人对话，共同探讨媒体发展趋势。

2012年2月底，我有幸参加了这个交流会，人生第一次，我和世界顶级新闻奖——普利策奖的评委隔着不到一米的距离面对面交谈。这是做了多年记者的我从来没有想到的。

来自Enquirer Media（美国大众传媒公司）的副总裁卡罗琳·K（Carolyn K）站在我面前，我提出了自己的问题："我做过10年记者。我知道普利策奖成立于1917年，这么多年过去了，普利策奖的评选标准有没有变化？"穿着西服、梳着利落短发、戴着胸牌的卡罗琳一边听问题一边点头，她对我说："好问题。其实普利策奖最核心的标准一直没变。我们最看重的是新闻报道里的证据。一篇报道，要有大量的、翔实的背景调查做支撑，要经得起挑剔的深入挖掘。但是与此同时，报道又要具有极强的可读性。我自己做了多年的商业记者，但是我痛恨财经报道里充满了高傲的、烦琐的数字。好的报道，一定是让你读得不想放下。"

简短的一次交流，让我想起了《记者与真相》里的文字，想起了普利策奖设立的初衷。《记者与真相》记载担任普利策金奖理事会理事长的约瑟·普利策二世曾经说过："我想我敢保险地说，普利策金奖理事会的理事们认为，公众服务金奖是最重要的年度奖项，我可以肯定，他们会同意我的看法，而我父亲也这样认为。新闻工作者的公众服务是我父亲最热烈的追求。"

我看着人头攒动的大厅，想起了那些获得普利策奖的报道——五角大楼事件、水门事件和神父性侵；想起了记者们在揭发政府恶行、探讨社会问题以及改善周边环境方面所做的努力；想起了第一枚普利策公众服务奖就是为历史服务的，它被授予了报道第一次世界大战有功的《纽约时报》。

站在大厅里，"世界主义"这个词再一次出现在我的脑海。我强烈感受的一点是，我所受到的教育不仅是关于美国的，更是关于世界的。所谓"世界主义"，它并非完全指美国语境之下的世界主义。你可以和来自各个国家的人直接交流。

为了准确表述我的定义，我特意去查询了有关"世界主义者"的含义：

"世界主义者"即"世界公民"，系指一个跨文化游牧者或者关注全球事务的个人，除了自己的原本文化外，对其他文化保有同样的关注。英文的这个词语来源于希腊文Kosmos（世界）和polis（城市，人民，市民），被古代哲学家所广泛采用，如斯多葛学派和犬儒学派，用之描述跨越国界的、对人类的博爱。通过"世界主义"的教育，人们可以更充分地认识自己。"世界主义"逾越地域和特定社群的局限性，让人站在全球的角度、全人类的角度来看待问题。过去的偏见、狭隘观念，都能被揭示。

来到美国几个月之后，我写下了一句颇能代表自己心情的话语：

每一天都贪婪地不想睡觉！因为我好像已经重新变成了一个婴儿，刚刚对这个世界入门……

4. 走近认知的蛮荒之地

它让我明白，

壮阔的思维河流，

一旦开启，

就会奔流不止。

在学校看的纪录片，通常被我分为不是哥大学生拍摄的和哥大学生拍摄的两种，那些非哥大学生拍摄的纪录片起到了扩充信息量、拓宽视野的作用。怀着随意放松的心情观看每一部影片，都感觉自己的思维在热烈翻滚，这一次一次的观看，汇聚成了一条壮阔的认知河流。

有的纪录片对我的价值观造成了直接的冲击。比如说，我在无比疲倦的状态之下，在巴纳德女子学院观看的一部有关纽约中央公园拉马车的马的纪录片。这样一部片子，完全出于动物保护主义者的手笔，它探触到了我之前认知的蛮荒之地。

中央公园的马车，在蓝天白云之下静静伫立，这是纽约最初震惊我的一幅浪漫仙境，我把它当成了纽约的标志，也当成了纽约的童话。每一次路过绿草茵茵的中央公园，装饰漂亮的马车，热情洋溢的车夫，会自动在我脑海里生成一幅明信片的样子。而这部关于马的纪录片则完全打破了我对美的感受。导演用极其细致的镜头，白描了中央公园拉马车的马的悲惨生活状态。在镜头里，尽管马车吸引了大量游客，但是马经常在极端天气下工作。在暴晒的日头下，在寒风暴戾的大雪中，马们受尽折磨，它们的情感需要完全被人类忽视，只能在恶劣的条件下与自然对抗着。人类对于它们仅有的关怀，就是扔给它们一点稻草让它们勉强维持体力，连水也不经常喂。很多马，只是在路边的小水池里临时找口水喝，在冬天，它们甚至渴到吞下路面的残雪。

更令人震惊的镜头出现在影片的后半部分。当天色渐晚，纽约的居民与游客已经悉数散去，工作了一天的马终于可以回家了。它们的住所并不是宽敞的马厩，竟然是布鲁克林区的一座楼房！每一次回家，那些马都被强行拽着头，走上狭小的楼梯，然后在极其肮脏的马厩里栖身。马厩狭小它们很难完全躺下，很多马都是勉强卧在马厩里睡上一觉，第二天天一亮，再被拉走继续工作。

本来应该是在草场里驰骋的动物，就这样被无情地限制在了"城市监狱"里。马们过着被使用、被消费、被奴役的生活。这些动物的凄惨经历，呈现在我的面前，给平时很少思考动物处境的我极大的震撼。有生以来第一次，我对蓝天、白云、马车、车夫这种如同安徒生童话中的美景产生了不一样的感受。我也是第一次被这样点醒——动物们不是城市的装饰品，人们没有给这些动物们与生俱来的权利。

当我还在为影片提供的观点瞠目结舌时，电影拍摄者不紧不慢地走上了讲台。他如同任何一个有激情的年轻导演一样，对自己的作品做了补充说明："我是一个导演，也是一个动物保护主义者。大家应该都已经看到了，这是我花了一年多的时间，追踪这些马的生活状态时捕捉到的真实镜头。这些马受到了极为不公正的待遇。人类不能因为自己高高在上，就以享受为目的对其他物种进行侵犯。根据长期的调查，我发

251

纽约中央公园的马车

现，纽约的马车生意和政治高度相关，因为马车可以吸引旅游者，所以政客们不愿意让马车退出历史舞台。现在，市长就要举行换届选举了，根据规定，布伦伯格这一次肯定无法继续当选，新的候选人都在跃跃欲试。那么，请大家参加我们的抗议和游说活动吧。让我们选出一个公正对待动物的市长。"

这是我有史以来第一次听到因为保护动物而抵制政客的演讲，另类而新鲜。

观影过后，我和导演相互留了联系方式。没有想到的是，在后来的两年间，他把参加抗议活动的邀请邮件，一直坚持不懈地发到我的邮箱里。接到第一封邮件后，我一下子就明白了，他一回家就把我加入了群发的邮件组名单里，即便对我这样一个没有投票权和选举权的人，他也希望进行"拉拢"和教育。我看了看那封群发邮件，他用激情澎湃的文字鼓励着大家："当布伦伯格不能第四次连任纽约市长时，我们绝对不能让克里斯汀·奎因（Christine Quinn）[①]当选！因为，她不支持动物保护法案，一旦她获得胜利，我们多年的努力就会落空。这些冷血无情的政客就应该一败涂地。"克里斯汀·奎因当时是市政厅的新闻发言人。

很多纪录片就这样强烈冲击了我的内心，这些问题产生的争议，也进入我的视野。我后来一直跟进中央公园马车存废的争议，也不断对这个问题进行着思考。这些多角度的信息对于我更大的意义是，它让我明白，壮阔的思维河流，一旦开启，就会奔流不止。

除了在各个渠道看到的非哥大学生拍摄的纪录片，学校里还经常可以看到哥大学生们自己创作的作品。

---

① 后来克里斯汀·奎因没有当选纽约市长，民主党人比尔·白思豪当选了，白思豪是废除中央公园马车的支持者。根据纽约市议会交通委员会的提案，中央公园将在2016年6月前淘汰马车，并用可替代能源的老爷车取代。现在有些纽约民众请愿，要求保留这些马车。很多争议依然在持续。

253

学生作品放映会往往安排在每学年的最后一天，教授组织学生们拿出自己的作品进行一整天的连轴转展映。前来观赏的观众可以一口气把这些作品看完，然后和导演们进行现场交流。这些纪录片的主角也常常被邀请到现场，这让现场往往漫延着一种神奇的化学反应。此时此刻，主角们和导演们已经有了一年多相濡以沫的交往，过往的拍摄故事会在他们的脑海里一幕一幕地呈现出来，现场往往温情与感性交相辉映。

放映会当天播放了一部有关伊拉克难民在美国求生故事的纪录片。在纪录片里，伊拉克难民兄弟中的哥哥是拥有工程学硕士学位的高学历人士，如果没有移民美国，他可以在伊拉克过着光鲜亮丽的白领生活。但是来到美国当难民，一切都变了。因为英文不好，哥哥只能做美国社会最底层的工作，过着一种笼中鸟般的生活。他想为家庭开一家杂货铺解决生存问题，在开店的过程中，又遇到了各种令人头疼的法律问题。在美国，他处处碰壁，处处感受到不可思议的生存磨难。难民兄弟中的弟弟，作为整个家族里唯一会说英语的人，成为家庭的支柱和翻译。他整天疲于奔命，要找一份适合自己的工作，还要照顾经常被美国本土小孩欺负的女儿。每一天，他都要打起精神穿梭在英语世界和阿拉伯语世界，在夹缝里艰难生存。在这个移民家庭里，每一个人都在努力地承受着外部世界的强大压力。

这部纪录片播放结束，这对伊拉克难民兄弟也来到了现场，他们穿着呢子大衣，留着络腮胡子，脸上有着平和的微笑。此刻，哥哥已经可以用断断续续的英语回答人们的提问了。显然，在拍摄的这一年半中他的语言能力取得了巨大进步。他们的小杂货铺终于艰难地开张了，目前运转得还算平稳。两个兄弟在回答问题的过程中经常对视，手足之情不经意地在两人的目光中默默传递。

这部纪录片的导演也被请到了讲台上。按照惯例，欢呼和掌声充满了整个教室。不过,我瞬间惊呆了。原来,这部题材厚重的纪录片的导演竟然是一个亚洲长相的娇小女生!在我心目中,关心伊拉克难民题材的人,要不是对移民问题有研究的美国背景的学生,要不就是来自中东、对中东的难民题材有着天然兴趣的人。而这部探讨伊拉克人在美国生存状态的作品,竟然出自这么年轻的一个亚洲女孩之手。

导演开始讲话了,她说:"大家也许很好奇,我长着一副亚洲面孔,为什么会关心中东人在美国生活境遇的难民题材呢?实话实说,那是因为我曾经也有过类似的遭遇,我来自朝鲜。初到美国时我也经历过一段艰难无比的生活,这让我特别关心难民这个群体。我关注的焦点是,难民如何跨越文化的鸿沟,难民如何在缺乏财力支持下战胜自我。我知道这是一个多么痛苦的过程。在拍摄过程中,我不断体味着这个家庭的苦难与奋斗,如同重温了我当初的苦难与奋斗一样。"

女孩说着说着,泪光闪烁。看着她哽咽的样子,兄弟俩走到了她的身边,两兄弟和女孩紧紧地拥抱在了一起。这是非常感人的一幕,台下响起了一阵阵热烈的掌声,久久不肯停歇。

我难以用语言描述我在现场看到的这些感人的一幕又一幕,我见证着这些年轻人对世界的认真,我跟随这些导演,亲历了他们的心路历程,受到了强烈的心灵触动。每一个人都是一座典藏丰富的博物馆,而他们看世界的方式,可以这样的深邃。

学生纪录片的展映,整整持续了一天。我被充沛的情感、不断起伏的情绪和一个一个充满质感的故事所感染。在这样的场合,每一个导演都有着一个长达一年半的拍摄故事,他们也因为这一年半的投入,和这些活生生的人互动。因为拍摄的过程用尽心力,纪录片里往往饱含着真实的情感,镜头表达生动有力。和非哥大学生拍摄的纪录片相比,学生纪录片的展映给了我更多的感动。因为这个场合是一种世界观的聚集地，是导演赤裸着内心上演的一场与世界的对话。

　　出国之后，很多朋友私信问我留学值不值，我今天想了想，其实两年能学到的东西实在有限，但是它把一种不断探索、不停学习的习惯植入了体内，这才是最无价的东西。

5. 每个人都是你看世界的一扇窗

每一个人好像都是一本值得阅读的故事书,
每一次和他们交谈,
都好像是翻开了未知世界的某一页。

在美国读书,最重要的一种体验,就是在校园里遇到各种各样的人。他们来自不同的地方,有着不同的文化背景和不同的成长经历。在这里,每一个人好像都是一本值得阅读的故事书,每一次和他们交谈,都好像是翻开了未知世界的某一页。

我的班里除我之外没有一个中国学生,所以我不能与自己文化背景相似的人每天泡在一起。这是个劣势,也是一个优势。劣势的部分是让我最初对环境的适应艰难无比;优势的部分是逼迫着我主动和其他文化背景的人交流,在客观上造就了我一种必须开放的心态。我让我的心裸露敞开,和来自全球各地的年轻人进行一场又一场对话,通过这种方式,我和世界进行深度交往。我第一次感觉到,这个世界的外延是如此宽广,而每个人都是你看世界的一扇窗。

有时候在排队时,和前后站着的人随便说说话,都可以获得出乎意料的信息。

有一次，我去参加某个讲座，在讲座正式开始之前，主讲人建议大家到后面先去拿点吃的和喝的，等大家照顾好了胃，演讲者再开始演讲。听了这话，大家都窸窸窣窣地站了起来，在食物桌之前自觉排成了长队，缓慢地向堆放着奶酪和五颜六色水果的一个长条桌子挪动。这是很多讲座开始前寻常的一幕。

这一次，站在我面前的是一位40多岁的妇女。我一如既往，自然而然地打开了话匣子："您好，我是文理学院的，您也是那个学院的吗？"

她看着我，自然地说，"我呀，学的是社会学。"

"怎么对这个学科感兴趣的？"

"你可能看不出来，我原来是中央公园的一个马车夫，这活儿我一干就是五年。现在我想提升一下自己，就跑到哥大来读社会学的硕士学位。因为我对种族和性别研究感兴趣。"

"哦……"我笑着点了点头，感觉她的经历不可思议。我想不到，眼前这位棕色皮肤、褐色眉毛、梳着卷曲长发的高个儿女士，竟然在中央公园赶过五年马车。等她不想干之后，竟然申请到常青藤大学上学，而哥大也接收了她。这意味着她至少拥有本科学历，赶马车只是她一个曾经的人生选择。美国社会的多元包容，让人感叹不已。这位女士自然随性的人生选择，也让人惊奇。

我马上提出了一个问题："女士当马车夫我还是第一次听说呢。这个工作，女性会有优势吗？比如，女性会招揽到更多的顾客吗？女士得到的小费会多一些吗？"

她笑了，说："赶马车，可是一个体力活。马夫之间经常抢生意，招数不计其数。女性绝对没有优势，反而有劣势。很多人认为女性力气小，不可能赶好马车，所以更愿意坐男人赶的车。"

我总是这样不知不觉如同安装了搜寻信息的雷达一样，在一场场交谈中捕捉着一个个可爱又奇特的故事。每一次交谈都没有让我失望，对方总会给我一个万花筒般的迷人世界。

同样是在另一个学校讲座之前的排队过程中，几分钟的时间，我和碰到的陌生人交谈起独自旅行的感受。对方告诉我，他用couchsurfing（沙发旅行）网站游遍了世界。在这个网站上，世界各地的朋友开放自己的客厅给背包客住，背包客获得信用累计后，可以更容易申请到别家的住宿。我想这给我今后的旅行住宿提供了一项有趣的选择。

随着课堂项目的进行，我和美国同学之间渐渐地熟识起来。因为项目之间的各种课业合作，我们有了大量随意交谈的机会。在不经意中，和他们的交谈也使我深度了解了这个世界。

有一次，我和同学坎雅（Kanya）一起坐火车到莎拉劳伦斯学院去看杰瑞组织的一个口述历史项目。我们并排坐在火车上，有半个小时在一起度过。坎雅皮肤略黑，头发茂密，头发在脑后梳成一个马尾，也是粗粗的一把。她的眉眼之间有一种浓浓的异域风情，看上去不像是一个典型的金发碧眼的美国白人，但是也不像拥有墨西哥裔的血统。我们随意地聊起天来。她对我说："海涛，你知道改掉一门主修课多不容易吗？我费了半天劲才把一门主修课换成了波斯语。为了这个，我找了好几个人签字。"

我对坎雅的决定感到非常惊奇，因为她换掉的课可是"口述历史方法论"这门核心课程，一般人可不会做这样的选择，我甚至不知道这样是被允许的。我说："波斯语？坎雅，你怎么会对这么偏门的语言感兴趣呢？一般人可不会这么干！"

坎雅笑笑说："你知道吗，因为我做的口述历史项目是采访美国的伊朗社区，我要采访很多在美国生活的伊朗人，他们的英语不好，所以，我要学习波斯语，用他们的语言和他们直接对话。"

美国的伊朗社区！听到这个选题，我如同打了鸡血一样兴奋。因为美国和伊朗有30多年的敌对关系，有关伊朗的负面言论几乎天天充斥着美国的各大主流媒体，尤其是两大话题不绝于耳。第一，是里根政府时期发生的"伊朗门"事件。里根政府绕过国会，秘密用武器换回在伊朗的美国人质，遭遇了极大的政治危机。里根政府向"邪恶之国"出售武器，成为当时震惊全球的新闻。直到今天，里根政府都因此备受争议。第二，伊朗一直号称自己在生产核武器，美国媒体一直在猜测，伊朗制造核武器的说法是否属实。伊朗"制造"核武器是否会对美国乃至全球有实质性的影响？伊朗到底需要多长时间才能够把金属铀提纯到一定程度，然后造出对全世界造成致命伤害的武器？美国现在需不需要太担心？

这些话题时不时会出现在CNN的圆桌讨论节目上。节目也经常采用动漫的表现方式，来解释伊朗的说法其实是夸张的，它离有能力制造出真正的核武器还很远。2015年7月14日，经历了长达两年的拉锯式谈判，伊朗与中美俄英法德六国终于宣布达成全面协议。根据协议，伊朗同意开放包括军事设施在内的所有场所，让国际原子能机构核查自己是否正秘密发展核武器，以换取联合国和西方国家解除对伊朗实施多年的制裁。这也是继4月份的框架性协议之后谈判各方朝着最终解决伊核问题迈出的又一坚实脚步。毫无疑问，在美国媒体，甚至很多全球其他媒体眼中，伊朗是一个暴力危险的国家。

听了坎雅对她项目的描述，我立刻想到了美国与伊朗的敌对关系。想到了在美国生活的伊朗人，他们一定是深刻感知国家矛盾和意识形态矛盾的载体。我想，这种天然的矛盾势必会让整个口述历史项目更加精彩。

我在火车的座位上直起了腰，开始认真地和我身边这位大眼睛、棕皮肤的女孩聊了起来。我问："坎雅，这个想法太棒了，不过我很好奇，你怎么会对这样一个项目有兴趣呢？"坎雅说："海涛，你知道吗？因为我爸爸就是伊朗人呀。他在1979年伊斯兰革命之后成为美国难民。我爸爸和很多伊朗人一样，从自己的家乡逃亡了以后再也没有办法回到自己的家园了。他很感激美国接纳他们成为难民，但美国政府又对伊朗这个国家没有好感，所以他们对美国的感情十分矛盾。"

我意识到，这是我认识的第一个家乡是伊朗的人。这个女孩的父亲，又有跌宕起伏的政治经历。那片神秘的土地，好像此时此刻也和我拉近了距离。

坎雅的爸爸是在政权交替、意识形态转换的伊朗伊斯兰革命中选择出逃到美国的年轻人。否则今天的坎雅或许是穿着长袍、用面纱遮住漂亮脸部的伊朗女孩。因为她爸爸在动荡年代的选择，现在的坎雅，是美国的第二代移民，母语是英语，在美国最好的常青藤大学接受教育。

坎雅对我说："海涛，你知道吗，我爸爸已经上了伊朗政府的黑名单了，他这辈子不可能再回伊朗了。我作为政治犯的第二代，这一生估计也没有办法踏上伊朗土地。因此伊朗对我来说，是一个特别大的谜。我和所有希望追逐自己血缘的人一样，总是想追寻和自己故土有关的故事。我之所以要做这个项目，是因为我骨子里摆脱不了那种好奇。"

由于长期在单一文化语境下生长，我对中东国家知之甚少。伴随着隆隆的火车声我对坎雅提出了各种问题，比如她眼中的伊朗文化是什么样的，伊朗人有什么样的性格……坎雅望向空中，对我讲起了她接触过的、生活中的各种美国籍伊朗人。

"伊朗的文化其实和东亚的文化很像，人们都是超级好客的。我的姨妈就是如此，她后来也来美国了，每一次去她家玩，她的热情都让我感到害怕。你可以感觉到，伊朗人的家庭观念非常强。另外呢，我的姨妈像很多在美国的伊朗人一样，情感上对美国特别矛盾。一方面他们来到这片土地，孩子们都获得了良好的教育，家庭也安顿在这，他们喜欢这里的自由；但是另一方面，在政治立场上他们却很难和美国政府完全站在一起。"

仅仅半个小时的时间，我好像对一个并不熟悉的国家有了近距离的接触。从坎雅的描述中，我感受到了普通伊朗人的温暖，眼前浮现出的是伊朗人家庭聚会时的欢乐时光。坎雅嘴里的伊朗，和美国媒体描画的那个危机四伏甚至有暴力倾向的国家完全不同。

这是我与坎雅对话的最直接的结果，它引发了我在思想上和另一个国家的联系，也触发了我对那片土地的兴趣。之后的很长时间里，我都会有意去查询伊朗的历史和文化，也了解到，在伊斯兰革命之前，伊朗其实是个相当西化的国家。当电视里再度出现伊朗这个国家的画面时，我的内心会涌起一些和以前完全不一样的感受。

伴随着在课堂内外与很多人的对话，我越来越意识到每一个人对你来说，都是一片未知的世界。一场场的对谈让我见识了世界的广阔。

我的同学汉娜曾在新墨西哥州的监狱工作过一段时间，她告诉我美国的一些法律是多么可笑。她说："我在一个二级监狱的图书馆工作过一段时间，和很多犯人有过直接交流。很多犯人告诉我，他们被法律体系中不合理的部分搞死了。有一个性侵犯者被关了一段时间后获得保释，按照保释规定，保释期间，他与年轻女性的距离不能少于200英尺（约61米），即使是在图书馆或者电影院也是如此。但在我们这种小镇子里，这怎么可能呢？这种规定根本无法执行。不久，这个犯人因为违反了这条保释规定，又被抓回监狱了。"

中国政治课的同学罗伯特从高中就开始学道家文化，会说流利的中文。他告诉我，他研究的课题是关于翻译中的东方偏见。有一次，他告诉我，他的中国政治课写作的论文题目是《50年代的〈人民日报〉和儒家文化》。我们聊天随时在中英文之间转换。不过我说"东五环"，他听成了"动物园"，我忍不住和他一起哈哈大笑。

一场一场与同学的交流，已经在我的身体中建立了一个一个的基站。虽然当时并没有觉得这些谈话有多么重要，但这些基站是你与世界联通的基础。每一天的阅读，每次去一个地方旅行，每一次人生中的不平凡经历，每一场对话里的灵光一现，都在我的身体里建立下基站。不经意间，我发现，有信号了，我与世界互通互联。

6.透过窗口，我的生活充满了阳光

那种升腾的感觉充斥着我的内心，
那一刻我已经知道，
对于这个城市，
我已经不仅仅是个旅人。

和朋友的交往，是我们看世界的重要方式之一。而社交障碍，几乎是每一个中国留学生面临的精神困境。如果是从国内直接留美读研，破解这个困境更是难上加难。

研究生学习和本科生学习的体验大不一样。研究生不在同一宿舍里共同生活，除了学业，美国学生大都会半工半读甚至有全职的工作，因此每个人的日程表都是个性化的。同学们上课时聚在一起，下课了就在大纽约各奔东西，这种情况在我们班尤为明显。我一共有10个同学，半数以上来自纽约，很多同学在纽约都有家，因此他们下课之后就匆忙离去。

克里斯汀是一个例外，因为学业的原因，她从美国西海岸搬到纽约来居住，和我一样是一名孤独的"纽漂"。她有稻草色的头发，个子不高，身材娇小，衣着朴素。她来自加州的一个美国中产家庭，生活算不上富裕，但是和很多普通的美国人一样，有一种天然的对世界的乐观主义。我第一次注意到她，是在一次上课之前的聊天当中。

离万圣节还有两星期的时候，有一天上课前，同学们闲聊起万圣节大家都打算怎么过。身材娇小、梳着一个马尾辫的克里斯汀说："要不然万圣节我们搞一个派对吧！大家都要装扮起来参加。"然后克里斯汀看了我一眼，说："海涛，你也得来，让你见识一下什么是我们美国的装扮风格。"我一听这个连连摇头，发愁地说："我连学习的事情都搞不定呢，更不可能去花时间聚会了。再说，我也没有服装啊。"克里斯汀一听，不以为然，说："服装好办，去买去租分分钟搞定。就算你不去租不去买，拿自己的衣服改一改就行了。"我心想，我从十万八千里之外来到这个陌生的国家刚刚俩月，本来衣服就不够穿，哪里有闲出来的衣服改造啊。就在同学们你一言我一语地聊天的时候，克里斯汀对大家说："这也就是在纽约，我没有场地，要是有场地的话，我肯定组织一场Pool Party（泳池派对）！"

Pool Party？10月底？我真的凌乱了。

这是我第一次见识到课堂讨论之前大家的欢乐随意。我没有想太多，马上投入到入学第一年的艰苦生活里。第一个学期里，我经常被课业压力压得喘不过气来。因此只要没有课，我就会宅在公寓里拼命阅读。除了上课时间，我都会蓬头垢面披头散发地在桌子前面待着，进入一种疯癫的模式。可以想见，"打扮"这个词已经被我彻底剔除出日常生活了。

有一天，我罕见地有心情打扮了一下去上课，穿了灰色的半身波点裙和前两天随手买的一件黑上衣，还戴上了红色丝巾。没有想到，我偶尔的装扮收到了不同凡响的热烈反馈，同学们见了我都说："Haitao, I am crazy about you. You're so adorable！（海涛，你让我如痴如醉啊，你太可爱了！）""Haitao, I love your dress so much！ You look stunning！（海涛，我好喜欢你的裙子！你看起来惊艳无比！）"我一下子有些受宠若惊，谦虚地说："谢谢大家，以后我会继续好好打扮的。"这个时候，克里斯汀把我拉到一旁，悄悄对我说："海涛，好像你左手边的衣服侧面有一个巨大的洞！肉都露出来了。"我低头一看，果不其然，左侧衣服的线有一小半都是开的，我的肉都露了出来。我想，糟糕，买衣服的时候没看清楚，实在是太坑爹了。我只好把左手放了下来，挡住了开线处。一整天的时间里，我只能保持着左手臂紧贴左胸的僵尸姿态，不敢轻举妄动。而克里斯汀则调皮地笑了我半天。课后，她拉着我去喝了一杯咖啡。

在这种"战友"的情怀下，我和克里斯汀的小宇宙都被点燃了。她成了我无话不谈的美国闺蜜。我们一起做饭，一起学习，一起在她的家里开睡衣派对，有时候太晚了，我就赖在她家不走，和她一起彻夜长聊。不知不觉当中，她把很多美国文化传递给了我，各种新鲜的观点如同雪片一样，向我飞过来。我常常对她提出一些我好奇的有关美国的问题，她都会滔滔不绝地表达自己的观点。如同很多在美国受到良好教育的女孩一样，她对很多政治问题的看法都很犀利。

有一段时间，纽约热议的话题是用行政手段控制人们的饮食。如我前文所提，那段时间，纽约时任市长布伦伯格希望禁止便利店和餐馆销售大号的含糖饮料，以便帮助城市人群降低肥胖率。很多媒体都在讽刺布伦伯格这样做恰似掩耳盗铃。电视主播还是一如既往地略带嘲讽地说："如果大家想多喝含糖饮料，只要买两个小号的就可以了。限制又有什么用呢？"也有评论嘉宾在电视上说："布伦伯格又开始像家长管孩子一样管理市民了，你限制了人们喝大号的含糖饮料，你也限制不了人们买含糖量高的甜食，你也限制不了任何人在家里狂喝饮料，你甚至不能限制人们去大超市里买大号的饮料。这个措施听上去有点滑稽可笑。"

一个城市竟然希望通过行政管理的方式对人们的饮食进行微调，我觉得非常新奇，我问克里斯汀："纽约看起来非常喜欢管理人们的体重。我看赛百味的餐巾纸上，都印着所有食材的卡路里呢！你觉得这些政策有效吗？"

克里斯汀说："海涛，纵观美国历史，你可以知道很多时候法规并不起作用，甚至起了反作用。首先呢，就算人们不能在餐馆买到大号的含糖饮料，也可以在联邦政府控制的大超市买到。这样法规的意义是不是被减弱了很多呢？另外，你可以去研究一下美国禁酒令时期的法规。多年前，美国的禁酒令促成了黑手党的猖獗，因为那时，人们不能从正常渠道买到酒，黑手党反而用地下力量控制了黑市。所以我认为这个政策虽然初衷是好的，但是布伦伯格能否达到自己的政治目标就难说了。"

在这种随意的聊天当中，我获得了很多新的思考角度和看待事情的方式。而我也会对她提到的历史问题进行进一步的查询，这是一种非常有效的学习方法。查询后我发现，禁酒令确实没有抑制人们的消费需求，相反，禁酒法案刺激了大量地下酒庄的买卖。各种酒类被源源不断地从加拿大、墨西哥、加勒比走私到美国。政府部门无力追查，造成了市场更大程度的混乱。

禁酒令在大萧条期间被取消。一位名叫保利娜·萨宾（Pauline Sabin）的共和党人认为，"禁酒令"其实让美国成了一个虚伪的国家，这条法令本身不符合任何法治的精神。她相信酒业的高税收将会帮助美国经济复苏，同时也会降低团伙犯罪率。她在共和党内寻求支持，却发现她的同党对此不屑一顾。最终她联合民主党促成了对禁酒令的撤销。

逐渐地，我和克里斯汀的交谈内容触碰到了很多美国政治领域常见而敏感的话题，比如堕胎。我第一次从克里斯汀这里听说"妇女堕胎护卫者"（female secorts）这个名词。她会用很多她亲身经历的事情，让我感受到真实的美国社会。

她对我说："我曾经在诊所当过义工，主要工作就是陪护那些希望做人工流产的女士从后门进入诊所进行手术。你知道，这在美国是一个非常有争议的话题。那些愤怒的保守派人士，会拿着标语在诊所门口大声抗议，还会向诊所门口扔石头，他们还会愤怒地向这些妇女嘶喊：'你们是在进行谋杀！'

我本人呢，其实在党派上既不偏民主党，也不偏共和党。每次选举我都是投票给绿党这样的第三党。但是对于堕胎这件事，我确实同意民主党的观点，认为女性有权力决定是否生育孩子。这也是我去诊所做义工的原因。"

我点了点头，克里斯汀之后甩出的信息让我颇为惊讶。她说："海涛，你要知道，美国要说起保守的州呢，有时候真的保守到有点荒谬。比如亚利桑那州，就是那种非常保守的地方，这种地方当然反对女性流产。但是你知道人们在竞选的时候讨论什么吗？他们在讨论生命形成的时间，一些保守的政客认为从精子与卵子结合的那一刻起生命就形成了。因此，从精子卵子结合的那一刻起到确认怀孕的这两周如果酗酒和抽烟，都算是谋杀生命。那段时间，鬼知道我是不是怀孕了？"

平时的闲聊是我和克里斯汀的一种减压方式。我们聊大麻合法化，聊是不是每一个高中学生都有吸食大麻的经历，聊每次的美国大选怎么选，而她做出选择的原因是什么。我们聊她在本科期间的往事，她为什么在加州戴维斯大学和加州州立大学当中，选择了排名不靠前的后者，而放弃了名气更大的前者，由此我知道亲自去看学校的重要性。我们聊她毕业后去教聋哑孩子学习有多么酷，而这个工作又给了她多少使命感。

就在我为学习忙得焦头烂额的时候，万圣节真的来了。偌大的一个纽约城笼罩在一片橘黄色之下，可爱的南瓜咧着嘴，出现在商场、超市、街边、公寓门口等各个角落，就连超市里，各种橘红色的食物也多了起来，各种以南瓜为食材的食物被摆上了货架最显眼的位置，纽约城一瞬间变得卡通了许多，整个城市弥漫着一种可贵的童真。与此同时，有关万圣节大游行时间和地点的预告，也开始出现在报纸的各个角落里，字里行间都流露着一种对节日大狂欢即将到来的激动。原来，一个节日能把一个城市变成幼儿园。

这一切对我这样一个第一次在美国过万圣节的人来说，新鲜而有趣。如果有时间，我也想不顾一切地去体验这一切。但是理性压制着我的冲动，我仔细数了一下，我在万圣节的这一周，至少有四个音频作业要听、两篇作文要写，还有无数的阅读作业要完成，每一天的时间都排得满满当当。在这种如同打仗一般的日子里，我怎么可能奢侈地过这种属于狂欢的节日呢？

于是，我按照中国好学生的典型思维模式，在假期选择了在家用功。万圣节那天早上，我正在埋头写作业，忽然之间，我的电话响了。我一看，是克里斯汀。接起电话，听筒那头洋溢着一个欢乐无比的声音："海涛，快到我家来，我们一起过万圣节！我都已经安排好了，我们先在家吃万圣节大餐，我来做，然后再去参加万圣节游行，我来化妆。"

啊！我在电话另一头面露难色，说："克里斯汀，我真的好想去，可是，我们现在有这么多作业呢。我怕做不完。""作业什么的可以等等再做嘛，万圣节呢，是一定要过的，这在美国可是一个正事，是一个大事，我已经买了万圣节专用化妆品，你快过来吧。"

就这样，我在朋友的鼓励下开始体验关于万圣节的一切。一到克里斯汀家，她就从柜子里拖出来一个大大的纸箱让我帮着拆封，她一边围着箱子忙乎一边说："我妈说这是万圣节用品，特意给我从加州寄来的。她让我今天拆开来用。她告诉我，学习再辛苦，也要好好过节。"我心想，这和很多中国父母的思维不太一样啊。

我们俩围着箱子又撕又扯，终于，打开箱子的一瞬间，我被橘红的颜色给亮瞎了。箱子里的东西简直是万圣节用品的大合唱：橘红色和黑色相间的万圣节纸巾、橘红色和绿色相间的万圣节吸管、与纸巾同样配色的万圣节纸杯、万圣节盘子。一瓶红酒，也贴着万圣节的标签。还有两大袋给孩子们的棒棒糖，全部是圆圆的形状，镶嵌着橘红色与绿色相间的跳跃颜色。可以说，整个房间充满了动画片《奥兹国历险记》的调调。

克里斯汀后来给我做的节日大餐都是应景的橘红色。晚餐有一只刷了酱的橘红色鸡腿，一大勺橘红色的米饭。我们就着万圣节专用的餐盘、杯子和纸巾谈笑风生。旁边还有一瓶贴了橘红色卡通图案的红酒。克里斯汀一边吃饭，一边用电脑视频和妈妈通话。她们相互祝贺了节日快乐，然后，克里斯汀展示了自己的劳动成果，她对着屏幕说："妈，你看，我把所有的东西分享给了我的朋友，我真的已经物尽其用了！"视频里的妈妈笑得合不拢嘴。

就是这样一个乐观、放松的女孩，让我的生活充满了阳光。从此，和克里斯汀一起过美国的各种节日成为我的一大乐事。感恩节的时候，她会带着我满大街找一只火鸡来吃。复活节的时候，她会拿出五颜六色的糖果让我看。我在过节当中学习了美国节日的各种渊源，品味了美国普通人对于各种节日的看法。

2012年3月底，美国的复活节马上就要到了，这是纪念耶稣被钉在十字架上死去后又复活的节日。我照例去克里斯汀家里玩，克里斯汀看着我，眼里大放光彩，对我说："对了，海涛，你可能还不知道Peeps——复活节糖果吧，按照传统，这糖果只能有小兔子和小鸭子两种动物。不过呢，现在，有人还做出了很色情的品种呢，哈哈哈……"
"怎么色情？"我好奇地问。克里斯汀马上打开了电脑搜索引擎，帮我搜索出了跳钢管舞的兔子形状的复活节糖果。在图片里，粉色的小兔子

克里斯汀给我做的万圣节大餐，用的是与之配套的餐盘、餐巾、纸杯和吸管

们歪着脑袋，穿着粉色的迷你小短裤，站在一根巧克力做的钢管旁边，正在跳钢管舞。

它们的样子，实在是太可爱了……

如果说克里斯汀是我在留学期间一首温暖跳跃的曲子，那么萨拉的出现可以说是一曲激情澎湃的交响乐。这个出生于1987年的女孩，全名叫萨拉·科恩芳妮尔（Sara Cohenfounier），加拿大魁北克人，身高超过1米7，瘦高，鹅蛋脸，褐色卷曲的半长头发搭在肩膀，蓝色有神的眼睛永远散发着好奇。她如同一个永远满格电的能量棒一样，一刻不停地在课堂上积极地参与讨论，也在课堂以外参与着丰富多彩的活动。当然，在她身边，你会经常听到那经典的、略带法国口音的英语，某些地方会有特定的吞音。你也可以经常听到，她孩子般咯咯咯的笑声。

我们第一次见面，是第一天上学的午饭时间。我们在巴特勒图书馆旁边的学生活动中心里找了一个地儿一起坐了下来，开始随意交谈。没有想到，她一下子就开启了一个十分劲爆的话题——魁北克的政治。因为我们正在介绍彼此生长的城市，她就和我说起魁北克地区之于加拿大的特殊性，这立刻引爆了我的兴奋点。她毫无疏离感地对我说："海涛，我们魁北克有四个政党，选举时我选择非激进的分离党。之前的自由党执政了很久，问题多多，现在大家都不喜欢这个党了。自由党让魁北克充满了政治腐败，有很多贿赂现象出现。有一段时间，魁北克还曾经被称为加拿大最腐败的省。"

在出国之前，我对魁北克地区的特殊性有所了解，知道魁北克曾是法国殖民地，该省也是加拿大唯一一个以法语为官方语言的省份。众所周知，魁北克问题是加拿大最头痛的政治问题。历史上法国曾经占领过魁北克，后在英法七年战争败北后，被迫将魁北克割让给了英国。魁北克人在历史、文化、传统上一直和加拿大其他地方截然不同，他们一直通过各种政治方法谋求独立。

萨拉永远都是一副阳光明媚的样子

魁北克人如何看待与加拿大的关系呢？她不假思索地说："简直是两个国家啊！我是一个民族主义者，但是，我不是加拿大的民族主义者，而是法语区的魁北克的民族主义者。"说完，她哈哈大笑："其实我们魁北克人都不庆祝加拿大国庆日。我们庆祝自己的、专属于魁北克的国庆日。"

我感受到了萨拉对魁北克的深深热爱。她成为我了解那个复杂地区的一本小书，我们随时可以叽叽喳喳地聊上半天。我们聊修宪谈判，聊寂静革命①，聊法国和加拿大对于魁北克省的复杂感情，一直聊到两个人口沫横飞，两眼放光。我最后略带开玩笑地问她："萨拉，你支持魁北克独立吗？"萨拉总是会淘气地一笑，问我："你说呢，海涛？"

如果说克里斯汀和我的性格有些互补，萨拉和我则几乎是完全一样的人，她的疯狂时常燃烧了别人，也烧伤了自己。她可爱而又缺乏自律，明媚而又快要失去控制，和她在一起，时常让人感觉激情澎湃，妙趣横生。但是时间长了，你会感觉到，她是你生命里的一朵红玫瑰，偶尔会感觉能量损耗过大。

因为萨拉来自加拿大，所以她和我一样是一名国际学生。我们班一共11个同学，只有我和她来自美国以外的国家。我们身上都有那种生存在异乡的兴奋和陌生。

萨拉的快乐疯狂，让我们很快在人群中相互识别为同道中人，我们成为朋友的速度似乎比任何人都快。除了讨论魁北克地区的政治，我们开始一起学习和交流有关纽约和世界的一切。从那个时候开始，我们之间的对话就充满了一幕幕如同好莱坞电影般的奇幻色彩。而最终的结果是，我常常被一场接一场的对话给震翻了。

---

① 寂静革命，指加拿大魁北克省20世纪60年代迅速变化的一个时期。其间省政府大量投资公立教育、建立教育与医疗部、建立工会。在寂静革命中，法裔加拿大人变成魁北克人，标志着被动的民族主义开始向追求政治自治演化。

有一次，我躺在图书馆门口的草坪上，懒洋洋地说："萨拉，你有男朋友吗？"萨拉咯咯咯地乐着，说："我可从来不把谁当成是男朋友。不过，最近经常有人从魁北克开7个小时的车来看望我。但是你要知道，我对这件事情会抱有很开放的态度。指定谁是男朋友这事，事关重大。怎么能随便定呢？"我内心惊了一下，心想，很多人来看望，好直接啊！我开始打量着身边这个高个子金发美女，心想，这小东西果然是从小在西方长大的，对待感情的方式和东方长大的人截然不同。

我耸耸肩，接着问："萨拉，你手腕上怎么写着一串电话号码啊？墨水直接写在手上，好像对健康不太好。"萨拉低头看了一下右手腕上那串蓝色圆珠笔写出的歪歪扭扭的数字，神秘地一笑，说："昨天呢，我在图书馆门口遇到了一个男孩，我们聊了一会儿。最后他想把他的联系方式留给我，可是我没有纸啊，就伸出胳膊让他直接写在了我手腕儿上。"

我哈哈大笑了起来。眼前出现了一幅男孩在女孩手腕儿上留下号码的生动画面。心想，这个情节今后也许可以拍成电影。

我和萨拉一起去路边的咖啡馆闲坐，一起去吃纽约有名的犹太餐厅，一起去东村吃来自魁北克的小特产——薯条加奶酪，我们坐在那种表面上有圆孔的桌子旁边，慢慢地吃着插在圆孔里的、用纸包成圆锥状的薯条山。萨拉在阿根廷待过一整年的时间，因此除了母语法语、大学期间学的英语，她还可以讲一口流利的西班牙语。她常常笑呵呵地和路边小贩用西班牙语聊上半个小时，最后小贩总是笑着赠送给她一个面饼。萨拉本科读的是生物专业，她来哥大的目的是学习口述历史与叙事医学的结合方法，她最终的目标是要成为一个富有同情心的治疗者。我问她治疗者和医生有什么区别，她说治疗者要努力激发人体恢复免疫能力，而不是依靠外力来进行侵入式治疗。我点点头说："这个想法倒是和中国的中医有异曲同工的地方。"她说她将来就是想到中国去学中医。

萨拉的父母都在魁北克的大学教书，父亲是一位有名的社会学教授，母亲是一名知名的女权主义者，她甚至得到了法国政府颁发的荣誉奖章。在家里，她妈妈的态势永远压过先生，是一个强势又优秀的妈妈。萨拉是在这种家庭教育中成长起来的。每次坐地铁出行遇到行乞的乞丐，萨拉无一例外都要掏出一两元交到对方手上，这是出于她心中的宗教信仰。

一起探索纽约城成为我和萨拉常常一起做的事情。也许是天意，也许是巧合，每次和萨拉出门都有神奇的经历。

为了完成杰瑞布置的作业——去纽约的生活剧场（The Living Theater）看实验短剧，我和萨拉一起坐地铁去下城寻找克林顿大街21号。

一开始，我和萨拉完成了对这个神奇小剧场——The Living Theater的研究之后都兴奋不已。按照这个别致小剧场的介绍——生活剧场在20世纪60年代的民权运动和反战运动当中非常活跃，它建立的主旨就是宣扬和支持无政府主义。它由私人投资设立，创立人永远为筹措资金而努力。正是因为这种努力，这个剧场别出心裁的表演形式得以持续了60多年。它的最大特点和卖点竟然是没有观众席。在这个剧场里，所有的观众都是表演的组成部分，观众将跟随指挥做出各种动作，集体发出海浪或者火焰的声音。演员和观众的即兴表演将集体烘托出现场气氛。看着网上的神奇介绍，我和萨拉这两个疯子的好奇心早已被挑逗起来，我们在电脑面前夸张地惊叫着，胡乱挥舞着手臂，激动得好像发现了一个新大陆。毕竟一个没有观众席的剧场，是我们此生从未体验过的，我们盼望着能够早日到克林顿大街21号，去看看什么是真正的生活剧场。

当我和萨拉来到现场，发现那个剧场的门夹杂在临街民居中间，稍不注意就会错过。我们找到门牌号码之后，还必须下行几级台阶才可以找到真正的正门——那是一个地下室的小门，隐身在街道的幽暗里，原来，这个剧场是用地下室改造的。

推开剧场的门，是一个近百平方米的神秘空间。现场灯光幽暗，主角们和观众们正一起在一个地面上做着各种动作，整齐划一。一个全身黑衣的女孩指引我们把随身的包放在地上一角，就拉着我们融入了观众群里。黑衣向导用强有力的手势引导我们做出各种动作，她做出示范，我们跟随，配合成为演出的一部分。

随着演出的进行，所有的演员和观众融为了一体，观众时时和演员互动，我们被要求躺下或者坐下，大家一起发出海浪、机器和火焰的声音，天然地成为演出的一部分。我们或被要求跪在地板上，举起双手，和大家一起做海浪起伏的样子；或站立着，双手向前轮换交叉，嘴里发出工业革命时代的声音，完全融入了戏剧当中。

在这部主旨为人与自然的戏剧当中，主角最终意识到，人类要放下武器以表示对上帝和自然的遵从。这时，灯光一变，几个拿着盾牌和长矛的全裸男士走到了聚光灯之下。那是屋子的一侧，他们呼喊着，叫嚷着，大声说出了一些口号，最终，他们仰天长啸，声音高亢地说出了最后的台词——"人类要停止对自然的征服。我们完全遵从您——自然的旨意行事。我们最终意识到了天命的伟大。自然，您是不可违抗的，人类啊，醒醒吧！"在一阵如同暴风骤雨般的音乐当中，四名男性一起扔掉了长矛，也扔掉了盾牌。四个全裸的男人暴露在所有观众之前，而出乎意料的是，这四个男人的阴茎，都是勃起的。音响此时到达了高潮，灯光急速地变换着亮度。光打在这些男性裸体上，出现了若隐若现的效果。

四周所有穿着黑色长袍的女性，也同时脱掉了衣服，优美的女性曲线在黑暗中的柔和灯光里自然地伸展着，仿佛与自然融为了一体。

整部戏剧就在高潮中落幕了。全体观众站起来热烈鼓掌。激动的情绪如同潮水一般在幽暗的屋子里面翻滚漂移，整个场面恍若梦境。我被这个实验剧场震撼了，也被纽约的疯狂吓到。在男性裸体暴露的那一瞬间，我悲催的条件反射竟然是，下意识地抓了旁边萨拉的胳膊一下，并把她捏疼了。萨拉看到我一副目瞪口呆的表情，早就是一副乐疯了的样子。

出了门，我和萨拉一起大笑着评论刚才看到的场景。我说："萨拉，真是抱歉，抓了你一下，但是这种表演场景是不可能出现在我原来生活的城市。四个男人全裸，这……这实在是太劲爆了。我完全没想到。那一刻我的感觉是，哎，我的眼睛被强奸了。"我苦笑着咧嘴，还沉浸在一种被惊吓的情绪里。萨拉早已经笑得东倒西歪，她拉着我的胳膊说："哎呀，海涛啊，这是艺术，是解放天性的艺术。纽约就是这种奇怪的东西多，但是也正是这些，构成了这个城市的多元。你看多了就习惯了。我觉得他们的表演，最后的场景宗教意味很浓，你可以从更深层次的角度来理解，这里面有哲学意味呢。"

纽约的疯狂一面，就这样印在了我的心里。

纽约的日子，充满各种瞠目结舌，我的日子过得跌宕起伏。因为做口述历史项目的原因，在纽约，我又有幸结识了很多美国的华人。他们在口述过程中把自己前半生的辗转蹉跎对我和盘托出，我们后来的交往也远远超过了"工作"的范畴。

美国华人在帮助我突破文化壁垒方面，有时候比美国本土的朋友作用还大。美国华人多是前半生在中国生长，后半生在美国度过，他们每一个人都经历过一个新我在另一片土地上破土重生的过程，每一个毛孔里都是关于生存的现实体验，他们说出来的故事往往毫无美感，真实得令人窒息。我在一场一场和他们的日常对谈中，对美国社会的了解逐渐脱离了肤浅的表象。

在美国华人朋友中，李云渲是我最早认识的一位，她40多岁，圆脸，说起话来语速极快，可以说十分流利的英文。和中国朋友聚会时，她的普通话会如同小机关枪一样冒出来，源源不断。她是四川人，一些故事讲到激动处，抑扬顿挫的四川话会不由自主地冒出来，紧接着就是一串银铃般的笑声。虽然李云渲在美国的经历波澜起伏，但是这种笑声仿佛化解了她在讲述中所有悲催的、如同炼狱般的经历。我经常配合着她灵动的表情和女版郭德纲式的幽默，听到纽约真实的一面。

李云渲在纽约开了两家中餐馆，我从李云渲那里知道，纽约餐馆的抽检制度是多么严格。如果不是亲耳听到她的口述，我以为世界上的餐馆抽检员都是人浮于事。

抽检员第一次来餐馆抽检时，我都傻了。做个餐馆检查至于像福尔摩斯探案那样吗？那个抽检员，我还是认识的，刚开始我们如沐春风地打招呼、叙旧、拉家常，但是一到检查的时候，他完全六亲不认，连一只虫子都不肯放过。他拿手电筒照出了几只在黑暗中爬行的虫子，还在我们放锅炉的泥地里捅出了一个虫子窝。可想而知，这次检查根本没有通过。一张写着"CLOSED"（歇业）的大纸"啪"的一声给我贴到门上。我的店，分秒之间，就这样被迫停业了。我急了，感恩节快到了，那正是餐馆的旺季啊，我怎么能在这个时候停业呢？

第二天，我就跑到卫生局报备第二次检查，还领到了一份"作业"——写一篇如何防治害虫的论文。这对我来说实在是太陌生了，我要去专门的网站学习，研究每种害虫的习性和生活习惯，研究生物学有关词汇的英文说法。然后还要提出具体的措施，陈述我们将用什么方法来防止餐馆内出现害虫，以及详细地落实到人的计划。后来，我们请了专业的杀虫公司进驻了小小的餐馆，员工把所有的门窗都关紧，然后放置一种"炸弹"，这种"炸弹"能放出气体，把各种小虫给"炸"出来。

我以为我这么努力，复检肯定能过，但是卫生复检和初检已经不是

毕业典礼后在纽约和兰兰、李云渲、尹伊、刘雨霏在一起

一个量级的检查。复检是FBI级别的，检查员每到一处都如同龙卷风卷过，灶台抽出来，桌子掀掉，用螺丝刀卸掉了桌腿，用手电筒向桌腿内照射。结果在桌腿内，他们还是发现了一只小虫。

两次抽检都没有过，我的餐馆已经到了生死攸关的时刻。我只有一次机会了，最后一次复检再不过，我的餐馆就要彻底关门了，员工也要失业。这个时候，我冷静了下来。我开始反思，虽然我已经很努力了，但是我的内心是不是还总希望餐馆能在感恩节期间开业呢？现在，出现了这么严重的情况，我不能再这么想了，而是要真正静下心来，踏踏实实地为每天的治理做出计划。我们把整个餐馆进行了分区，每一寸的空间都要照顾到！我和搭档写下了200多个需要注意的项目，再把这200个项目细分到天来完成。我意识到美国对食品卫生的要求不是严格，而是苛求。而我也不能再有任何侥幸心理了。这是我在认识上的飞跃！

接下来整整15天的时间里，整个餐馆都在进行卫生自检。员工们把所有的桌腿卸下来用手电筒照射，认真清理所有的缝隙，再把所有墙面的缝隙填充起来。灶台呢，我们用高温气枪长时间喷射，任何可以拆卸的部分都拿下来重新拆洗。我的感觉就像把店重新装修一遍似的！整个店基本上是返老还童！我到最后一天还跳上了自己的车，开到新泽西买了一把高压水枪，把炉灶后面仅有的一点油脂冲掉了。到了凌晨三点，店员哀求我，让我休息一下，我说，你见过第二天上刑场的人前一天还休息的吗？

我后来又在网上进一步查询了纽约餐馆管理制度。原来，每年纽约卫生局都要对纽约的2.4万家餐馆进行突击到访检查，与餐馆有关的五项指标都将受到严格的监控，其中包括食品处理、食品温度、个人卫生、设施和设备养护、害虫控制措施，每违反一项规定都要扣掉一定的分数。如果没有好好消毒橱柜，算是一般性违规，要扣掉2分。如果没有妥善清洗就供应像沙拉这样的生鲜食物，是重大违规，最低要扣5分。如果没有将食物保存在正确的温度条件下，就算是危害公共健康了，要扣掉7分。一旦扣到一定分数，餐馆就要停业检查，复检三次不过，餐馆的命运就危在旦夕。

虽然李云渲的餐馆通过了这次生死攸关的检查，但她本人对于纽约餐馆食品卫生要求的思考却远远没有结束，她后来对我说："我刚开始习惯性地想，是不是我得罪了什么人？后来又想到，这里是美国，我那种想法是很可笑的。我终于意识到，契约精神和遵守规则是美国社会的精髓。对于规则，我们唯一的方式就是遵守它，而不是想什么点子去规避它。"

我环顾了一下这家温馨的、位于布鲁克林八大道的小火锅店，想象不到它曾经经历过如此大的风波。每一次我参观朋友餐馆的后厨，都会发现工作人员在处理食材时自觉戴着手套。李云渲解释说："与其每天提心吊胆地过着提防着卫生检查员突袭进行卫生抽检的日子，还不如踏踏实实按照规定做事，这样放心啊。"真正好的管理，来源于奖惩分明，而且所有的规定都得到真正的执行，绝对不会是装饰品和摆设。

每一次在李云渲的餐馆里吃"霸王餐"，她都会带给我一个有关餐馆管理的新角度。有一次，她还兴致勃勃地给我展示了在地下室的废油处理装置，告诉我纽约市政府在餐馆装修阶段就已经把废油的管理纳入了体系。不但厨房的废旧用油由政府指定的公司每周回收，而且每一个餐馆在装修时还必须向卫生局报备自己的厨房设计方案，这个方案必须包含一个油脂分离系统（grease trap）。这些措施保证了纽约市的餐馆不可能使用地沟油。

在纽约，我和很多经历丰富的华人有了深度的交往。兰兰就是其中之一。她告诉我她在美国离婚后再婚的过程，她是如何在婚恋网站遇到了现在的美国丈夫老麦，如何在跨国婚姻里养育两个优秀女儿。我经常在兰兰的家里度过大大小小的美国节日，通过和她两个可爱的女儿露茜和艾薇耳鬓厮磨的相处，逐渐感受到美国中学教育的很多特别之处。

这些温暖的交往，有时候让我对纽约产生了如家一般的感觉。我的心中逐渐对于纽约有了不同的感受，我用这样的文字来描述心中的那种感觉：

对一个城市的感觉有时无须赘述，只要问飞机触地后扑向你心里的第一秒的感觉。对于纽约，每一次飞机落地，我是重回故土还是拥抱新奇，在这个时刻已悬念毫无。有损友可以发短信，有可以直接扑向的餐馆去吃霸王餐，有可以随便去霸占一张床的家庭，有长期居住过的建筑物，有街上熟悉的味道。那种升腾的感觉充斥着我的内心，那一刻我已经知道，对于这个城市，我已经不仅仅是个旅人。

第七章

世界邀你同行

这个时候,我才觉得以前遭遇的所谓年龄压力、转型困难其实都是伪命题。当你一天比一天努力时,世界马上邀你同行,怎么可能抛下一个强大的你呢?

1.战胜那个感觉不好的自己

我竟然很想念那些死去活来的日子，
我怕没有了流亡般的伤痛，
我就变成了一个平淡的灵魂。

很多人都在问，留学两年，这段经历留给你什么？面对这个问题，我常常觉得难以回答，因为这两年的生活实在是纷繁复杂，各种剧情波澜壮阔。有时候感觉每天的思维赶不上每天的变化，对于自己的收获，似乎来不及做一个深度的思考。到了今天，重新面对这个问题，我会说，这两年好像改变了我身体里的分子结构，我好像已经是由不同的化学成分组成。这既归结于这两年我所经历的一切痛苦和磨难，也归结于我克服这些痛苦的过程。

就在我写这篇文章标题的早上，新浪微博著名的博主发出了一条微博，"分享一下你出国后遇到的最大困难，以及你是怎样克服的。"

于是，网友的评论接踵而至。

困难的事情多了去了，但没有哪个是无法克服的。博士第一年资格考试，过不了就滚回国；刚到时，租的房子没家具，天天晚上在路边捡二手家具；半夜骑自行车迷路在高速上，卡车离你两米的距离呼啸而过，骑了半个小时才找到出口；第一次当众演讲，自己听不懂自己在说什么；开车被抓，罚款400美金，吃了半个月泡面。

买医保没有保险单。银行卡开户，3个月了都没有收到卡。坐错了车，不知道怎样回家。被人孤立的时候无辜得想飙泪。有段时间都怀疑自己得了抑郁症，整夜整夜地睡不着觉。外婆去世，爸爸出车祸，一切的一切都让自己觉得扛不住了。不过时间让自己慢慢地就习惯了这样的生活。

孤独无聊，很久不说话，要面瘫了。

在异国丢了身份证、银行卡、交通卡，电话账户没有余额，身上现钱不多。在大街上，特别无助，站在地铁站前想哭，但是忍了下来，告诉自己不能哭，要有勇气。用所有剩下的钱先买了一张车票到最近的巴士站，走了一个多小时才到家。从那时起，我终于觉得我长大了。

在一个月内，突然没有地方住（房东的问题），自己的车被撞，租的车撞树，错过重要的招聘季，各种不顺利。

看着这些评论，我内心的认同感油然而生。如果将上述的评论一一展开，分别就每一条评论写一篇文章，也许书名可以叫作《关于留学的100个真相》。出国留学这件事情，在外人眼里永远都是"看上去很美"，但是，只有真正经历这个过程才知道其中饱含多少艰辛，而熬过来后，心里又起了多少层老茧。

无论出国留学时的年龄有多大，只要你是第一次独自在海外生活，所有的磨难，都会以崭新的面貌波涛滚滚般袭来。在两年多的时间里，我真正体会到了从一个成熟的记者沦落成为一个 Drama Queen（戏剧女王）的过程，然后，又慢慢学着从种种混乱的大戏中突围出来，摸爬滚打地按照既定轨道前进。最终，我学会了一件最最重要的事情——战胜那个让自己感觉不好的自己。

独自在外才知道，各种生活的小怪兽都跑出来了。如果以搬家为主题采访留学生，估计会有无数个跌宕起伏的口述故事。搬家是留学生的痛点，也几乎是贯穿留学生涯里的一首并不动听的主题歌。我也毫不例外，遭遇了一次戏剧性的强行搬家。

第一年暑假回国，我正在北京，忽然之间接到了房东的邮件："由于您所居住的房子的管理公司已经易主，所有租客的租约在期满后将不再续约。您必须在8月底把所有的东西清理干净，搬出所租住的房屋。"看了邮件我大惊失色，心想要是真的如此，我的暑假就泡汤了，我必须提前赶回纽约。

因为心里难受，我在邮件里和房东争论了两句，抱怨对方在我的假期里通知我搬家。对方摆出一副蛮横的姿态，在邮件里冷漠地说："如果你不搬走，我们工作人员会把你的物品清理出去。"

我如同遭到当头棒喝，所有关于暑假的计划都被打乱。假期过到一半我就临时改签机票飞回纽约，在屁滚尿流当中经历了留学生最讨厌的事情：重新颠簸着找房子，把家里所有的东西打包装箱，自己从106街人肉手动搬家七八次到112街。最后，我和房东往来了40封邮件，才要回了自己当初付的一个月的租房押金。

在纽约的第二个住处居住时，在一个热得几乎喘不过气的夏天，一个美国室友突然决定要搬走了，但我们房间里的调制解调器是挂在她名下的，她搬家时必须把调制解调器拆走归还给运营商。当天我回到家里，发现只有一张字条通知了室友们这件事情，房间早就已经断网。

糟心的是就在那个酷热无比的下午，不知道为什么当天还停了电，整套公寓变成了一间没有wifi、没有空调、没有电的桑拿房。灼热和痛苦一起涌向了我。我拎着手提电脑坐在无比闷热幽暗的公寓楼梯里，一边打字，一边蹭着邻居的网写完了第二天要交的论文。汗水不住地从背后流下来。而我写的是有关美国艺术的论文，自己在精神上似乎是一个流亡的贵族，身体却像是一个来自异乡的乞丐。

初来留学，面对身边优秀基因的大聚集，又要经受一轮强大的心理考验。你会惊讶世界竟可以打造出如此优秀美好的年轻人，你一方面对和这些优秀基因相遇感恩无比，一方面你开始每天面临一种心理状态——对自己不满意。

我时时感觉难以跨越自己能力的边界，感觉到自己知识体系的短板。然后很自然地，感觉到自己在孤独和失望的情绪里逐渐溺水。再然后，我开始慢慢接受现实，学会慢慢接受了真实的自己，然后在力所能及的情况下自强不息。

有时候同学们在课堂上讨论得不亦乐乎，我却感觉非常疏离。

"土耳其裔德国人对二战是否同样有本土德国人的耻辱感？"

"黑人在美国和德国的种族认同有什么不同？"

"'二战'期间，美国媒体在报道上，对犹太人遭遇大屠杀的事实，有没有故意轻描淡写？"

"在德国纳粹疯狂地屠杀犹太人时，很多犹太人申请来美国避难，负责签证的美国高官掌握着生杀大权，为什么却总是迟发签证？"

所有这些问题，似乎都让我难以融入课堂的氛围当中，仿佛自己是一个多余的人。

有一天，教授讲到了当时联合国成员国193个国家中只有两个国家没有加入联合国《儿童权利公约》①。他在讲台上缓缓地说："你们知道是哪两个国家吗？是索马里和美国。为什么索马里没有通过儿童权利保护公约呢？因为索马里在过去20年没有一个像样的政府，也没有像样的国会。它不通过也就算了，那你们猜猜美国为什么不加入呢？"一个美国同学在台下接着话茬说："因为美国也没有一个像样的政府呗。"

全班一片哄笑。

笑声中这位美国同学站起来，认真地回答了这个问题。他说："这个问题很有意思。联合国《儿童权利公约》里规定父母不能打孩子，不能选择不让孩子接受性教育，另外公约认为儿童有权利选择自己的宗教信仰。这三个条款是引起美国疑虑最重要的三条。反对者认为联合国《儿童权利公约》和美国有关家庭的相关法律相冲突。因此这个公约从未交参议院讨论。"②

台下一片仰慕的眼光。而在这个领域我的知识一片空白。

在美国留学的每一天，似乎都是从对自己感觉不好开始的。然后每一天，从早到晚，心里暗自给自己鼓着劲，把自己不知道的知识慢慢补齐，把低沉幽暗的情绪强压下去，然后苟延残喘地完成每一天的旅程。这是一个最开始收起所有内心的骄傲，但是最终又为战胜自己

---

① 联合国《儿童权利公约》（Convention on the Rights of the Child），1989年11月20日第44届联合国大会第25号决议通过，1990年9月2日生效，是第一部有关保障儿童权利并具有法律约束力的国际性约定。1990年8月29日，中国签署该公约，1991年12月29日，全国人大常委会批准加入，1992年4月2日，该公约对中国生效。2015年10月2日，作为第196个缔约国，索马里批准加入该公约后，美国成为世界上唯一没有批准加入该公约的联合国成员国。

② 美国政府于1995年签署联合国《儿童权利公约》。但批准该公约需要美国参议院三分之二多数通过。美国法律规定，18岁以下的未成年人可以被判处不可保释的终身监禁，2005年以前，甚至可以判处死刑，有三分之一的州允许学校体罚学生，同时也不禁止家庭体罚孩子。而且一旦加入公约，美国将不能对18岁以下的未成年人征兵。因此，尽管克林顿和奥巴马均支持该法案，但参议院一直没有予以审议。

感到无比幸福的过程。这是一段无比艰难而又风光无限的旅程，过程比结果精彩。

我的毕业论文是杰瑞布置的，我需要用英文写5个人物的长篇口述历史作品，每个人15到20页。我恳求杰瑞："杰瑞，我可不可以完成采访之后，把采访录音整理出来，然后把口述历史证词最精彩的部分做成拼接呢？很多人做口述历史的采访集都是这么做的。"一向照顾我的杰瑞在毕业要求上一点都不含糊，他马上否定了我的想法："海涛，我认为这个想法太懒了。我觉得你能做得比这个更好。我希望你用卡夫卡式的方法写，再把你的观察贯穿于整个写作过程当中，你先去看两本卡夫卡的小说吧，看完咱俩再谈。"

听完杰瑞的谈话，我知道这意味着我毕业论文的一部分已经变成了文学性的写作，它的难度对于我这样一个英语为第二语言的人来说，堪比登天。结束了这番谈话，走进学校的电梯，我哭了。长期积压在内心的压力让我崩溃了。眼前的漫漫长路，我根本不知道如何去走完。

我无法忘记我在昏暗的灯光下闷头阅读卡夫卡那本薄薄的《变形记》时的情景，我拿着一支铅笔，一边在书上画着圆圈和道道，一边写下自己只言片语式的心得，旁边是一杯浓浓的黑咖啡。

我忘记了我的论文在一年半的时间之内改了多少遍。杰瑞在看我稿子的过程中总是对文化差异表现出各种疑惑。他对我说："为什么你特意指出这个人出身富贵，却总是吃罐头食品呢？"

我说："杰瑞，那个时候只有中国的富人才能吃得起罐头啊。"

杰瑞疑惑地耸了耸肩，说："我们这儿只有穷人才会去吃罐头。"

文学写作对我来说，成为一种苦大仇深的折磨，但是最终，它也慢慢让我体味到了英文中那种可以意会难以言传的美感。我从一开始的毫无头绪到后来对自己的作品有了一些感觉，最终体会到了语言如同天籁之音般的美妙。我也明白了一个道理，只有大量地阅读，才能地道地书写。

当最终将100多页的英文论文装订成册时,一种在无边黑暗里潜伏,终于有一天浮出水面、内心充满光明的感受充斥了身心。一种巨大的幸福感如同阳光一般照耀着我,我知道,我战胜了原来那个充满畏惧的我。

在纽约,我遇到了许许多多奋斗着的年轻人。比如厦门女孩珍妮,她在纽约读本科,后来在PBS电视台实习。她参与制作了一部PBS电视台制作的有关美国宪法的纪录片。我当时很惊奇,因为我正在看PBS电视台做的一部有关最高法院的纪录片,像约翰·马歇尔[①]这样的很多美国人耳熟能详的人名,对于中国人则是完全陌生的,而她怎么能够完成这种跨越文化的工作呢？珍妮对我说:"巧了,我自己做的就是字幕的工作,这工作简直是比登天还难。每一天工作,我都要比美国人多花几倍的力气。因为每遇到一个人名,我都要上互联网去查找无尽的资料。"

哥大新闻学院的中国同学刘道然经常要用英语去做一个完全美国化的采访,然后把英文的采访速录出来,再把需要剪辑的部分用黄色的笔标注上,最后开始动手编辑。有一次,她编辑的片子是对哈莱姆摇摆舞（Harlem Shake）的采访,其中采访对象说的一个词叫作"dance battle",她琢磨了良久也不知道是什么。随后她抓起电脑开始写邮件请教美国同学,最终搞明白是"斗舞"的意思。

哥大新闻学院的包蓓蓓告诉我她曾被新闻学院的老师派到华盛顿高地的拉丁裔社区,在四个月的时间里她需要做数十个采访。于是,她从社区的政府负责人到警长,从街边开甜甜圈店的老板到遭遇家暴的妇女全部采访一遍。这是一段艰苦时光,她被训练提高新闻嗅觉和在陌生的环境中拓展资源关系。虽然困难重重,但是最终出色完成了任务。

[①] 约翰·马歇尔（John Marshall）,美国独立和建国初期的政治家、法学家、律师。曾任国会议员、国务卿,后于1801年至1835年担任联邦最高法院首席大法官,对美国司法体制影响深远。

我和包蓓蓓

我和中国同学聊天时发现，很多人到了西方以后开始思考人生的终极意义。也许是因为被抛进了如同黑暗般的孤独里，如同少年派被抛进了无际的大海，这和人生的终极体验相似。人们被推进了这种状态中，对一切充满敬畏。

两年的留学生活，如同一场纵横捭阖的大戏。我在课堂上耳濡目染了美国文科课堂的开放奔腾，在生活里结交了来自五湖四海的朋友，在百老汇大街116号哥伦比亚大学校园中尽量汲取能够影响我的一切能量。我在纽约的文化海洋里的畅游，满足了我对这个世界的好奇。我最终的收获是：我战胜了那个感觉不好的自己，获得在痛苦里前行的无边法力。

现在，在北京，我竟然很想念那些死去活来的日子，我怕没有了那样流亡般的伤痛，我就变成了一个平淡的灵魂。

2. 成为闯荡爱好者

当你一天比一天努力时，
世界马上邀你同行。

正当我沉浸于纽约的独特与伟大时，两年的留学时光也如同沙漏一般，行将结束。可以说，在我离毕业还有几个月时，我在微信朋友圈里和很多朋友有一些浅淡交谈，各种国内的工作邀请纷至沓来。这个时候，我才觉得以前遭遇的所谓年龄压力、转型困难其实都是伪命题。当你一天比一天努力时，世界马上邀你同行，怎么可能抛下一个强大的你呢？此时此刻，我才明白以前我对大龄留学的所有担心，都是多余的。大龄留学的劣势只体现在留学的过程当中。留学结束了，大龄留学的优势便显示了出来。工作之中积攒的强大人脉经过两年时间的短暂休眠，被瞬间激活，选择面没有变窄，反而更宽了。

正当我决定利用留学生毕业后一年的实习期（OPT）在美国工作一段时间，继续加深对美国社会和美国文化的了解和认知时，时任新浪网总编辑的陈彤先生向我伸出了橄榄枝。他希望我为国内最有影响力的门户网站——新浪网在华盛顿建立一个站点，报道美国白宫、国会以及美国智库的一手消息，为国内的读者深度呈现一个真实的美国社会。而这个工作与我之前给自己设计的短期目标完全一致。

虽然非虚构写作是我的终极目标，但是对另一种文化的深度认知正是拥有国际视野、更好地写作的前提，因此我毫不犹豫地接受了这份工作。我希望通过这个工作平台一方面继续品味美国文化，另一方面也探寻一下另一个城市的魅力。

因为这个选择，我人生中的双城记时代也被开启了。

华盛顿优雅沉静，政治氛围浓厚，街上漫天遍野的正装范儿，气质与纽约大不相同，它给予了我和留学生活截然不同的感受。在华盛顿，我穿上正装，转换为工作状态。作为新浪在华盛顿派驻的第一名记者，我的新世界在另一个维度悄然打开。

留学两年给了我新的世界观，也赋予了我用英语和世界深度对话的能力。此时此刻，我和两年前刚刚踏上异国土地的那个自己完全不一样了。如果说两年前的我胆怯、沉默、如履薄冰，两年之后的我，则变成了一个闯荡爱好者。在各类华盛顿智库百花齐放的论坛上，我总是愿意坐在第一排，从不畏惧举手提出问题。

在美中商会上，我倾听美国外资投资委员会（CFIUS）的官员解读投资政策，了解了很多中国企业在美国投资的深度困惑。2013年10月，美国政府因为预算问题进入关闭状态。[①]2013年10月7日，奥巴马急签军方支薪案，五角大楼部分员工复工。2013年10月16日晚，联邦政府开始正常运转。

其间，我去国会山前采访那些被停掉工资的合同工们，听他们诉说对美国参众两院的痛恨。我夹在由美国普通民众构成的反对国安局监

[①] 因美国国会没有通过联邦政府2014年度的预算拨款，联邦政府于2013年10月1日进入关闭状态。

控邮件的游行人群中，看到示威者聚集在华盛顿联合车站前面，手举着"停止大规模监控""谢谢你，斯诺登"等字样的标牌，宣泄着普通人对隐私被侵犯的愤怒。

我可以毫不怯场地和各路人士交流，微笑但是单刀直入地提出一对一采访的要求。很多的采访意向，就是这样达成的。在美国导演奥利佛·斯通和美国大学教授彼得·库兹尼克联合发布新书《躁动的帝国：不为人知的美国历史》时，我就是这样约到了曾拍摄过《生于七月四日》《华尔街》《刺杀肯尼迪》等极具影响力的电影的奥利佛·斯通。

我至今记得我采访这位老人时他的样子：俊朗高大的斯通一直微笑着，毫无大牌的架子，两条浓黑的眉毛是他的标志，两条弯弯的眉尖下垂着，让人觉得他好像用眉毛就可以微笑，再加上一双炯炯有神永远在思考的眼睛，老顽童的形象呼之欲出。那天他穿着一件浅蓝色的衬衫，深色的西服外套，没有打领带。因为肚子太大，他坐下的时候圆圆的肚子把衬衫撑开了，露出了一点点肚皮。

采访前发生了戏剧性的一幕。我们的对话在华盛顿H街的凯悦酒店套房拍摄，奥利佛·斯通的职业病随着摄影机的架设被触发了，胖胖的他坐在那里，嘴里小声点评着摄影师的灯光使用。在正式拍摄之前，他要求摄影师拍一张照片给他看一下画面。最后，这位大导演终于忍不住发话了："你们这两个机位只有一个摄影师吗？这有点太疯狂了。"我那1982年出生的摄影师任美星，站在那里汗流不止。

采访的过程中，斯通大谈肯尼迪的尸检报告，谈艾森豪威尔任期内、约翰逊任期内与肯尼迪任期内的政策的不同，批评保守派总统布什。挥洒自如的嘲弄显示在脸上，他一贯的不羁印在他那三道深刻的抬头纹里。

我和他探讨《刺杀肯尼迪》对他职业生涯的影响，也问他如果今天重新拍摄《刺杀肯尼迪》，他会做哪些改变。

我采访美国大学历史教授彼得·库兹尼克以及美国著名导演奥利佛·斯通
（摄影：任美星）

他微笑着对我说："我拍《刺杀肯尼迪》之后，就被叫作'阴谋理论家'了。你知道，标签有时候还是挺毁人的！如果重拍，作为一个剧作家，我可能不会太多地修改剧本，但是根据一些新披露的事实，我会做一些修订。22年来，新的证据不断出现，但电影里的很多内容都经得起考验，比如子弹的顺序是正确的，刺杀场景也很准确。但是我认为杰奎琳犯了一个错误，她不应该让肯尼迪在华盛顿的医院接受尸检，而是应该在达拉斯。后来的尸检报告和刚开始在达拉斯最初的发现有区别，这也是人们普遍关注的焦点！

"我始终相信肯尼迪谋杀案不可能只有一个凶手。我22年前这么认为，今天也这么认为。这是由极其专业的狙击手干的，而且不止一个。你从子弹的角度就可以看出。总统先向后倒，再向前倒，子弹一定是先从前方射过来，再从后边射过来。因此这不可能来自一个人。"

在整个采访过程中，斯通的左派风格显露无遗，和接受美国媒体采访一样，他批判美国政府，并抨击美国政治体制中存在的大量问题。他觉得美国当时的国会是历史上相当糟糕的国会。他的这种态度和他的个人经历是分不开的。斯通对于美国政府的不信任与他早年间前后两次奔赴越南的经历密切相关。第一次踏上越南的土地，是斯通刚被耶鲁大学录取后，他抛弃耶鲁盛名跑到南越地区教书，度过了6个月的难忘时光。从那里回来之后他再次抛弃耶鲁，写了一本自传体小说并最终出版。

斯通第二次去越南是1967年4月，他参加了美军并被派往越南战场。在战场上，他前后两次负伤。

前后两次在越南完全不同的经历，引发了斯通对越南以及美国政治的很多思考，这常常体现在斯通的电影里。对于越战的批判和怀疑，来自于他在战场上所经历的一切。

面对奥利佛·斯通，我提出了最后一个问题："斯诺登，那个揭露美国国安局监控人们电子邮件的人,他是英雄还是叛国者?"

"当然,对我来说,他是英雄。"

在华盛顿,为了从各个侧面向国内读者呈现美国政治图景,我在寒风中参加过美国众议院有关中小企业发展的听证会,这是体验美国政治、感受美国国会运作方式的最好方式。我坐在听证会大楼的某个房间里,有一种身处当时正在热播的网络剧《纸牌屋》的幻灭感。

参加中小企业发展听证会的那天,华盛顿正在刮着冰冷的风,空气有点刺骨。我在雷伯恩(Rayburn)大楼里面进行例行安检,和人们一起井然有序地进入了大楼。楼里的装饰非常简朴,众议院老议长山姆·雷伯恩(Sam Rayburn)的雕像正对大门,这座大楼正是以山姆·雷伯恩的名字命名的。他来自得克萨斯州,1913年在威尔逊总统任职初进入国会,在国会工作了49年,其中担任众议院议长达17年,是美国历史上担任该职位时间最长的人。

美国国会众议院小企业委员会下属的经济发展、税收和资金来源分会邀请了咨询公司主管、中小企业主、州政府官员共同讨论美国中小企业,尤其是制造业相关企业回归美国本土面临的问题。中小企业主也向众议院的小企业委员会提出了企业运营过程中遇到的实际困难。

众议院小企业委员会主席、密苏里州众议员山姆·格雷夫斯(Sam Graves)做了开场白,他说:"在过去几十年,美国经历了一个制造业雇员大幅度减少的过程。虽然美国总体制造业产出在过去40年翻了一番,但是这种趋势没有使制造业雇员人数增加。美国的制造业从业人员在1979年达到了高峰,有1900万人,今天这个数字已经降到了1200万。

"很多经济学家认为造成这个趋势的一个因素是美国制造业采取了越来越多的新技术,让制造业可以雇更少的人而得到更多的产出。另一个因素就是很多工作机会转移到了海外,因为海外的劳动力成本比美国低。现在有一些迹象表明，这个趋势正在逆转。渐渐有一些美国企业开始向本土转移制造业，甚至有一些外国公司也将他们在本国的企业挪到美国来生产。今天我们开这个听证会的目的就是，探讨这种新趋势的发展前景。另外，探讨政府需要出台什么样的政策才能帮助这些企业发挥最大的潜力。"

随后，两个中小企业主开始通过自己经营企业的经历，说明自己面临的机会和困境。

凯顿工程金属（Kryton Engineered Metals，Inc）是一家只有71人的小企业，其CEO凯文·哈伯特在听证会上阐述了自己企业的困惑："我们是一家成立于1981年、做金属的小公司。这几年，很幸运的是，我们公司的业绩得到了增长，但是我们也在遭遇潜在的危机。我们在快速增长时发现，我们很难找到合适的雇员。我们提供的不是支付最低工资的低端职位，而是年薪7万到8万美元、提供各种保险的职位，但是我们却找不到合适的人。我认为找不到人的原因是，国会已经10年没有修订《工作培训法》了。另外华盛顿的政策不确定性也给制造业的回归设置了很多障碍。比如，我们不知道国会是否会延续'研发减税政策'，也不知道环保局会有什么样的新规出台。因此我们有时候不敢轻易行动。"

另一家制造蜡烛的中小企业主，太平洋贸易国际公司的徐梅，也以自己的企业为例，展示了自己在运营美国小企业时的困惑：

"从1994年起，太平洋贸易国际公司开始从中国和越南采购产品。从2008年开始，亚洲的劳动力成本有了一个大幅度提高，我们开始考虑回归美国本土，但是我们发现回归的道路漫长艰难。每一种由政府提供的资金渠道都有冗杂的申请流程。例如马里兰经济发展委员会可以提供低息贷款，但是评审的过程太漫长了，资金的使用限制又很难满足我们的需求，所以公司只能动用自己的现金储备，这损害了我们

采访《美国新闻与世界报道》的总编辑布莱恩·凯利

的现金流。"

整场听证会进行了两个小时左右。听证会给我的总体感觉是：有序、平静，小企业主可以畅所欲言。最后众议员感谢所有听证人员的发言并表示会整理所有的记录。会议主持人说，国会将考虑他们的意见。

在华盛顿，我似乎是为了过瘾一样完成了一年的记者工作，所有的激情都投入到工作中。我通常花一两个星期做一个选题研究，也要应付那种紧急、突发的采访。比如克里米亚事件发生时，我上午约到了华盛顿智库CSIS（战略与国际研究中心）的分析师谈乌克兰克里米亚问题，中午找到一个摄影师，然后用半个小时穿好衣服化好妆，耳朵听着CNN播报的最新进展，用10分钟写好采访提纲，最后，冲出门去采访。

从纽约到华盛顿，我常常感叹自己的幸运。我有机会在人生中经历我的双城记模式。我庆幸能够因为这份工作而认识另外一座城市——华盛顿。尽管周末的U Street也给了我热闹繁华的感觉，但是华盛顿总体是一个非常安静端庄的城市，它也是一座拥有独特资源和正式气质的城市，它比纽约更优雅。纽约和华盛顿，前者多元包容，后者大气内敛。

从2013年7月到2014年7月，整整一年的时间，我时常坐着火车Amtrak（美国国铁）或者汽车Megabus（超级巴士）往返于纽约和华盛顿，沉浸在这两座城市的美好当中。但是随着时间的推移，我内心的声音也逐渐地从模糊走向了清晰。我逐渐产生了一个盼望，一想起来就让我热泪盈眶：离回到北京的日子，应该不远了。

3.我知道，我又溺水了

遭遇到内心的痛苦，

想清楚了自己的终极目标，

选择已经变得容易。

华盛顿的生活对我来说，自由而过瘾，也是我新生活和旧生活交接的一段过渡期。可以说，有关最终是否回国的问题，我确实经历过一段徘徊期。舒适的生活让我有些慵懒，想起以前忙碌的生活，我的内心也产生过隐隐的畏惧。在华盛顿工作之后，我甚至和先生讨论过几次，是我先在美国站稳脚跟，最后他和我一起过来，还是我结束在华盛顿的工作合同，回到自己熟悉的地方重新开始。

在华盛顿工作了几个月之后，很多细微的改变开始在身体里穿梭蔓延。从纽约搬到华盛顿，我的住房条件改善了，我选择在青年白领居多、位于弗吉尼亚州的水晶城居住。我的房间里有了全新的地毯，有了像样的家具，有了一个占满过道、贴合整面墙的组合衣橱，有了干净的、可以独自使用的卫生间。公寓的地下一层设施一应俱全，不但直通地铁，还有餐馆、画廊、一个默剧剧场和一个戏剧演员的培训俱乐部——那个俱乐部的墙壁全是玻璃，你路过时，就可以看到俊男美女穿着黑色的紧身服，在屋子里进行形体训练。到了后来，水晶城的地下一层甚至装修了一个极其时尚的创客工厂，车床、模具、电脑设备，隔着玻璃清晰可见。整个水晶城，因为地下一层的设施，散发着非常小资的味道。

高档公寓经常举办免费晚餐和Happy Hour（欢乐时光）活动，来自世界各国的青年可以排着队领取一份可口的晚餐，然后倒一杯白葡萄酒，在大厅里随意坐着，此时是租客之间相互认识交流的机会。我曾经在这样的免费晚餐时间遇到过一对好玩的夫妇。女孩来自印度，男孩是巴基斯坦移民的后代。女孩告诉我，印度和巴基斯坦一向是敌人，他们两个属于敌对国家的人相爱结婚了。男孩的父母因为移民美国很早，所以接受印度媳妇没问题。但是女孩的父母还在印度，根本不接受巴基斯坦女婿。女孩依然在费劲地说服着她的父母，但是直到今日，女婿还受到岳父岳母的仇视。

在这样每周一次的免费晚餐活动上，有一个固定的项目，免费晚餐的主办方每次都会给每人发一个红色的小纸条用于抽奖，奖品经常是一瓶红酒或者一张礼品卡。有一次我抽到了印着666三个数字的小纸条，觉得很幸运，开始兴奋地为自己鼓掌，旁边的老美却瞥了我一眼，说："哦，666啊，在西方这个数字可不太好哦。"我心想，怎么不好啊？中西方的文化差异怎能如此巨大。

我在自己的房间装了一台大的液晶彩电。有的时候，我需要即时解读正在现场直播的美国总统奥巴马讲话的潜台词。我坐在床前的地毯上，屏气凝神地听着进入耳朵里的每一个音节，用便签纸和签字笔疯狂记录下所有的信息，然后在短时间内写出一篇深度文章。那一年，是我对美国政治的认知突飞猛进的一年。2013年8月31日，当叙利亚阿萨德政府使用了生化武器，全美国人民都等着总统奥巴马就是否使用武力打击叙利亚表态时，我在他讲话结束的同时做出独家而精准的分析。我在文章里说："当奥巴马决定把选择权交给国会投票决议时，我们就已经知道，美国打击叙利亚的军事行动已经放缓了。"

舒适的生活条件，宽松的工作条件，比起前两年翻江倒海的生活，看上去很美。但是这一切，并没有让我身心愉悦起来。在理性最终来到之前，一些感性的认知已经开始对我传达着复杂而微妙的信号。一些并不太好的感受，已经开始占领着我。一种比在纽约时更孤独的孤独，像病毒一样蔓延并侵占了我的身心。我知道，我又溺水了。

离开了校园，离开了教授和同学，我丢失了一个与人交往的生态系统。单打独斗的工作，伴随而来的是超强的压力和团队的缺失。就算我有一些美国朋友，也参加一些华人的活动，但是这种感觉和亲人在四周环绕时的感觉无法相提并论。我陷入了如同黑洞一样的无边孤独里，甚至比上学时更加严重。我自己知道，如果这样下去，我的孤独将没有一个期限。

不工作的时候，空气好像已经静止了。对抗孤独的手段，真的很有限。只要在家，我就打开电视，让无休无止的美国新闻充斥在空间里。和工作有关的，和工作无关的，熙熙攘攘，一并涌来。CNN主播问："如果美国真的拖债了会怎样呢？"电视里的专家说："America will be naked！（美国就脱光了！）"当国会无法就预算问题达成一致时，美国政府陷入了即将关门的恐慌当中。CNN电视台的右下角会标出政府关闭的倒计时。电视主播们面对着这个场景纷纷预测——"这将是一场昂贵的政治游戏。"

电视里越是热闹，我越是孤独。我陷入了所有美国华人或者留在美国工作的留学生的一种经典困境：对于家庭的想念，对于父母的担忧，对于未来的困惑，每次想起来，很多问题就是一个死结。我的切肤之痛告诉我，没有人可以是一座孤岛。一个人的生活除了自己，身边完整的情感氛围，亲情友情的有机环绕，才共同构成一个完整的生活，才是保证身心健康的基本条件。

最终，一个让我更加清醒的认识，也逐渐浮出了水面。抛却了前一段时间的头脑发热，理性终于慢慢到来。我感觉到，我似乎在这段留学和工作的旅程中，过于沉浸于过程，而忘记了我想得到这段经历的初衷。在出国之前，我的终极目标是，充分利用对于中西文化的理解写出跨文化的作品，用所学的知识和技能，让自己的能力得到发挥。用自己的笔触和视角去记录这个时代，去记录现代历史。而无论是我的留学生涯，还是我的双城记时代，都应该是为我的终极目标所服务的，我不应该在这些过程中有丝毫的踌躇。

和徐小平老师在纽约的一次相聚更加坚定了我回国的信心。在饭桌上，徐小平老师对我说："中国现在是一个万马奔腾的时代，不抓住时代的列车跳上去，你会遗憾终生！"

遭遇到内心的痛苦，想清楚了自己的终极目标，选择已经变得容易。我最终的归途，当然是回国发展，充分利用自己累积的人脉优势和新获得的国际视野，再次生根发芽。

选择回国，我的内心出奇的平静。我在自己的笔记本上写下了这样的文字：

三年在美，我经常不由自主地对着蓝透了的天空说："It completes me！（它让我变得完整！）"三年后要回家，嘴角带着浅浅微笑，我心想："My life is complete！（我的人生完整了！）"我顿悟，原来生活中没有绝对的完整，只有最大化的完整。当完整被优化了，并被自己的理性认可，尽管再也回不去那个让自己血脉偾张的纽约，我的内心也会微笑着。

就在我为回国进行大购物、准备退租等一系列大工程时，有一天，我像往常一样打开了自己的微博。鬼使神差地，我通过一个细小的线索，竟然发现了姐姐的微博小号。此前她从未告诉我她也在微博上，而且她也在微博上关注着我。我发现，我来美国这三年，她也在偷偷地记录着自己的心情。一条一条，我不愿意放过每一个字，慢慢浏览了她的全部微博，好像和她进行了一场长达三年的心灵对谈。在阅读当中，很多情况让我触目惊心，很多事情，我闻所未闻：

　　妈妈在望京医院脊柱一科做了菱缩性骨折的微创手术，要到2012.10.5下午出院。我晚上陪住在医院，全家的美国之行只能是他们两人了，每每回到空空的家做短暂的调整，孤独无助感强烈来袭，我真的不行，我有什么用？我只是父母眼里的孝顺女而已，在父母面前强撑着罢了，好想念他们，想念妹妹。

2012.09.28

　　全家出动到妈妈那里，帮她把两个卧室的床掉了个，床下的东西真多呀！妈妈肯定又感动得不得了，觉得我太能干了，可是这不过是小事一桩，其实，是我的先生太能干了！

2012.10.13

　　今天在家陪妈妈，左侧摔伤，生活不能自理，我无能为力，无计可施。

2013.08.28

　　非常想念妹妹，看到有人夸她，心里美得不行，这种感觉像个老农看待自己有出息的孩子，不好意思说与别人听，内心对不能帮上她的什么忙愧疚难过。非常虔诚地希望远离家门的她一切都好。

2014.01.20

　　浏览着这些触目惊心的文字，我的情感决堤了，泪水如同洪水一样滚滚奔腾下来。原来家人为了怕我担惊受怕，把一切可能打扰我心情的信息全都屏蔽在我的世界之外。一时间，委屈、内疚、难过冲击着我的内心。我趴在那张我写的回国之前的 TO DO LIST（待办事宜）上，号啕大哭了起来。泪水把那些用墨水笔写的字弄得模糊不堪。

TO DO LIST

1. 退房+要回押金+临走当天将钥匙还到 leasing office（出租办公室）
2. 有线电视的费用解除合同
3. 买三个行李箱
4. 捐出不要的衣服
5. 液晶电视送给于苗
6. 家具送给 SiSi（让她约搬家工人）

4.没有什么比拥有一颗饱满的灵魂更重要

不确定性也曾经把我折磨得死去活来，

但是随着时间的推移，

我渐渐平静下来。

回到北京后，很长一段时间，我都感觉过去的三年恍然若梦。熟悉的街道、熟悉的味道、熟悉的朋友，一点一点在生疏中重新回到了视野范围之内。此时，我的身体里好像预装了两个系统，旧的系统与旧的环境一接触，一切旧有的习惯、旧有的感觉，仿佛自动识别一般，与过去自动对接了，时空错乱的感觉油然而生。而在美国独自闯荡三年的痛苦，在温情的环境里被慢慢抚平。有的时候，我确实会有一种幻觉，过去三年的时间度过得如此艰辛困苦，而当我回到中国，回到了自己熟悉的环境当中时，自己好像只是如同大富翁游戏里抽到坏牌的那一个孩子——"被外星人带走了三天"。

这种幻觉偶尔来临的时候，我的头脑会出现不恰当的一闪念："三年了，大家都突飞猛进，而我，又究竟有了什么样的改变？"毫不夸张，我的内心偶尔会被一种深深的迷茫感所侵占。但是，这三年的所思所想所见所闻，终究在日常生活中慢慢地体现出来。所有的经历，终究形成了一股巨大的精神财富，它贯穿着留学之后人生的每一天。

这些经历最大的福利是，我变成了一个喜欢阅读的人。这种阅读和以前多少带有功利性的阅读相比，不可同日而语。由于内心产生了了解真实世界的渴望，我现在完全享受与书中智慧相遇相知时那种无与伦比的喜悦。

阅读《乔布斯传》前，我以为Cuisinart就是我送给女友兰兰的冰激凌机的牌子，是在曼哈顿59街时代华纳中心大厦一层展示的一个现代厨艺品牌。在这个精美的厨具店购物时，如果人们排着长队等着付账，会有戴着围裙的慈祥老奶奶微笑着端着小甜品走来，让排队的人们逐个品尝。看了《乔布斯传》一书我才知道，原来，乔布斯从20世纪80年代就从Cuisinart的设计中寻找灵感了。如果说今天苹果产品在追求极致的完美，那么Cuisinart就是苹果完美设计的一部分源头。

而有趣的是，也正是因为看了《乔布斯传》，我终于知道为什么西方社会不喜欢我曾经抽到的数字666，原来666是《圣经·启示录》中"恶魔的数字"。

阅读《大数据时代》之前，我以为塔吉特百货公司（Target）就是我随便买买便宜衣服和新秀丽行李箱的普通大卖场，它和我见过的任何一个打折大卖场一样普通，甚至更差一些。因为我唯一一次在媒体上听到它的消息，就是听说它把用户信用卡的信息不小心给泄露了，这个事件影响了几百万的信用卡用户。有一段时间，凡是去过这个卖场的人都人心惶惶，生怕自己的卡因为信息失窃已经被盗刷。

看了《大数据时代》之后，我对塔吉特百货的印象产生了惊天大逆转。原来，这竟然是一家把大数据使用到极致的折扣零售商。书中介绍，这家百货公司从研究零售的购买数据开始，可以在完全不和准妈妈对话的前提下，推测一个女性是在什么时候怀孕的。"公司的分析团队首先查看了签署婴儿礼物登记簿的女性的消费记录。登记簿上的妇女会在怀孕的大概第三个月买很多无香乳液。几个月之后，她们会买一些营养品，比如镁、钙、锌。公司找出了大概20种关联物，这些关联物可以给顾客进行'怀孕趋势'评分。这些相关关系甚至使得零售商能够比较准确地预测预产期，这样就能够在孕期的每个阶段给客户寄送相应的优惠券，这才是塔吉特公司的目的。"

随着阅读成为一种真正的习惯，我发现，随着人生体验增多，阅读时的思维质量也提高了。更多的乐趣是以前获得的直接经验和现在读到的书本里的间接经验相互印证，这让我对书本内容的理解程度迅速上升，那种一拍即合的美妙无与伦比。

我之前的很多体验，不知道有什么用处，只是存储在我身体里的某处，但是通过阅读，很多散落各地的知识，现在渐渐地融会贯通了。

在华盛顿工作期间，我曾经结合自己的体验，写过一篇关于美国种族歧视的文章。作为一名华人，我清楚地知道美国人在公开场合谈论有色人种时的各种禁忌，但是又在现实生活中感受到了那种非常微妙的、潜伏在人们言谈举止中的真实歧视。我曾经从数字的角度来分析这个问题，我认为，尽管社会价值观对种族平等赋予了理想化的色彩，但是今天非裔美国人的犯罪率依然居高不下，这是种族歧视的一个缘由。非裔美国人占美国人口的13%[①]，但是美国凶杀案犯罪的一半以上来自非裔。在230万被羁押的罪犯中，100万是非裔美国人。美国犯罪率的总体下降，没有改变黑人依然是犯罪比例最高群体的状况。

我自认为需深入思考美国种族歧视问题，但阅读了格拉德威尔的《眨眼之间》之后，我对美国的种族问题的认识更加深入了。《眨眼之间》从心理学的角度分析了种族歧视为什么难以避免。

---

① 数据截至2010年。——编者注

格拉德威尔在书中试图通过心理学测试向人们说明这样的道理："我们对种族和性别等因素的态度，表现在两个层面上。首先是我们在意识层面上的态度，这是我们所选择的信仰，是我们约定俗成的价值观，也是我们刻意用来指导自己言行的工具……但内隐联想测试所评估的并非是这种歧视，而是属于另一个层面上的，即我们所持的潜意识种族态度……迄今为止，参加过种族内隐联想的美国黑人共有5万名，而实验结果表明，在这些黑人之中，有约一半的人像我一样偏向于白人。"他的角度，是如此的标新立异。

在哥大读研期间，我的朋友萨拉曾经对我无数次提到，很多越战士兵在战场上都成了瘾君子。当时听到这个消息，我本能地想到，这是前线上的战士为了缓解巨大的精神压力和无人倾诉的情绪所导致的。战士们孤苦伶仃，又每天面临生死诀别，毒品是一种天然的选择。而当我有一天翻开一本叫作Switch（《瞬变》）的书时，却在阅读中意外发现了对这个问题的解读。这个解读与我的推理完全背道而驰。

原来，研究人员经过分析发现，吸食毒品和战争创伤无关。吸食毒品与士兵面临的危险或者战友的丧生，不存在统计学上的相关性。对于大部分驻守越南的美军来说，吸毒不过是一种生活方式，也是军队文化的一部分。参战前，士兵染上毒瘾的比例不足1%，但是一到越南，几近一半的士兵吸过毒，有20%的人会上瘾。而士兵返回家乡之后，大部分都自动慢慢戒除了毒瘾，吸毒比例与参战前持平。

在纽约上学期间的2012年，正好是四年一次的总统大选年。我通过电视、广播和观察目睹了美国大选年的盛况。在华盛顿期间，解读美国时任总统奥巴马的讲话又成为我日常工作的一部分。我发现，无论是在宣誓就职之后，还是在公众场合做任何一场演讲的最后，奥巴马总是会说："上帝保佑你，上帝保佑美国。"这个场景对于长期在美国生活的人来说，早就习以为常。而对于我来说，我内心总是有一个深深的疑惑——这个情景是否违反了美国宪法第一修正案的"分离墙"理论？美国宪法第一修正案里有一个著名的"分离墙"理论。杰弗逊当选为总统后，一些教会人士曾提议设立一个全国斋戒日来庆祝艰苦的选举结束。但杰弗逊总统回复："我认为宗教只是介于人类和上帝之间的事情，权力机关只规定行为，但不影响人们的精神观念。我们应该在国家和宗教之间设立一道分离墙。"

这个问题我在阅读美国学者——塞缪尔·亨廷顿的书籍《我们是谁？美国国家特性面临的挑战》时找到了答案。原来我内心的疑问一点也不愚蠢，相似的问题在美国历史上曾经引发过激烈的讨论。甚至美国联邦第九巡回上诉法院在2001年曾经以2比1的表决结果裁定——忠诚誓言中的"Under God（在上帝庇佑下）"二字确实违反了政教分离的原则。法官们说这两个字构成了"赞成宗教"，是"一神论宗教信仰的表现"。

亨廷顿在书里说，在关系到美国特性的一个中心问题上，该法院这一裁定激起了激烈的争论。支持者声称美国是一个世俗国家，人们在宣誓效忠国家时不应该暗示自己信仰上帝。而批判者指出，这一短语与宪法制定者的观点完全吻合，林肯在葛底斯堡演说中就使用过这一短语。艾森豪威尔总统解释过，这两个字不过是"重申宗教信仰在美国文化遗产以及未来所具有的超凡地位"。

事实证明，对这个裁决持批评态度的是大多数，包括各个党派的内部人士。美国参议院以99票对0票通过决议要求撤销该裁定。许多众议员集合在国会大厦台阶上宣读誓词，高唱《天佑美利坚》。塞缪尔·亨廷顿指出，这项法院裁定尖锐地提出了一个问题——美国到底是一个世俗的国家，还是一个信教的国家？最后亨廷顿说，美国是一个有着世俗政府的基督教占主导的国家。

从此之后，"留学无用论"再也没有在我的生命里出现过一秒钟。我更有感于本科阶段对学生进行通识教育的重要性。我经常使用这个比喻来描述我对教育的感受，通识教育如同给了你一棵树干，之后的自我阅读就如同在树干上开枝散叶。但是，如果本科阶段只是偏安于一个领域，之后的恶补就非常困难。而悟性低的人就如同盲人摸象。我承认，我至今还在为一些认知到达不了理想的高度而痛苦。

回到北京之后，有很多年轻人来找我，问我出国留学值不值。我知道很多人也像我一样，在28、29岁，甚至超过了30岁，才产生了出去看一看的想法。而他们此刻也最纠结于年龄的问题。

怎么说呢，在我留学之前，很多朋友从现实的角度对我这一举动进行评估。不确定性也曾经把我折磨得死去活来。但是随着时间的推移，我渐渐平静下来。因为我越来越明白，没有什么比拥有一颗饱满的灵魂更重要。如果非要进行性价比分析，我知道我得到的东西是无价的！

我现在觉得走出去的过程，并不是锦上添花，而是一种基本治疗。这种治疗启动了你生命中的某个按钮，然后你开始接受一种全新的洗礼，修正你之前的一元价值观，修正你对外部世界的想象。这种治疗没有医保，不是必需，但只有完成之后，你才能感觉到脱胎换骨。

5.再也无惧时光的流逝

30岁前,我经常因为时光流逝而殚精竭虑,
我害怕年老,害怕流光容易把人抛。
30岁后,忽然有一天,
我竟然再也无惧时光的流逝。

2014年7月15日,我乘坐的国航飞机从华盛顿杜勒斯机场飞到了首都机场。和我一起回来的,是整整三个巨大的行李箱。我推着行李车走出登机口时,我的姐姐如同等到一个她热爱的明星一样,举着手机对着我一通狂拍,手机随之发出"咔嚓咔嚓"的快门声音。我有点不好意思地笑着,甚至有一瞬间用手局促地捂了一下脸,想落荒而逃。随后,我和她隔着栏杆相互对望,然后一起哈哈大笑。如果说我对于回国曾经有过一丝游移不定,那么,所有的疑虑在这一刻,已经烟消云散。

除了家庭的温暖重新回归到了生活当中,所有从纽约回来的朋友也在周围形成了一个气场相通的圈子。他们很多人的职业选择都反映了他们与以往不同的人生态度。在舍与得之间,我看到了他们的思考。

当我还在美国工作时,和身边的很多朋友就以后是否回国,回国后

做什么做过一些交流。我发现很多人一开始也并没有从事自己喜欢的工作，在毕业之后经历过一段挣扎期，我曾经发出了一条微博记录下了自己的观察——

一个从耶鲁毕业，学地球环境的朋友最近进了石油类咨询公司。在课堂上学的环保主义理念没有用上，反而被迫研究怎么进行土地开发和石油勘探。一个正在哥大法学院读法律博士的女闺蜜，发现自己的理想是提供心理咨询和心灵创建，和无须灵魂的法律背道而驰。人的幸福有时完全和你拥有的光环无关，它和我们正在拥抱的所热爱的事有关。

我回国时，微博里写的这位法律博士闺蜜万方达已经在美国世达律师事务所工作了8个月。在这段时间里，她帮助摩根士丹利承销一家大型医药公司在纽交所的股票增发工作，负责两个分别要在中国香港和美国上市的游戏公司的业务。而与此同时，她还充分显示了学霸可以处理多任务的本色，用下班时间准备了纽约州的律师资格考试，并最终拿到了律师执业执照，在纽约做了宣誓。

方达的生活看起来是完美的。美国世达律师事务所不但做很多的跨境并购业务，还是很多中国互联网企业在美上市的指定法律顾问。很多企业赴美上市，如京东、陌陌，都使用这家律师事务所的服务。可以说，这样一个28岁女孩的履历，足可以让方达在同龄人中傲视群芳。但是在律所工作8个月之后，方达最终还是启动了颠覆模式，她选择了放弃年薪百万美金的律政俏佳人的生活，开始自己创业。她打造的平台，正是她理想中的女性心灵发展和生活方式平台。结束律师工作的当天，她对我说，"海涛，你说的是对的，人的幸福有时和你拥有的光环无关，它和我们正在拥抱的所热爱的事有关。"

我和方达见面时，她刚刚拿到第一笔种子投资。她自己不拿工资，小伙伴也不拿工资，大家天天都在开会进行头脑风暴。2014年12月8日，我和她从她的公寓里走出来，她想带我和她的小伙伴们去三里屯Wagas吃饭。那一天，冬日的寒风十分凛冽，刚出公寓门，我们就感受到了如刀子一般杀人的冷空气。这个时候，方达开始习惯性地招手叫车，我想她的车可能会从滴滴专车降级为伊兰特出租吧。没有想到，来的是一辆人力三轮车。

这也造成了当天极具戏剧性的一幕：我和方达两个人坐在如同疯狂老鼠一般的人力车上，任凭火柴盒一般的小车在三里屯的车流里疯狂地扭动穿梭。快到目的地时师傅还把门提前打开骑了一段，狂野的风吹进了车厢，我和方达的短发早已经冰冷而没形。我们像足了动画片《猫和老鼠》里的角色。仿佛剧情的后续发展就将是某个滑稽的镜头。虽然这个场面有些夸张，但是我看到了创业中的女孩身上彪悍的美。

方达只是我身边一个坚持做自己的典型例子，这样的例子不胜枚举。受到脸谱网COO谢里尔·桑德伯格（Sheryl Sandberg）的影响，一个朋友从国有大银行辞职，5个月不拿薪水，创立了帮助中国女性职场成长的中国组织。他们调查中国女性的职业成长困惑，期望未来给中国女性更多职业上的帮助。创始人正在加州伯克利大学攻读工商管理硕士，她希望通过学习获取管理一个机构的全面能力。我的朋友刘雨霖，在纽约大学电影专业毕业之后，开始了她的职业导演生涯。她的下一部戏将在河南新乡拍摄，在经历了漫长的筹备期之后，她一头扎进河南的乡村好几个月，投入到烦琐又庞大的导演工作当中。而纽约的时尚与美，此时是她遥远又美好的记忆。

优秀朋友的经历，说明他们有一种勇于做自己的精神，他们也学会了在并不完美的情况下对人生做出调整。最终，所有人对自己的选择愿赌服输。

我身边朋友的这些经历，都让我想起了一个问题——什么是教育的本质？通识教育的英文是liberal education，直译是自由教育，是对心灵的自由滋养，其核心是——自由的精神、公民的责任、远大的志向。受过教育的人们可以自由地发挥个人潜质、自由地选择学习方向，不为功利所累，为生命的成长确定方向，为社会、为人类的进步做出贡献。

美国已故小说家大卫·福斯特·华莱士（David Foster Wallace）说："教育的目的不是学会知识，而是习得一种思维方式——在烦琐无聊的生活中，时刻保持清醒的自我意识，不是'我'被杂乱、无意识的生活拖着走，而是生活由'我'掌控。学会思考、选择，拥有信念、自由，这是教育的目的，也是获得幸福的能力。"

今天，当我的朋友们在谈论自己喜欢做的事情时，那种两眼放光的状态，那种发自内心的狂喜，足以照耀感染身边的每一个人。我觉得她们获取的就是这种有关幸福的能力。这让我经常想起丹尼尔·科伊尔在《一万小时天才理论》里所说的话："在未来的某些时候，也许已经发生了——你会坠入爱河。不是和某个人，而是和某个你自己的想法——关于你想成为谁，关于你生来会成为谁。这种爱，这种激情，就是发展才能的原始燃料。"

回国之后，我像是一个实验品一样，检验着"大龄留学有困境"这个假设的真实性。我不仅重新审视自己的价值，也要给所有的大龄出国者一个提前的就业演习。

事实证明，回国后所有关于职业选择的经历，温暖又有趣。我收到了传统金融大企业的高薪邀约，也收到了更多的创业小伙伴的热情召唤。出国之前的朋友圈子开始不断地和我重新链接。在与各种新旧朋友接触的过程当中，我终于发现，之前的所谓"反对派"提出的，大龄留学对于未来职业发展有弊端的说法，是不切实际的保守主义。新的成长与旧的人脉一旦衔接，大龄留学者回归后的职业发展机会之多，令人眼花缭乱。而一种强烈的归属感，也在热闹温暖的环境当中慢慢滋生。这种感觉正如同搜狐董事局主席张朝阳所说的那样："回国后的多年，我如同海滩上干瘪的鱼游回水中，笼罩在欢畅的幸福感中，这是一种对在美国的落寞复仇式的幸福。"

在纷繁复杂的选项里，我最终选择了自己想要的生活，在回国的这一年当中，我开设了自己的口述历史·人物传记工作室，并且确定了一个人物传记写作项目，艰苦卓绝地进行着我最热爱的事业——传记写作。致力于非虚构写作和成为最好的传记作家，依然是我心中不灭的梦想。

有时在黑夜里，思绪奔跑疾驰，我会想起李普曼的话："一个人的最高需求在于，认定他自己是某种宏大而有序的存在的一部分。这高于一切基本的生存需求，高于对一切其他需求的满足，高于饥饿、爱、快乐和名利，甚至生命本身。"

30岁之前，我经常因为时光流逝而殚精竭虑，我害怕年老，害怕流光容易把人抛，怕一切抢夺我年轻时光的爱恨情仇。30岁后去美国，忽然有一天，我竟然再也无惧时光的流逝。因为，我生命中的这段旅程给了我无比美好的体验，更赋予了我感知未来的能力。我知道，所有的这些经验，将贯穿我今后人生的每一天。我的思维更加开阔，我的行动范围将是整个世界。这是一种自由，这是一种脚踏大地、仰望星空的自由。

曾经有人问杜尚：你一生中最好的作品是什么？杜尚说：是我度过的最美好的时光。

深以为然。

跋一 | Postscript

Hearing History

Gerry Albarelli, Lecturer, Columbia University Oral History Master's Program

Whenever I would invite a guest to class, I would ask the students to introduce themselves. Haitao invariably introduced herself in this way: "I am the first Chinese student to study in the Columbia Oral History program!" She said this with a smile, as if to acknowledge all that she was up against, but also with pride and a seriousness of purpose.

Columbia's Oral History program is the only one of its kind in the world. It is a program that examines some of the many possible uses of oral history, of firsthand testimony of witnesses to history. I always knew that Haitao's experiences of the program and of her time in the U.S. would become a book. I knew this because she is as determined as that introduction — "I am the first Chinese student in the Oral History program" —suggests, but also because she is a gifted writer who is driven to write.

"Oh, I just love Haitao!" said one of my friends, an artist in her sixties, after meeting Haitao for the first time. The meeting had taken place at an exhibition put on by one of my classes. Afterwards, the artist and Haitao had ridden the train back to Manhattan together. "She's just as cute as a button!" said the artist.

I remember deciding to tell Haitao what the artist had said about her, and realizing that I might have to explain the American colloquialism: "cute as a button". It was just one of the hundreds of idiomatic expressions that Haitao needed to learn in order to be able to participate in the creative writing course I was teaching, and in which she was enrolled, in the Columbia University Oral History Master's Program.

That Haitao was able to do this, that she was able to absorb on a regular basis — week after week, month after month — new combinations of words, the endlessly rich varieties of spoken English, while in her other classes she faced a very different kind of challenge — having to decipher dense theoretical essays written in academic language—never ceased to impress me.

For the creative writing course in which Haitao was enrolled, students were expected to write stories inspired by oral history interview — and oral history interviews almost by definition tend to include idiomatic expressions, informal, regional and other variations on official American English. We also had guests come to be interviewed by the class: a New York City paramedic who managed — just barely — to survive the collapse of both towers of the World Trade Center on September 11, 2001; an 80 year-old former Harlem heroin dealer; an actress who performs in experimental theater, and in *Andy Warhol* films, of the 1960s; a veteran of the Second World War. We conducted interviews at a halfway house for people newly released from prison. All of these people told stories in idiomatically unexpected ways that should have made them — but somehow did not — indecipherable to Haitao. This kind of difficult — sometimes poetic — English is built into the nature of oral history interviews. Oral history interviews tend to be conducted in a relaxed, conversational manner; the interview itself is a highly structured informal conversation. They sometimes record the language of the street, or of the disenfranchised. They rely on a certain inherent tension between the seriousness of the occasion and the informal language used to address that occasion. Oral history is interested in the unofficial stories that inevitably collect around every official story. It seems especially appropriate then that the language of those unofficial — often subversive — stories should be relaxed in comparison with the cleaned up, self consciously correct language, the shiny verbal packages that contain official stories and too often official lies. There are many examples in American literature of this kind of narrative: Mark Twain's *Adventures of Huckleberry Finn* is one of the most famous. Huck, the central character, is drifting down the Mississippi river on a raft. An escaped slave is hiding on the raft with him. A couple of slave hunters passing by on another boat call out to Huck: Is there anyone else on that raft with you?

"Yes, " answers Huck.

One of the slave hunters asks whether the other person is white or black.

"White!" says Huck. The slave hunters go away. Huck then says to himself: Oh, I told a lie, I should feel bad! I helped a slave to escape. He is the property of someone who never did me any harm. Why is it that I feel good. When official policy is morally corrupt — condoning, as it does, slavery in Huck Finn — it sometimes takes an ordinary person like Huck, a person who has not been had much "schooling", if any, who is grammatically at odds with his society, whose English reflects the tenuousness of his connection to the status quo — it can often take such a person to recognize that the emperor is naked; it takes such a person to be able to recognize moral corruption and actually refuse to endorse it.

This is what can be so refreshing about oral history. It allows one to hear stories that are not often enough told, from a vantage point that is not often enough recognized. It allows one to hear official truths questioned in language that is itself as fresh and original as the truth it reveals.

When I thought to repeat what the artist had said to Haitao, I started to think about how to translate the expression "cute as a button". What makes a button cute? Its size? And somewhere along the way — since we often translate idiomatic expressions literally as an in-between step toward translating an expression accurately — the image of Haitao herself as a button occurred to me. What kind of button would Haitao be? Whalebone? Cloth? (I happen to think she'd be an extremely original — a rare antique — durable button.)

But what most intrigued me about the sentence the artist had used to describe Haitao was just how inaccurate a description it was. Haitao may be many things but she is probably not as cute as a button. In a way, that the artist saw Haitao as cute as a button — that is, adorable, nonthreatening — was a measure of Haitao's success — as an observer, interviewer and writer — at putting the artist at ease. I could imagine how Haitao had even allowed her relative shortness — Haitao must stand approximately 5.5 feet tall, the artist is at least 6 feet tall — to put the other woman at ease, the American artist towering over her as some adults tower over children (and misperceive them entirely) . She allowed the artist to project whatever idea it was that the artist had of her as though she, Haitao, were a blank screen, while in the meantime there Haitao stood like an old fashioned reporter, hidden in plain sight, armed with a pen and a pad, smiling as she wrote down everything that the artist was saying. (I had seen this trick with the notebook and pen several times that night and on other occasions.) I used to say that thanks to this ability to make herself invisible, Haitao would make a good spy. More to the point: she could put it to very good use if she were a certain kind of ruthless journalist, determined to get the good story no matter the cost. But this is not what she is about — she is much too serious and seriously gifted a writer for that. She resists the cheap shot; her work instead is humorously poignant, insightful and profound; it refuses to settle for easy answers but instead raises difficult questions.

To her enormous credit, she is a writer who like Mark Twain in *Adventures of Hucklebery Finn* is interested in questions that have a moral dimension, the kind of questions that literature is equipped to handle. And to the book's enormous credit, it is written based on keen observations that transcend linguistic barriers, but it also is written with deep knowledge based on all that she learned about the way ordinary people speak, all of the insights she got from learning so many varieties of American English.

I recognized right away that in spite of all of her accomp-lishments in China, she had come to the program and to the country determined to learn as if from scratch whatever the oral history approach and the experience of a new country and new culture might have to teach her about alternatives to conventional journalism. All brilliant journalism aside, some of the nasty old habits and certainly the contemporary context of journalism need to be examined carefully. She was interested in finding out ways to go deeper than journalism sometimes allows — through no fault of its own but as a result of very real deadline pressure and the pressure sometimes exerted by editors.

Oral history approaches the story with a certain luxury of time. Haitao was determined to put that luxury to good use. She wanted to find out just what taking the time to consider the person's life story in the light of history, and she wanted to know what could be gained by following the lead of the storyteller — and the story itself — rather than imposing certain external limitations on the story.

In circumventing some of the problems that traditional journalists have to find a way to transcend if they are going to remain decent human beings, Haitao sat quietly and for many hours listening to the people she interviewed. She did not try to keep a journalist's distance but instead, by way of the informed imagination, she allowed herself to identify with the storyteller, especially in the retelling of the story.

In recording the stories of Chinese immigrants and their struggle to find a place in American society, she allowed herself, a long-term visitor, to go a step further and imagine herself as one who had given everything up, leaving the familiar behind and settling in a land of strangers. In allowing herself to identify with the people she interviewed, she had her own brief love affair — or may be it would be more appropriate to call it an infatuation — with the United States.

She allowed herself to be buoyed by hopes and dreams that were not exactly real, but which the United States — much like Haitao herself when she becomes a blank screen — will allow people to project onto it. She inevitably faced the disappointments — sometimes bitter, sometimes responded to with surprising ability to recover, to stand up again after having been knocked down — of the people she met. She kept adjusting her view of the United States until she was able to see with the remarkable clarity that this book reflects.

She remains interested in the approach — new to her when she first arrived — of the oral history program, and in the implications of this for education in general: an approach that seeks to continually raise questions rather than emphasize answers.

And she did this by making herself cute as a button to some, unobtrusive and invisible to most, but in her work her humanity, her wonderful sense of humor and her profound insights — are extremely visible.

聆听历史

杰瑞·阿尔巴里　美国哥伦比亚大学口述历史硕士专业讲师

每次邀请嘉宾来我的课堂，我都会让学生们做自我介绍。毫无例外地，海涛都会这样介绍自己："我是第一个来哥伦比亚大学学习口述历史的中国学生。"她说这话时面带微笑，像是在承认自己面临的所有挑战，同时又满怀自豪感和严肃的使命感。

哥伦比亚大学的口述历史专业在世界上可谓独一无二。它旨在研究口述历史——历史亲历者的一手证据——诸多可能的用途。我一直有预感，海涛在美国学习口述历史的经历和她在美期间的见闻必将写成一本书。我之所以这样认为，不仅是因为她做那番自我介绍——"我是第一个来哥伦比亚大学学习口述历史的中国学生"——时表现出的坚定，同时还因为她是一个颇有天赋、酷爱写作的作家。

"哦，我太喜欢海涛了！"我的一位朋友说。一位年逾六旬的艺术家第一次见过海涛后，这样对我说道。那次见面是在我教的一个班做完展览之后。随后，这位艺术家和海涛同乘火车回曼哈顿。"她伶俐得像枚纽扣！"艺术家说。

记得决定把这位艺术家的评价告诉海涛时，我意识到也许我需要对这个美式俚语做点解释："伶俐得像枚纽扣"是什么意思？这是海涛选的由我教授的创意写作课需要掌握的几百个惯用语之一。创意写作课也是她研修哥伦比亚大学口述历史硕士专业的课程之一。

海涛有能力掌握这些俚语，做到定期——周复一周、月复一月——吸收新的英文字词组合、学习英语口语无尽的表达花样，与此同时，在别的课上，她又要面对另一种完全不同的挑战——必须破解用学术语言写就的晦涩难懂的论文——这一切始终给我留下深刻的印象。

海涛选修的那门创意写作课，要求学生撰写从口述历史访谈中获得灵感的故事。口述历史访谈顺理成章地涵盖了各种惯用语，那些从正式美语中演变而来的各种非正式、区域用语及美式英语的其他变种。我们也会邀请嘉宾来课堂上接受访谈：有纽约市的医务护理员——2001年9月11日世贸大楼双子塔倒塌时，她侥幸逃生；有哈莱姆区80岁的前海洛因毒品贩子；有20世纪60年代在实验剧场演戏以及参演过电影《安迪·沃霍尔》的女演员；也有"二战"老兵。我们还在一所为刑满出狱人员做融入社会服务的过渡教习所做采访。所有这些人都用极其俚语化、极其个人的风格讲述自己的故事，这照理会让海涛理解起来颇费周章，但事实却并非如此。这种棘手的，有时还是诗篇式的语言正是口述历史访谈的本质。我们的口述历史访谈往往是以放松和交谈的方式进行的，其本身是一场精心组织的非正式对话，有时要记录流浪汉甚至是犯人的语言。访谈依赖于场景的严肃性和该场景中使用的非正式语言之间存在的某种内在张力。口述历史感兴趣的是围绕每一件官方历史的非官方故事。顺理成章的是：这些非官方的、往往具有颠覆性的史实，其叙述语言相对那种剔得干干净净、自我意识过强的精准语言，应该更为松弛——后者在亮闪闪的辞藻包装下的官方说法，常常充斥着官方谎言。这种非官方的叙述方式在美国文学中有很多范例，马克·吐温的《哈克贝利·费恩历险记》就是最著名的一个：主角哈克贝利乘一排竹筏顺密西西比河漂流而下，筏子上藏着一个逃亡的奴隶。两个追捕奴隶的人乘着另一条小船经过时对他喊话："你的筏子上还有别人吗？"

"有的。"哈克贝利答道。

其中一个追捕者问，那人是白人还是黑人。

"白人！"哈克贝利说。于是追捕者们离开了。哈克贝利此时自言自语道："噢，我撒了个谎，我应该感觉很糟糕！我帮一个奴隶逃跑了。他是一个从来没加害过我的人的财产。可为什么我又感觉很好呢？"如果官方的政策是道德败坏的（如书中政府对奴隶制的纵容），那么，有时会有某个像哈克贝利这样的普通人，一个几乎没有受过教育的人，一个其英语水平反映出自己与社会是多么脱节的人跳出来说皇帝是赤裸裸的；这样一个人被选择指出道德的败坏，并且拒绝认同这样的道德。

这就是口述历史让人感到耳目一新之处。它让人听到从那种不被认可的视角所讲述的鲜少耳闻的故事。它让人知道官方说法也遭到质疑，而质疑所使用的语言本身就像被揭示的真相一样新颖。

当我想要复述那位艺术家对海涛的评价时，我开始琢磨如何解释"伶俐得像枚纽扣"这个说法。是什么让一枚纽扣显得伶俐？它的大小？顺着这个思路——因为我们通常是先按字面意思解释一个俚语，再想办法去精确解释它——一枚海涛样貌的纽扣就出现在我面前。海涛会是怎样的一枚纽扣呢？鲸须制作的？布的？（我无意中想到她是一枚非常别致——像一件稀有古董——却又耐用的纽扣。）

不过真正触动我的是，那位艺术家用来描述海涛的话是多么的不精确。海涛或许可以用很多东西做比喻，但她恐怕不会是伶俐如纽扣。在某种意义上，那位艺术家眼中的海涛伶俐得像枚纽扣（也就是说可爱、没有威胁性），正是海涛的成功之处——她作为一个观察家、访谈者、作家——让我的艺术家朋友感到自在。我能够想象得出，海涛如何通过自己娇小的身材使得另一个女人感觉放松——海涛身高大约1.66米，而那位艺术家至少有1.83米，她矗立在海涛面前，就像成年人矗立在孩子面前（从而完全看扁了那个孩子）。海涛成功地让那位艺术家滔滔不绝地发表自己的观点，就好像她——海涛——只是一面空白屏幕。与此同时，海涛始终站在那里，像个老派的记者，把自己隐藏在朴素的外表中，以钢笔和笔记本为装备，微笑着记录下艺术家所说的一切（那天晚上以及在其他几个场合，我都见识过海涛用这种笔记本和钢笔的绝招）。我从前常说，拜这种隐形能力所赐，海涛可以当个出色的情报搜集者。更有甚者，如果她想做那种手下不留情的新闻记者，决意不惜一切代价搞到好故事，她可以把这种能力用得炉火纯青。但她并不是这种人——作为一个严肃而才华横溢的作家，她根本不屑于此。她排斥廉价的噱头，她的作品带着辛辣的幽默感，犀利而深刻。这样的写作拒绝简单的回答，而是要抛出困难的问题。

她是这样一种作家，犹如写作《哈克贝利·费恩历险记》时的马克·吐温，感兴趣的是具有某种道德维度的问题、某种文学得心应手能驾驭的问题。这是海涛最值得赞誉之处。而本书最值得信赖之处在于，它是根据某种超越语言障碍的敏锐观察写就的，同时它又深植于她对普通人表达方式的学习掌握，所有这些领悟都来源于她对众多美式英语变种的学习掌握。

我很快就发觉，虽然她在中国已经卓有成就，她仍然选择口述历史项目、来到美国，决心从头学习口述历史的研究方法，并体验一个全新的国家、全新的文化，只要这些能够使她掌握传统新闻学以外的新技能。抛开当今新闻学的成就不提，某些卑劣的旧习以及当代新闻学的环境都需要经受严格的审视。她感兴趣的是找到一些方式，使得她比目前新闻业所允许的走得更远——这倒不是因为新闻业本身有缺点，而是由于新闻必定有截稿期和来自编辑的压力。

口述历史追寻史实所花费的时间，与新闻相比可以说是"奢侈"的。

海涛决意好好利用这种奢侈。她只想探寻，从历史角度审视某人生平为什么需要花费一定时间；她只想知道，如果顺着故事讲述者的线索以及故事本身走下去，不对这个故事强加某种外在的限制，能够得到什么。

为了规避某些问题——这些问题是传统的记者为了保持人格尊严而不得不想办法规避的，海涛就那么安静地坐着，好几个小时倾听着自己的采访对象。她并不想保持记者应有的距离，而是借助充分想象，让自己与故事的讲述者保持身份的融合，尤其是在复述这个故事的时候。

为了记录中国移民为在美国社会寻得一席之地而奋斗的故事，她让自己超越留学生的身份，更进一步地想象自己舍弃一切，抛家别业，在一个到处是陌生人的土地上安顿下来。通过与采访对象互通共融，她与美国发生了一段短暂的恋爱——或者称之为热恋更加合适。

她让自己漂浮在虚无的希望与梦想之上，这种希望与梦想是美国政府（正如化身为空白屏幕的海涛）引导人们所希望和梦想的。她必然要面对受访人物的失望之情——有时这种失望会带来痛苦，有时人们在被击倒之后可以用令人震惊的能力复原。她不断调整对美国的认识，最后可以用一种卓越的清醒态度正视美国——这种清醒认识就反映在本书中。

她依然对口述历史的方法保持着浓厚的兴趣——初到美国时，这对她还是一个很新鲜的研究方法，同时她也有兴趣将这种方式应用于一般教育：这是一种寻求不断提出问题而不太强调答案的方法。

在某种程度上，她做到这点正是通过让自己伶俐得像枚纽扣，默默无闻、毫不起眼。然而，在她的作品中，她的人文气质、极佳的幽默感以及深邃的洞察力，却华彩昭然。

跋二 | Postscript

怀着敬畏之心继续上路

范海涛

《三十不设限》的出版,可以算是一场意外。2014年7月份,我从华盛顿杜勒斯机场飞回北京时,我接手的工作其实是一个人物传记的写作项目,没有想到,这个项目因为很多错综复杂的原因,被中途搁置了一段时间。在这期间,我一边积攒这个项目的资料,一边用业余时间开始了记录自己经历的写作。

这次写作,是一场让我欣喜若狂的旅程,让我有机会回顾了从自己的第一本人物传记写作,到选择去美国哥伦比亚大学就读口述历史专业的原因,再到在美国工作,最后选择回国的心路历程。2012年,美国国务院教育和文化事务局发布的《门户开放报告》显示,2011年至2012年学年,中国(不含港澳台地区)赴美留学生总数达到194029人。我就是这接近20万人中的一分子。我的大龄留学经历,也算不上多么惊天动地,但是我依然选择了把自己的体验写下来。原因有几个。

第一,在美国学习期间,我心中已经决定了未来从事非虚构写作和口述历史的有关工作。我相信,一个好的作者不仅可以写出出色的人物传记,也能写好自己的故事。

第二，我是第一个到哥伦比亚大学学习口述历史的中国学生，回国之后人们不断问我，你在哥大期间学了什么？刚回国时，我忙于人物传记的撰写工作，对于自己的学科没有一点学术贡献。而这一本书，正是弥补这个缺憾的最好方式。因此，我在这本书里介绍了大量口述历史学科的教学方法。虽然学术的部分不是特别的多，但是这可以给国内做口述历史教学的人们一些启发。

第三，也许是最重要的一点，我希望这本书能够给予怀抱希望但是却习惯胆怯的人们一丝希望。我做出留学决定时，已经年过三十，对于一个事业正在上升，机会接踵不断的女性，面对更多容易的选择，我却选择了更艰难的一条道路。也正是这种选择，让我的视野得到了极大的拓展，也让我的精神无比充实。熟练掌握了一门语言之后，我也仿佛来到了更为广阔的天地之中，体会到了一种前所未有的遗世独立。虽然大龄实现梦想成本甚高，我也无数次怀疑自己的选择是否比其他的道路更好，但是我相信，我如果没有走出这一步，无论将来多么"顺利"，都可能给人生留下遗憾。

这本书的写作过程虽然充满辛苦，但是更多的是乐趣。在此期间，我再次磨炼了自己的非虚构写作的技巧，同时也再次确定了写得好的最关键因素——细节。细节决定成败，细节也是写作的魔鬼，因此写作也是一个和所有细节耳鬓厮磨的过程。而我有幸把很多细节保留了下来。留美三年，我不知不觉地在微博上留下了自己大量的想法和灵光一现的印记，虽然学校所有的邮件在我离校时已经被系统自动清除，但因我一直有把所有邮件转到自己邮箱的习惯，所以这些邮件也"幸存"了下来。我又是一个记录狂人，手机里保存了几千张在美生活学习的照片和影像。因此，这三年来的微博、邮件记录、照片成了我写作过程的线索提示器，在写作中，这些线索生发出无数或欢乐或痛苦的回忆，也成就了很多饱满充盈的细节，让我淋漓尽致地重温了这场如同凤凰涅槃一般的旅程。很多网友在我最初于微博连载时就开始追看这本书，我也第一次得到了这么多"狂热"的赞美。不止一个朋友留言说看这些故事简直有追美剧的感觉，也有的人说"每天都在痛苦地等待更新"。我觉得这是我自从开始写字以来，得到的最佳褒奖。

由于篇幅原因，我着墨较少的部分，是我回国之后，曾经经历过一段迷茫期。虽然在美国学习期间，我已经下定决心从事非虚构写作和口述历史方面的工作，但是国内激情澎湃的创业氛围，以及各行各业欣欣向荣的发展，确实让我曾经有过一段迷茫。我曾经摇摆不定。尤其看似更加主流，也更加光鲜、更加刺激的机会出现时，我好几次想是不是屈服于现实。写作是一份慢而精致的事业，需要超常的定力和耐心。我害怕自己走到一条充满荆棘的道路，到最后一无所获。

但是最终，我还是臣服于故事的魅力，也为写下故事这个动作而着迷。无论是过去撰写人物传记，还是在美国学习口述历史，其实都是学习记录故事的过程。其中人性的光辉不断地让我感慨无限。也让我感到，这种"把无形时空的痕迹留下有形模式"的方式魅力万千。将来的人们可以通过阅读我写的这些故事和这个时代进行沟通和对话。而时代和时代之间，就是这样不断承接的。

在撰写故事的过程中，我和无数个温暖的灵魂相遇，又记下了整个时代的起承转合，其中的价值感不言而喻。这让我的身心感觉到无法比拟的充实，这种感觉，正如《纽约客》作者凯瑟琳·博曾经描述的那样："这是一份孤单而又压力大的工作，但是，这也是一份能让你的心智得到伸展、生命得到延长、具有超级乐趣的工作。"

这也让我更加相信，《哈佛非虚构写作课》中对记录故事这一行为的阐释："故事确实就是灵魂的食粮。故事让我们的经验成形，让我们得以不至于瞎着眼走过人生的旅途。没有故事，所有发生了的事情都会四处飘散，彼此之间毫无差别，没有任何东西会有意义……你会笑，会敬畏，会充满激情地去行动，会被激怒，会想去让什么东西改变。"

我想，我就是这样一个沉浸在故事里的人。而且，无论是以大龄之躯选择去异国留学，选择一个非主流的专业，还是留学之后选择一个非主流，但是自己最喜欢的行业，都是一场绚丽的突围。而人生最大的乐趣，无非就是勇于尝试，勇于突围，勇于主动选择不过一种食之无味的生活。而如果最后绕了一圈，最终还是屈服于舆论和别人的期待，那么无疑等同于自动废除了之前的种种努力。

最后，我要感谢我的父母、家人对我所做选择的支持。从小到大，我在家庭里一直是一个以叛逆著称的人物，而父母从来都是慢慢习惯并纵容了我的个性。我也要感谢李开复博士、徐小平老师、曹景行先生对本书出版的大力支持，他们是我人生中重要的导师，总是在关键时刻指点迷津。我要感谢跋一的翻译者杨向荣先生，他的字斟句酌使得我的导师 Gerry 写作的文章翻译成中文后神韵犹存，同时还要感谢师旸、蔡研对杨向荣先生翻译的跋一的加工润色，使译文更加通俗易懂、准确流畅，便于广大读者阅读。我要感谢天喜文化的工作人员为本书付出的努力。我要感谢我的挚友蔡芫、我的闺蜜张煦，在第一时间阅读本书，并提出宝贵意见。我要感谢好未来公益基金会提供项目推广支持。我要感谢所有的读者，在我写作的过程中对我的肯定和鞭策。将来我还会继续写作人物传记，希望有兴趣的朋友可以关注我的新浪微博（@范海涛）或者微信公众号（"范海涛的读写室"），我们一起探讨非虚构写作在中国的发展。最后，我要隆重感谢我的先生段钢，没有他的支持，就没有我人生中的这场绚丽突围，也就没有这本书。

所有的这一切综合力量的出现，都让我相信，《三十不设限》的出版，虽然算是一场意外，但是，这是我能遇到的，一场最美丽的意外。

图书在版编目（CIP）数据

三十不设限 / 范海涛著 . —成都：天地出版社，2020.12
ISBN 978-7-5455-5993-4

Ⅰ.①三… Ⅱ.①范… Ⅲ.①随笔—作品集—中国—当代
Ⅳ.①I267.1

中国版本图书馆CIP数据核字（2020）第193511号

SANSHI BU SHEXIAN
三十不设限

出 品 人	陈小雨　杨　政
作　　者	范海涛
责任编辑	吕　晴　王子文
装帧设计	左左工作室
责任印制	董建臣

出版发行	天地出版社
	（成都市槐树街2号　邮政编码：610014）
	（北京市方庄芳群园3区3号　邮政编码：100078）
网　　址	http://www.tiandiph.com
电子邮箱	tianditg@163.com
经　　销	新华文轩出版传媒股份有限公司

印　　刷	北京文昌阁彩色印刷有限责任公司
版　　次	2020年12月第1版
印　　次	2021年2月第2次印刷
开　　本	710mm×1000mm　1/16
印　　张	22.5
字　　数	292千字
定　　价	58.00元
书　　号	ISBN 978-7-5455-5993-4

版权所有◆违者必究

咨询电话：(028)87734639（总编室）
购书热线：(010)67693207（营销中心）

如有印装错误，请与本社联系调换

天喜文化